——そんな状態で攻撃を……仕掛ける気か。
リナリス……。
黒《こく》曜《よう》リナリス
諜報ギルド“黒曜の瞳”を継ぐ血鬼《ヴァンパイア》。
能力は、空気感染による対象の完全支配。
館の中にある寝室のベッドで、黒曜リナリスが意識を取り戻した。
細い体を起こし……血鬼としての異能を行使している。

音《おと》斬《ぎ》りシャルク
生前の記憶を失った骸魔《スケルトン》。
音すら置き去りにする神速と、間合いを
無意味なものとする骨格の変形機能を持つ。
「――つかまえた」
「やればできるじゃあないか……
魔法のツー!」

魔《ま》法《ほう》のツー

魔王自称者・色彩のイジックによって創造された擬魔《ミミック》。
破壊不能の強度と無尽蔵の体力を兼ね備えた、完全な肉体で戦闘する。

不言《ふごん》のウハク
世界で唯一、詞術を解することのない大鬼《オーガ》。彼の周囲では、詞術をはじめ異能が尽《ことごと》く無効化される。
大きな影が差した。二百メートル遠方の下り坂から走り出し、加速し、跳躍し、二階建ての基地屋上に到達するまでは、人族の二呼吸にも満たなかった。

異修羅
Ⅸ
凶天増殖巣

珪素
ILLUSTRATION
クレタ

あらすじ STORY

地平の全てを恐怖させた世界の敵、“本物の魔王”を何者かが倒した。
その勇者は、未だ、その名も実在も知れぬままである。
“本物の魔王”による恐怖は、唐突な終わりを迎えた。

しかし、魔王の時代が生み出した英雄はこの世界に残り続けている。

全生命共通の敵である魔王がいなくなった今、
単独で世界を変えうるほどの力をもつ彼らが欲望のままに動きだし、
さらなる戦乱の時代を呼び込んでしまうかもしれない。

人族を統一し、唯一の王国となった黄都にとって、
彼らの存在は潜在的な脅威と化していた。
英雄は、もはや滅びをもたらす修羅である。

新たな時代を平和なものにするためには、
次世代の脅威となるものを排除し、
民の希望の導となる“本物の勇者”を決める必要があった。

そこで、黄都の政治を執り行う黄都二十九官らは、
この地平から種族を問わず、頂点の能力を極めた修羅達を集め、
勝ち進んだ一名が“本物の勇者”となる上覧試合の開催を
計るのだった――。

勢力図 POWER RELATIONSHIPS

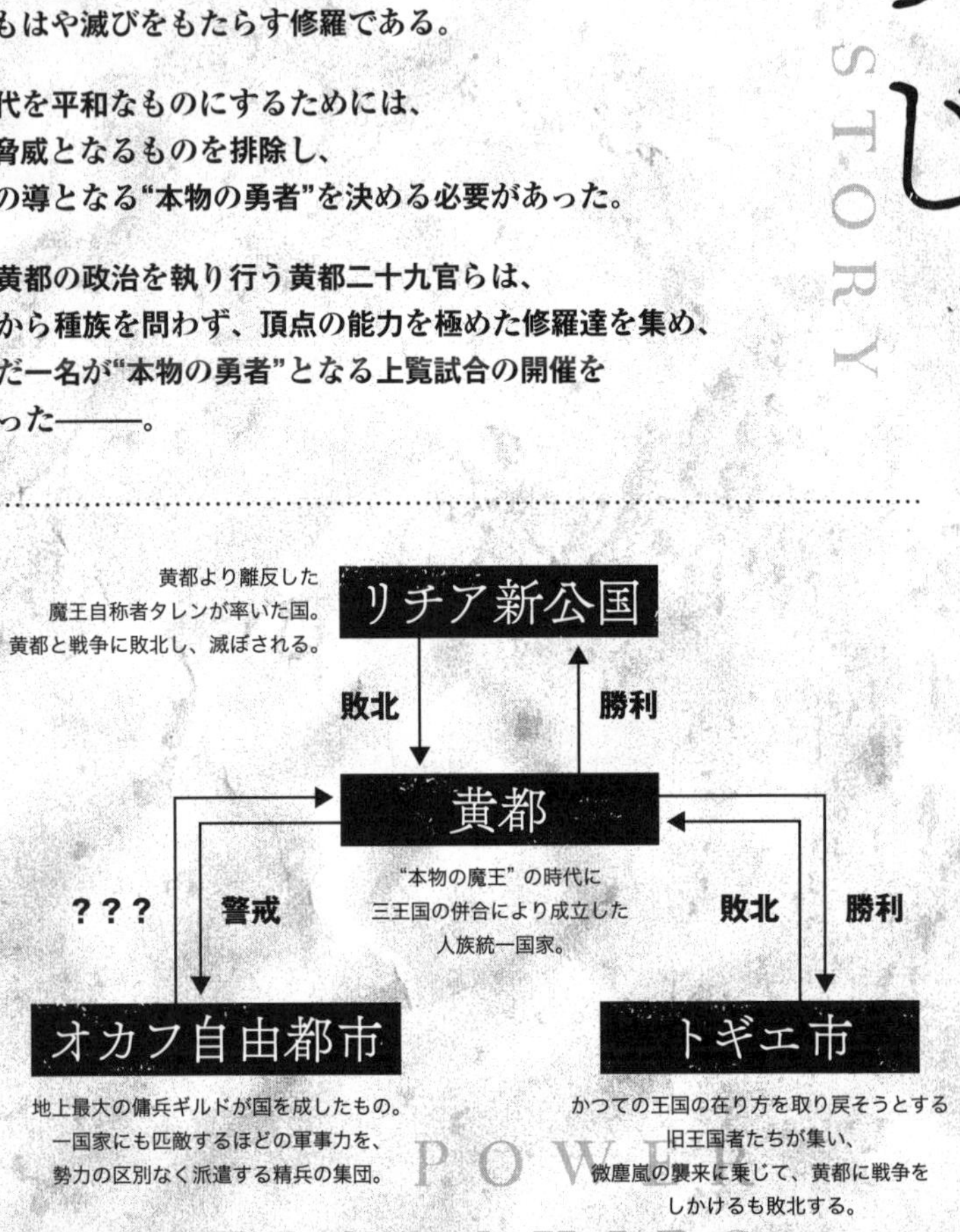

黄都より離反した
魔王自称者タレンが率いた国。
黄都と戦争に敗北し、滅ぼされる。
リチア新公国
敗北
勝利
黄都
“本物の魔王”の時代に
三王国の併合により成立した
人族統一国家。
？？？
警戒
敗北
勝利
オカフ自由都市
地上最大の傭兵ギルドが国を成したもの。
一国家にも匹敵するほどの軍事力を、
勢力の区別なく派遣する精兵の集団。
トギエ市
かつての王国の在り方を取り戻そうとする
旧王国者たちが集い、
微塵嵐の襲来に乗じて、黄都に戦争を
しかけるも敗北する。

用語説明

GLOSSARY

◈詞術《しじゅつ》

①巨人《ギガント》の体の構造など物理的に成立しないはずの生物や現象を許容し成立させる世界の法則。
②発言者の種族や言語体系を問わず、言葉に込められた意思が聞き手へと伝わる現象。
③また、その現象を用いて対象に“頼む”ことにより自然現象を歪曲する術の総称。
いわゆる魔法のようなもの。力術、熱術、工術、生術の四系統が中心となっているが
例外となる系統の使い手もいる。作用させるには対象に慣れ親しんでいる必要があるが、
実力のある詞術使いだとある程度カバーすることができる。

力術《りきじゅつ》

方向性を持った力や速さ、いわゆる
運動量を対象に与える術。

工術《こうじゅつ》

対象の形を変える術。

熱術《ねつじゅつ》

熱量、電荷、光といった、方向性を
持たないエネルギーを対象に与える術。

生術《せいじゅつ》

対象の性質を変える術。

◈客人《まろうど》

常識から大きく逸脱した能力を持っているがために、“彼方”と呼ばれる異世界から
転移させられてきた存在。客人は詞術を使うことができない。

◈魔剣《まけん》・魔具《まぐ》

強力な能力を宿した剣や道具。客人と同様に強力な力を宿すがために、
異世界より転移させられてきた器物もある。

◈黄《こう》都《と》二《に》十九《じゅうきゅう》官《かん》

黄都の政治を執り行うトップ。卿が文官で、将が武官。
二十九官内での年功や数字による上下関係はない。

◈魔《ま》王《おう》自《じ》称《しょう》者《しゃ》

三王国の“正なる王”ではない“魔なる王”たちの総称。王を自称せずとも大きな力をもち
黄都を脅かす行動をとるものを、黄都が魔王自称者と認定し討伐対象とする場合もある。

◈六《りく》合《ごう》上《じょう》覧《らん》

“本物の勇者”を決めるトーナメント。一対一の戦いで最後まで勝ち進んだものが
“本物の勇者”であることになる。出場には黄都二十九官のうち一名の擁立が必要となる。

六合上覧

擁立者
静寂なるハルゲント
冬のルクノカ
凍術士　竜
擁立者
鎹のヒドウ
星馳せアルス
冒険者　鳥竜
擁立者
鉄貫羽影のミジアル
おぞましきトロア
魔剣士　山人
擁立者
蝋花のクウェル
無尽無流のサイアノプ
格闘家　粘獣
奈落の巣網のゼルジルガ
道化　砂人
擁立者
千里鏡のエヌ
窮知の箱のメステルエクシル
生術士／工術士　機魔／造人
擁立者
円卓のケイテ
魔法のツー
狂戦士
擁立者
先触れのフリンスダ
通り禍のクゼ
聖騎士　人間
擁立者
暮鐘のノフトク

絶対なるロスクレイ
騎士 人間
擁立者
赤い紙箋のエレア
世界詞のキア
詞術士 森人
擁立者
弾火源のハーディ
柳の剣のソウジロウ
剣豪 人間
擁立者
光量牢のユカ
移り気なオゾネズマ
医者 混獣
不言のウハク
神官 大鬼
擁立者
憂いの風のノーフェルト
千一匹目のジギタ・ゾギ
戦術家 小鬼
擁立者
荒野の轍のダント
音斬りシャルク
槍兵 骸魔
擁立者
遊糸のヒャッカ
地平咆メレ
弓手 巨人
擁立者
空雷のカヨン

黄都二十九官

第一卿
基図のグラス
初老に差し掛かる年齢の男性。
二十九官の会議を取り仕切る議長を担う。
六合上覧においては派閥に属さず中立を貫く。

第二将
絶対なるロスクレイ
英雄として絶対の信頼を集める男性。自らを擁立し、六合上覧に出場。二十九官最大派閥を勝利目前まで導くものの、第十試合にて柳の剣のソウジロウに殺害された。

第三卿
速き墨ジェルキ
鋭利な印象の文官然とした眼鏡の男性。
六合上覧を企画した。
ロスクレイ派閥に所属する。

第四卿
円卓のケイテ
極めて苛烈な気性の男性。軸のキヤズナの教え子。
黄都から指名手配を受け、メステルエクシル奪還のため旧王国主義者に加担する。

第五官
異相の冊のイリオルデ
枯木のように老いた男性。軍部のハーディ派閥および秘匿組織の国防研究院を裏から操る黒幕であり、黄都へのクーデターを引き起こしたが、裏切ったハーディに殺害された。

第六将
静寂なるハルゲント
無能と馬鹿にされながらも権力を求める男性。派閥には属さない。魔王自称者となった旧友・星馳せアルスを討つ。冬のルクノカの擁立者だった。

第七卿
先触れのフリンスダ
金銀の装飾に身を包んだ肥満体の女性。
財力のみを信ずる現実主義者だが、希望を感じた魔法のツーを自由にする。

第八卿
文伝てシェイネク
多くの文字の解読と記述が可能な男性。
第一卿　基図のグラスの実質的な書記。
グラスと同じく中立を貫く。

第九将
鏨のヤニーギズ
針金のような体格と乱杭歯の男性。
ロスクレイ派閥に所属する。

第十将
蝋花のクウェル
長い前髪に眼が隠れている女性。
無尽無流のサイアノプの擁立者。
血人《ダンピール》であり高い身体能力を持つが、星図のロムゾによって殺害された。

第十一卿
暮鐘のノフトク
温和な印象を与える年老いた男性。
通り禍のクゼの擁立者。
教団部門を統括する。現在はオカフ自由都市に捕縛されている。

第十二将
白織サブフォム
鉄面で顔を覆った男性。柳の剣のソウジロウと戦闘し、敗北。心肺停止となる。

第十三卿
千里鏡のエヌ
山高帽の無表情な男性。ある目的のため、複数の陣営――黄都、国防研究院、黒曜の瞳を裏切る。現在は戒心のクウロと手を組み、リナリスの捕縛に向けて動く。

第十四将
光暈牢のユカ
丸々と肥った純朴な男性。
野心というものが全くない。
国家公安部門を統括する。
移り気なオゾネズマの擁立者。

第十五将
淵藪のハイゼスタ
皮肉めいた笑みを浮かべる壮年の男性。
怪物じみた筋力を持ち、密かにケイテ派閥に協力していたが、黒曜の瞳に操られ殺害された。

第十六将
憂いの風のノーフェルト
異常長身の男性。
不言のウハクの擁立者。
クゼと同じ教団の救貧院出身。
クゼとナスティークに殺害された。

第十七卿
赤い紙箋のエレア
娼婦の家系から成り上がった、若く美しい女性。諜報部門を統括する。六合上覧において不正を行ったとして、斬殺された。

第十八卿
片割月のクエワイ
高い計算能力を持つ、若く陰気な男性。
イリオルデのクーデターに協力するが、ハーディによって殺害された。

第十九卿
遊糸のヒャッカ
農業部門を統括する小柄な男性。
二十九官という地位にふさわしくなるため気を張っている。
音斬りシャルクの擁立者。

第二十卿
鎹のヒドウ
傲慢な御曹司であると同時に才覚と人望を備えた男性。
星馳せアルスの擁立者。
アルスを勝たせないために擁立していた。

第二十一将
紫紺の泡のツツリ
白髪交じりの髪を後ろでまとめた女性。
イリオルデのクーデターに協力し、冬のルクノカ討伐作戦の指揮を執った。

第二十二将
鉄貫羽影のミジアル
若干十六歳にして二十九官となった男性。おぞましきトロアの擁立者。イリオルデ陣営に監禁されていたが、クウロとエヌによって救出される。

第二十三官
空席
黄都から独立したリチア新公国を率いる歴戦の女傑、警めのタレンの席であった。
彼女が離反した現在、空席となっている。

第二十四将
荒野の轍のダント
生真面目な気質の男性。
女王派であり、ロスクレイ派閥に反感を抱いている。
千一匹目のジギタ・ゾギの擁立者。

第二十五将
空雷のカヨン
女性のような口調で話す隻腕の男性。
地平咆メレの擁立者。

第二十六卿
囁かれしミーカ
四角い印象を与える厳しい女性。
六合上覧の審判を務める。

第二十七将
弾火源のハーディ
戦争を本心から好む老いた男性。
柳の剣のソウジロウの擁立者。
ロスクレイと密かに共謀し、イリオルデ陣営を内側から崩壊させた。

第二十八卿
整列のアンテル
暗い色眼鏡をかけた褐色肌の男性。
ロスクレイ派閥に所属する。

第二十九官
空席

CONTENTS

十二節　世界討伐Ⅰ

ISHURA

AUTHOR: KEISO
ILLUSTRATION: KURETA

十二節

世界討伐 I

一 解体

偽りの勇者を根絶する。

移《うつ》り気《ぎ》なオゾネズマは、そのために六合上覧《りくごうじょうらん》への参戦を望み、一度は渡った新大陸から、この忌まわしい大陸へと帰還した。

魔王を倒した、〝本物の勇者〟の実在を知っている。真実を唯一知る者となったオゾネズマこそが、〝本物の勇者〟を除く全ての勇者自称者を滅ぼす必要があるのだと。

真に栄光を得る資格があったのは〝最後の一行〟の外《そと》なるセテラ以外になく、その真実だけが、漂《ただよ》う羅針《らしん》のオルクトの魂を救うのだと信じ込んでいた。

――全てが、狂った衝動だった。

柳《やなぎ》の剣《つるぎ》のソウジロウとの死闘に敗北した時、オゾネズマはようやく、自分自身が初めから正気を失っていたことに気付いた。

オゾネズマが宿していた魔王の腕は、意味を持たないただの死体に過ぎなかったが、その存在だけで、オゾネズマの正気を破壊して余りあるものだったのだ。

真実を知らしめることこそが、最も恐ろしい行為だった。

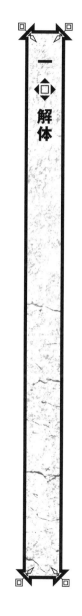

〝本物の魔王〟は詞神《ししん》がこの世界へと呼び込んだ〝客人《まろうど》〟であり、〝本物の勇者〟は勇気も意思も持たぬ機械に他ならない。それが真実だった。

魔王の時代の恐怖が未だ残り、戦乱の種火が燻《くすぶ》る世界に全てが知れ渡れば、オルクトがその命を賭して守ろうとした何もかもが破壊されてしまう。

オルクトが望んでいたのは、残虐な真実ではなく、恐怖を終わらせる平和だったはずだ。

オゾネズマは、自らの望みとは逆の結果へと突き進んでいた。


今、オゾネズマ以外に〝本物の魔王〟の真実を知り、語れる者は、恐らくは三名。逆理《ぎゃくり》のヒロト。黄昏潜《たそがれもぐ》りユキハル。哨《みはり》のモリオ。

いずれも、かつてオゾネズマと陣営を同じくした〝客人《まろうど》〟だ。

それぞれが国家を率いる立場でもある逆理《ぎゃくり》のヒロトと哨《みはり》のモリオは、人族《じんぞく》や小鬼《ゴブリン》の社会を破壊するこの真実を、自ら広めることはしないかもしれない。

記者である黄昏潜《たそがれもぐ》りユキハルはどうか。

危険性は十分にある、とオゾネズマは判断した。

事実ユキハルは、この六合上覧《りくごうじょうらん》の情勢にあって多くの強者と接触し、重大な機密を売り渡している。外《そと》なるセテラの存在すら、既に誰かへと伝えている可能性があった。

そうした情報の取り引きの結果か、それともそれ自体を新たな情報の足掛かりにするつもりなのか――黄昏潜《たそがれもぐ》りユキハルは大規模政変に乗じて、国防研究院に自ら潜入を図った。

その動きを見越した黄都《こうと》によるユキハルの暗殺依頼は、不都合な情報を知りすぎた記者を盤面から排除するための作戦でしかないのだろう。恐らくは、絶対《ぜったい》なるロスクレイの手引きだ。無防備なユキハルを、確実に捉えられる瞬間を狙っていた。オゾネズマがこの依頼を受けずとも、他の何者かがユキハルを殺しに向かっていたはずだ。

——だが、オゾネズマが殺すべきだった。

オゾネズマならば、これ以上真実が漏洩《ろうえい》する恐れはない。確実に手を下すことができる。

一時とはいえ、同じ〝灰髪の子供〟の陣営に属していた同志を殺す仕事だ。

今までと同じことの繰り返しでしかないのかもしれない。

移《うつ》り気《ぎ》なオゾネズマは、二つ目の名の通り変節を繰り返し、いくつもの陣営を渡《わた》り歩いてきた。混獣《キメラ》である限り、肉体のみならず心にも一貫性を得ることはできないのだろうか。

色彩《しきさい》のイジックの下で英雄を殺し続けた罪悪感が、オゾネズマを〝最後の一行〟の旅路へと駆り立て、次は〝最後の一行〟を裏切ってしまった自らの過ちを、埋め合わせなければならない。

そして今、国防研究院の位置するティム大水路港で、奇怪な蛇竜《ワーム》と対峙《たいじ》していた。

（——黄昏潜《たそがれもぐ》リユキハルハ、確実ニ始末シタ。アノ木箱ノ中身モ、生命体デハナイ……。紙ヤ機械ノヨウナ記録機器ノ類《たぐい》デアレバ、処分スベキダガ）

日は高い。港湾設備の大半は破壊されていて、舗装が崩れた足元に水が流れ込んできている。蛇竜《ワーム》の巨体が暴走した結果であった。

地上15ｍの高さから、一列に並んだ眼光がオゾネズマを見下ろしている。

（マズハ、コノ敵カ）

八足の狼《おおかみ》の如《ごと》き形態を持つオゾネズマも人族《じんぞく》と比較して規格外の巨体ではあったが、建造物めいた蛇竜《ワーム》の尺度には及ぶべくもない。

蛇竜《ワーム》の戦闘は、それ自体が災害に等しい規模になる。黄都《こうと》の突入部隊を巻き込まないためには、研究棟から相当に戦場を離す必要があった。

「心ヲ持タヌ魔族《まぞく》兵器デハナイナ」

三度に満たぬ攻防でも、それは分かった。

背から展開していた、無数の人体の腕を収納する。この蛇竜《ワーム》に対しては、手術刀の投擲《とうてき》では致命傷にならないことは十分に確かめた後だ。突入部隊の支援に取って返す暇はない。

計七箇所。鎌首をもたげた蛇竜《ワーム》の重要臓器付近に、いくつもの貫通痕がある――自己改造を繰り返したオゾネズマの手術刀投擲は、竜鱗《りゅうりん》に次ぐともされる生体装甲である蛇竜《ワーム》の鱗《うろこ》を、容易《たやす》く貫通する威力を持つ。

「体内ニ植物ガ寄生シテイル。臓器ソノモノガ、機能シテイナイ」

「触れてもいないのに……」

蛇竜《ワーム》は初めて声を発した。

同時、音速に近い速さで蛇竜《ワーム》の尾撃が通過したが、オゾネズマは回避している。

半壊した倉庫の壁面に直角に着地する。恐るべき攻撃範囲の尾撃が倉庫をも平らに破壊するが、壁を蹴り、攻撃の死角へと着地している。

これは蛇竜《ワーム》ではなく、屍魔《レヴナント》でもない。未知の存在だ。

「そこまで分かるのか。それにたかが刃物の投擲が、砲撃より重い……」

会話を試みているわけではない。オゾネズマと同じように、敵の性能を言語化して分析しているようでもあった。

（――寄生植物ガ本体ダトスレバ、破壊スベキハ臓器デハナク運動中枢）

一連の回避行動の最中、オゾネズマは新たな武器を手にしていた。破壊に巻き込まれた倉庫の鋼材だ。背から伸ばした四本の腕で摑《つか》み、巨大な鈍器として構えている。

「……！」

オゾネズマの狙いを察してか、蛇竜《ワーム》は正対していた頭部を逆方向に逃がすように動き始める。

遅い。オゾネズマは一跳びで地上15mの頭部を射程に入れる。

「ゴルッ」

跳躍。

回避行動を止めた蛇竜《ワーム》が大きく口を開く。

迎撃にはなっていない。巨体故に目測を誤ったのか。

好機。空中のオゾネズマは――鉄骨を打ち下ろさない。

オゾネズマは既に鉄骨を構えてはいない。球体の如く体を縮めている。そして、鉄骨を空中で蹴り飛ばした。反動で回転し、遥《はる》か後方へと着地する。

蛇竜《ワーム》の口内から伸びた、多量の枝の有効射程の寸前だった。

「――ヤハリ」

槍《やり》の如き速度の枝が、空中にいるオゾネズマを捉えようとする。

手術刀で切り払いながら呟《つぶや》く。

「貴様ハ、アエテ頭部ニ飛ビ込マセル気デイタナ。私ヲ破壊スルコトデハナク、枝ヲ私ノ体内ニ侵入サセルコトダケヲ狙ッテイタ――」

先程まで蛇竜《ワーム》が鎌首をもたげ停止していたのは、偶然ではない。停止した頭部へと狙いを定めさせ、牙による迎撃を意図的に失敗してみせた。そうして大きく開いた口部から、最大密度の枝でオゾネズマを貫く――そういう戦術だ。

理解していれば、対応できる。オゾネズマの跳躍は最初からそれ自体が陽動である。鉄骨の用途は初めから武器ではなく、空中で急激に軌道を変更するための足掛かりだ。

蛇竜《ワーム》の動きが停止していた。

「ぐっ、う」

「運動神経ハ撃チ抜イタ」

着地したオゾネズマは、溜息《ためいき》のように呟く。

巨大な蛇竜《ワーム》はもはやその姿勢を保てず、運河へと滑り落ちつつある。

口を開く瞬間が来ることさえ分かっていれば、頭蓋を破壊する必要すらない。

手数が違うのだ。四本の腕で鉄骨を構えながら、無数に存在する腕の一本で手術刀を正確に撃ち込むことは、オゾネズマにとって容易な作業である。

「逃げただけじゃない……攻撃……していたのか……あの一手で……」

「時間稼ギトシテハ、優秀ナ働キダッタナ」

蛇竜《ワーム》とは逆、研究棟の方角を見る。

戦闘に伴って刻まれた建造物と地盤の破壊は、一本の道の如く続いていたが、その始点……偽装された国防研究院の施設は、遠目から見れば何の変哲もない港湾倉庫のようだ。

この作戦での撃破目標は二名。〝客人《まろうど》〟の記者、黄昏潜《たそがれもぐ》りユキハル。及び元魔王自称者、さざめきのヴィガ。オゾネズマの標的であるユキハルは、最初の交戦で既に仕留めた。蛇竜《ワーム》を引きつけていた間、黄都《こうと》の突入部隊もヴィガを討つべく棟内に踏み込んでいるはずである。

ユキハルと既に接触している恐れがある以上、ヴィガも確実に仕留めるべきだ――

研究棟に駆け出そうとして、止まる。

「ナルホド」

海上の方向から、激しい照明がオゾネズマを照らす。

「部隊ノ援護ニ戻ル余裕ナド、与エテクレルハズモナイカ」

激しい回転翼の音を立てながら海上を浮遊する飛行機魔《クラフトゴーレム》。

残骸の隙間から湧き上がり、おぞましい色彩の子実体を形成する菌魔《ファンギ》。

鳥竜《ワイバーン》と人族《じんぞく》の素材を混合したような、群れを成す屍魔《レヴナント》。

「……私ハ構ワンガ」

オゾネズマの背から、死体の青白い腕がぞろりと生えた。

「コレデ全部カ？」

◆

オゾネズマが蛇竜《ワーム》と交戦する中、黄都《こうと》の部隊は研究棟へと突入した。国防研究院は、魔王自称者の巣窟である。ある程度の生体兵器が迎撃に現れることは想定されていた。

そして魔族《まぞく》の脅威度を外見で推し量ることは、ある程度までならば可能だ。強大な魔族《まぞく》であるほど、その多くが戦闘を指向した形態をしている。

ただし、全てがそのような傾向を示すわけではない。例外は存在する。

さざめきのヴィガの実験室へと踏み込んだ突入部隊が遭遇した少女もそうだ。

手術台の上に佇《たたず》む少女は全裸だ。一切の武装を携えていないが……

「第一班はさざめきのヴィガ！　第二班は脅威に対応！」

兵士達は、即座に例外を判断した。

年若い少女の姿に見えても、一目では危険性を直感できずとも、そうすべきだった。

歩兵銃《マスケット》の銃声が連続的に響く。跳弾音。手術台の傍らに立っていたヴィガへの火線はいつの間にか、横倒しになった手術台に阻まれている。

その手術台に立っていたはずの少女は、兵士達の視界から消失している。鉄の手術台を一撃で蹴り飛ばすほどの脚力。

「上方に敵――」

少女の異常な機動をただ一人目で追った兵士は、仲間に知らせると同時に首をかき切られた。鮮血が噴き出す。天井から防御陣形の只中《ただなか》へと強襲し兵士の首を裂いた少女は、背の神経線を放射状に伸ばして、周囲の兵士達へと突き刺していた。

動作を目視できた者はいない。

「くす」

少女が笑う。

「おごっ」

「ぎいっ」

繋《つな》げられた神経に突き動かされ、第二班の兵士達の腕は別の生物のように跳ねた。指が意志に反して引き金を引き、自らの仲間達を射殺する。

「……ッ、貴様!?」

状況を把握した第一班の人員が短剣を抜いた時には、少女の指先が腹部を貫いている。もう片手が斜めに切り上げられ、別の兵士の眼球を、刀剣よりも滑らかに切断した。残る兵士達も、死してなお神経線に突き動かされる兵士達に制圧された後だった。

「ら、濫回凌轢《らんかいりょうれき》……!」

臓器を零《こぼ》し、膝を突きながら、第二班の隊長は最後に呻《うめ》いた。

濫回凌轢《らんかいりょうれき》ニヒロ。

魔王の時代、単独で黄都《こうと》に侵攻し、一方面軍を壊滅せしめた、最悪の生体兵器の名である。

秘密裏に黄都《こうと》に確保された彼女がリチア戦争に投入されていたことも、鵲《かささぎ》のダカイに人知れず討たれていたことも、知る者はいない。

それは今、復活した。

◆

「くすっ。動き方……ずいぶん忘れちゃったな。長い間、首だけだったから」

胸と腹に飛び散った返り血を指先で拭う。

白く柔らかな肌に、赤く掠《かす》れた線が残った。

ニヒロの裸体は、肉と臓器が敷き詰められた大地から生えた、一輪の花のようだ。

「私が間に合って良かったね？　お母さん」

呼びかけは、親愛よりも多分に皮肉を含むものである。

自分自身を作り上げたヴィガのことをニヒロは憎んではいないが、尊敬してもいない。

さざめきのヴィガは、あまりにも人族《じんぞく》から遠すぎる。きっと、生まれつきの兵器であるニヒロ自身よりも。

「ええ。とても助かりました～」

酸鼻極まる光景を意に介することもなく、ヴィガは、柔らかく微笑《ほほえ》んだ。

緑がかった炭色の髪を伸ばした、長身の女である。

「私の最高傑作は、やっぱりニヒロちゃんしかいませんから」

「最高傑作、か」

ニヒロは、首筋に一直線に走る縫合痕に触れた。傷痕から僅かに血が滲《にじ》む。

首だけだった頃はカエルの胃袋を神経線で収縮させることで発声を担っていたが、屍魔《レヴナント》である自身の体は、生物的な神経や血管を厳密に繋ぎ合わせる必要もない。

とはいえ激しい戦闘行動に耐えられるかどうかは五分五分の、間に合わせの縫合だった。

ユキハルはヴィガのもとへとニヒロの首を運んできたが、あの蛇竜《ワーム》の乱入がなければ、こうして復活の機会を与えられることもなく、ヴィガとともにオゾネズマに始末されていただろう。

「新しい体の具合はどうですか？　機能面では以前より優れた素材だと思いますけど」

「人間《ミニア》とはちょっと違うね？　なんだか血鬼《ヴァンパイア》みたい」

ニヒロの首から下は以前とは多少異なっているが、背骨とそれに沿って伸びる神経線は元の肉体から移植されたもののようである。ヴィガ手ずからの縫合によって、身体機能をすぐさま取り戻すこともできた。

たとえニヒロを生成したヴィガでも、これだけ馴染《なじ》む体を都合よく作り上げられるはずはない。

最初から、ニヒロの首と継ぎ合わせるために準備された肉体だったのだ。

「私が死んでいないって、知っていたんだね」

「もちろんです。ヘルネテンの残骸を検証したのは私ですから。もっとも、共有の呪いがまだ繋がっているかなんて、黄都《こうと》の詞術士《しじゅつし》には分からなかったでしょうけどね」

「……ユキハルが来ることも知っていた？」

「……」

「ユキハルは、国防研究院のことを調べようとして、強引に突入しただけだって思ってたよ。そういうやつだったから……」

人の心を動かす『物語』の真実が欲しい。

ユキハルが語っていた言葉は、本心からのものだったに違いない。

けれど彼は、危険を伴う取材に同行させてまで、国防研究院の中にニヒロを運んできた。

ニヒロに体を返すためでもあったのだろうか。

「……ユキハル」

ユキハルは床に倒れたままで、動かない。

ヴィガが治療を終えてからも、ずっとそうだった。

「手遅れですよ？」

ヴィガは優しく告げる。

腹立たしいほど穏やかだった。

「死んだ生き物を蘇《よみがえ》らせることは、どんな生術士《せいじゅつし》にもできません」

「わかってるよ……これでも結構、相棒だったからさ……」

濫回凌轢《らんかいりょうれき》ニヒロは、人族《じんぞく》とはかけ離れた兵器だ。

人のように振る舞えれば良いと思いながら、人の死を目の当たりにしても悲しめない。ニヒロの人格は兵器としての機能に付随するものに過ぎず、そうではない者が何を考え、どのように生きているのかを、本当に想像することができない。

黄昏潜《たそがれもぐ》りユキハルは、人でないのに人のような振る舞いに憧れるニヒロとは、真逆の男だった。

ユキハルは人でありながら人でなしで——濫回凌轢《らんかいりょうれき》ニヒロが何者かを殺す兵器としてではないかたちで、最も長く行動をともにした相手だった。

「…………。仕方ないさ」

「あなたの言う通り、私は首が届くのを待っていました。協力者から情報を得ていたんです。千里《せんり》鏡《きょう》のエヌさんから」

「エヌ？　黄都《こうと》二十九官の？」

裏で国防研究院と繋がっていた、黄都《こうと》第十三卿《きょう》。

ユキハルは国防研究院に関する取材の中で第十五将ハイゼスタと一度接触し、エヌの容疑についても伝えられている。その後ハイゼスタは、エヌを追う中で消された。

そのエヌを通じてユキハルの来訪を知った——ということは。

（ユキハルは、私の知らないところでエヌと接触していたんだ。エヌが、国防研究院の場所をユキハルに伝えた。無関係の二人を仲介した存在がいたとしたら……）

「まずは、この包囲から脱出しましょう」

ヴィガは、既に支度を終えているようだった。

両生類と人族《じんぞく》を掛け合わせたようなおぞましい屍魔《レヴナント》を、檻《おり》から三体ほど解き放っている。

ただ黄都《こうと》の部隊にぶつけて、脱出の時間を稼ぐのための兵器だ。

最低限の生存機能も考慮されていないことは一目で分かる。

「私もそのために復活させたの？」

「ええ」

親ともいえるヴィガに対して情のようなものはない。

彼女に生成された屍魔《レヴナント》である以上、逆らうこともできないが――

「ヴィケオンは制御可能な兵器として優秀な屍魔《レヴナント》ではありましたけど……それでも、ニヒロちゃんとヘルネテンには程遠いものでした。新しい屍魔《レヴナント》より、もともと完成度の高い兵器を修理するほうがいいですよね」

「……」

ニヒロはただ使役される心なき魔族《まぞく》ではない。詞術《しじゅつ》を解する独自の心がある。

人の形をして、人と同じような思考もできるのならば、戦いと無縁の、人のような暮らしを手に入れることができるだろうか？

(兵器か、人か)

歩けば、足の裏で黄都《こうと》兵の残骸が糸を引く。

自由がある限りニヒロはこうして人を殺すし、その行いに罪悪感も抱かない。

兵器か人か。どう足掻《あが》いたとしても、ニヒロ自身の本質がどちらであるかは明白だ。

だからニヒロの不毛な試みの動機は、ただ、子供が戯れに呼吸をどれだけ長く止めていられるかを試すような――本質に逆らうことへの、好奇心に過ぎないのだと思う。

「……いいよ。またちょっとの間だけ、お母さんを守ってあげる」

自身の創造主にも似た、真意の読めない微笑みで答えてみせる。

ヴィガの兵器として戦うことを決めたからではない。

黄都《こうと》と戦わなければならないと思っている。

（まずは、お母さんの計画に乗ったっていい。黄都《こうと》のほうだってユキハルを殺したんだ。それに）

実験室の簡素な患者衣に、白くしなやかな腕を通した。

人族《じんぞく》の生活。学園の籍。

（ヒドウにも、約束を守らせる必要がある）

二◇落ちる翼

地上で最も発展し、文明の光に満たされた黄都《こうと》も、その全てが市街ではない。中央王国時代の風景や自然が計画的に残された区画も点在している。大規模政変の最中、旧王国主義者達が展開した森林区画も、その一つだ。

黄都《こうと》市民が存在を意識することすらないこの森は、〝黒曜《こくよう》の瞳《ひとみ》〟の拠点である。隙間なく生い茂る葉が日光を遮る、深海のように暗い森だった。

「戦闘と探知はキヤズナの機魔《ゴーレム》に担当させる」

摘果《てっか》のカニーヤは、よく通る声で告げた。

山人《ドワーフ》の男並の大きな筋骨を持った女だ。表情は、常に深い笑みを湛《たた》えているようにも見える。

「予測される敵戦力は親個体の血鬼《ヴァンパイア》およびその配下の従鬼《コープス》だが……現在知られているものとは異なる感染経路を持っている可能性が高い。よって我々は距離を保った包囲を続け、弓と銃にて、機魔《ゴーレム》の攻撃で釣り出された従鬼《コープス》を各個撃破していく――」

その旧王国主義者の一団からやや離れた位置で、円卓《えんたく》のケイテは機魔《ゴーレム》の最終調整を終えたところだった。作業に伴い、薄灰色の防護服で全身を覆っている。

ケイテは気質の苛烈さから武官のように見られることも多かったが、産業省を管轄していた元黄《こう》都《と》第四卿として、工術《こうじゅつ》や機械工学への造詣は深い。

（愚かだな）

カニーヤをはじめとした旧王国主義者に対しては、ただ、そう思うだけだ。

作戦説明も半ば以上頭に入れていない。聞く価値がないからだ。

（貴様ら如き烏合《うごう》の衆が、その程度の陳腐な戦術で勝てるか）

〝黒曜の瞳〟が単純に優れた兵でしかないならば、数に任せた圧殺も可能なのだろう。キヤズナが提供した機魔《ゴーレム》兵にはそれだけの性能がある。

しかしケイテは、以前交戦した〝黒曜の瞳〟、塔《とう》のヒャクライの戦闘能力をその目で見ている。黄都《こうと》二十九官の武官と同格以上の強者であろう。そうした者が他にも多くいるのか、彼らの攻撃手段は何か。〝黒曜の瞳〟の総戦力は予測不能だ。

——何よりも、現在の〝黒曜の瞳〟には窮知《きゅうち》の箱《はこ》のメステルエクシルがいる。

そもそも、ケイテとキヤズナが旧王国主義者を虚偽の情報によって〝黒曜の瞳〟とぶつけようと誘導しているのも、そのメステルエクシル奪還のために他ならない。

どれだけの人数で拠点を包囲したとしても、メステルエクシルが出撃すれば、たった一体を相手にこちら側は壊滅する。旧王国主義者であろうと、装備や数に優れる黄都《こうと》の正規軍であろうと、なんら違いはないだろう。

それでも、全くの無意味というわけではない。

「旧王国主義者どもを突っ込ませて、メステルエクシルを前線に釣り出す。分かってんな」

隣の老婆が呟く。軸《じく》のキヤズナ。メステルエクシルの位置を追跡する探知器を注視しており、ケイテ同様に、小柄な体を防護服で覆い隠している。

「いざって時はテメェも体張るんだぞ」

「言われなくとも分かっている！　まずは血鬼《ヴァンパイア》の親個体とメステルエクシルを分断させねば話にならん。メステルエクシルへの干渉を試みるにしても、旧王国主義者どもに親個体を始末させるにしてもだ……」

組織として大きく弱体化したとはいえ、旧王国主義者は、かつての中央王国軍の系譜に連なる反乱軍だ。ただの暴徒ではなく、統制の取れた軍勢である点に強みがある。

たとえ〝黒曜の瞳〟の工作員が突出した戦力であったとしても、軍勢を相手取る限り、単純な個の力では損耗を避けることはできない。〝黒曜の瞳〟もどこかの時点で、あるいは初めから、メステルエクシルを前線に投入する必要があるはずだ。

「婆《ばあ》ちゃん」

森の中はひどく静かだ。鳥や虫の鳴き声すらなく、昼間であるのに夕暮れのように暗い。

「敵は俺達のことを見ていると思うか」

ケイテは、声を押し殺して呟く。

今まさに見られているかどうか――という話ではない。

〝黒曜の瞳〟は、魔王の時代の戦乱で暗躍を続けてきた諜報《ちょうほう》ギルドだ。その正体が血鬼《ヴァンパイア》の軍勢だったのだとすれば、従鬼《コープス》と化した手足を、ありとあらゆる勢力に潜伏させることも可能だ。旧王国主義者の襲撃計画が漏れていないとは考えづらい。

「さあな。どっちでも大差ないんじゃねェのか？」

キヤズナはさほど興味もなさげに答えた。

「アタシもお前も、準備の間は気を張って警戒してただろ。そこで横槍《よこやり》入れてこなかったんなら、最初から見てねェか、逃げてるってことだ。あとは、襲われても余裕でこっちを叩《たた》き潰す罠《わな》があるか……そンくらいだろ」

「〝黒曜の瞳〟が旧王国主義者どもと正面から戦う益はまったくない。襲撃を事前に察知して、旧王国主義者を逆にこの場で殲滅《せんめつ》するのが連中の目論見《もくろみ》だとすれば、館に残す切り札はメステルエクシルか……」

「そうなら、旧王国の連中をけしかけたかいもあったってもんだろ？　メステルエクシルがここにいるってことが重要だ。〝黒曜の瞳〟がとっくに逃げてるなら、分断を仕掛けるまでもなく、目的のメステルエクシルだけで待ち構えていてくれるわけだからな」

罠であるほうが都合がいい、というのは、ある種奇妙な状況だ。

ただ、仮に他の戦力が一切排除されていると仮定しても、依然としてメステルエクシルは一国の軍勢を凌駕《りょうが》して有り余る脅威である。

「ミサイル攻撃の可能性は？」

「ねエな。メステルエクシルがそのつもりなら、最初からここにレーダー反応があるはずがねえ。

ミサイルを撃ち込むつもりなら、射程外から一方的にやるのが一番なんだからな」

「〝黒曜の瞳〟としても拠点を巻き込んで目立つ破壊はしたくないか……血鬼《ヴァンパイア》風情にまともな戦術判断があるかどうかは怪しいところだがな」

メステルエクシルが単独で迎え撃ち、かつ密《ひそ》かに軍勢を殲滅可能な手段は限られている。

「だからこうして防護服を着込んでるわけか。仕掛けてくる手は、即効性の神経ガス……」

樹脂製の覆いの中で、キヤズナは邪悪に笑う。

「そうだ。アタシなら、サリンやソマンみてェなG剤でやる。敵がどれだけいようが一網打尽にできる威力があって、こういう自然環境下なら二日かそこらで分解される。敵をブチ殺し、拠点も無事に保てる……この状況でメステルエクシルを一番有効に使える手段は、化学兵器だ」

「フン。ならば旧王国主義者どもは、さしずめ炭鉱の鳥か」

二人が着込んでいる防護服は、キヤズナが工術《こうじゅつ》で独自に生成したものだ。旧王国主義者には説明を与えていない。化学兵器の存在を前提に襲撃を中止されてしまうことが、ケイテとキヤズナにとって最も不都合な展開であるためだ。

神経ガスが使われることがあれば、彼らの死によって兆候が分かる。

（せいぜい何も知らずに攻めかかっていけ。雑兵ども）

キヤズナの機魔《ゴーレム》達が音もなく森を進行する。

下半身の虫のような多脚は、訓練された兵士以上の機動性と走破性を兼ね備える。

上半身で折り畳まれた四本の腕に接合されているのは、強固な複合素材の刃、または盾だ。

その後方から銃と弓矢を並べて、旧王国主義者の軍勢も包囲を狭めていく。

「メステルエクシルは止まってやがるな」

キヤズナの手元にあるディスプレイ付きの器具は、メステルエクシルの位置を追跡する探知器である。光点は動いていない――

「かは」

小さな呼気を断末魔の声だと感じたのは、戦闘経験で培われた勘のようなものだったのかもしれない。ケイテはすぐさまそちらに警戒を向けた。

鬱蒼《うっそう》と茂る草木が障害になって、誰が倒れたのかはこの位置からでは見えない。攻撃に伴う銃声や、打撃音すらない。多くの兵士は、たった今誰かが倒れたということすら気づいていないのではないか。

「敵がッ」

また誰かが、森のどこかで、言葉を発し切る前に死んだ。

(無能め。攻撃手段を叫んで死ねばいいものを……！)

攻撃を受けている。

とても静かに、既に始まっている。

「下がっていろ、婆ちゃん」

「指図すんじゃねェよ」

メステルエクシルではない。明らかに、〝黒曜の瞳〟の手口だ。

だとしたら、工作員もメステルエクシルと同じくこの森に潜伏しているのか。メステルエクシルという絶対の戦力がありながら、化学兵器に頼ることなく館を守らなければならない理由があるということになる……

空のどこかから、銀色の閃光《せんこう》があった。

それは素早く、円弧を描いていた。

「……！」

咄嗟《とっさ》に頭を引き、木の陰に飛び込む。遅かった。

飛来した刃が、肩口をかすめて通過した。

「くそっ、防護服を裂かれた……！」

「騒ぐなケイテ情けねェ！　円月輪《えんげつりん》だ……あの時アタシらを狙ってきた狙撃手か！」

ケイテとキヤズナはその名を知らぬが、この円月輪使いの狙撃手――変動《へんどう》のヴィーゼとは、第六試合での敗北後に一度交戦している。その時は前衛として現れた塔《とう》のヒャクライを撃退し、辛くも逃れることができたが……

「性懲りもない連中め！」

円月輪が舞い、葉や枝、そして肉を切るささやかな音だけが残る。

この狙撃手は隙間や死角に潜み、円月輪を投擲する。

狙撃と呼ぶのもおこがましい、時代に逆行するかのような戦闘技術だが、曲線軌道を描く円月輪はある程度の障害物は回り込んで到達し、射線から投擲者の位置を特定することも極めて困難だ。

「うっ」

（また一人……！）

三つ目の断末魔だが、恐らく三人目の犠牲者ではない。声や呻き声すら出せずに即死した者が、既にそれ以上に発生しているはずだ。

円月輪による狙撃は当然、発射音も存在しない。

敵の攻撃手段は特定したが、ケイテはそれを旧王国主義者の部隊に伝えることもしなかった。この狙撃手は間違いなく、声を発した者から優先的に殺しているからだ。

それに、恐らく今ケイテが叫んだところで逆効果になる。

「狙撃だ！　狙撃が来るぞ！」

「二人殺されている！　喉と頭を斬られて……」

森のそこかしこから、遅れて声があがった。

先程まで整然と揃《そろ》っていた足並みは乱れ、既に多くの死者が出ていたという事実に困惑し、怒り、恐怖する声が広がっていくのが分かる。

（円月輪の狙撃手……これができるのか。距離の離れた多数の標的をほとんど同時に、かつ気付かれずに殺せる技術がなければ、この状況は作れない……）

いくつもの地点で同時多発的に犠牲者が発見され、どの報告が正しく、新しいものなのかを、誰一人判断できずにいる。先程危機を叫んだ者達も次々と殺されていく。

正体不明の攻撃を前に、足を止め、身を隠すことが最善だと判断する者も現れはじめる。

無音の狙撃という恐怖を前にして、軍勢の統制が崩れる。

「……敵は樹上を移動している」

声を潜め、キヤズナにのみ伝える。

「この入り組んだ地形で同時に多数を射程に入れられる位置取りは、それしかない。撃ち落とす手立てはあるだろう」

「見えなきゃ無理に決まってんだろ。大体、こっちから撃てる状況なら向こうからの射線だって通るぞ。あの腕前の奴に狙撃を仕掛けて返り討ちに合わねェ自信があるか!?」

「クソッ、だが……」

嫌な予感がした。単眼鏡を覗《のぞ》き、遠くの、黒い館の状況を見る。

後続の射撃部隊は統制を乱されたものの、先行して突撃していた機魔《ゴーレム》の軍勢は、とうに館に突入しているべき頃合いだった。敵の仕掛けがこの狙撃だけならば、キヤズナの機魔《ゴーレム》を止める効果はない——機魔《ゴーレム》は恐怖せず、円月輪の投擲でも容易には傷つかない装甲がある。

だが、館が攻撃されている様子は確認できない。

何らかの、別の手段で機魔《ゴーレム》が食い止められているのだ。

「まずいぞ」

旧王国主義者が壊滅していくことに対する言葉ではなかった。

目的のメステルエクシルは、まだ現れてすらいない。

◆

恐慌が広がりゆく中、旧王国主義者を率いる摘果《てっか》のカニーヤは最も冷静な判断を下した。

彼女が向かったのは遮蔽の多い森の方向ではなく、館や周囲の木々からも視界が通る、ごく小さな丘である。

「盾兵、囲え！」

九名からなる盾兵および随伴する機魔《ゴーレム》が円を描くように周囲を囲い、安全地帯を作り出す。

キヤズナの工術《こうじゅつ》で生成された複合装甲の盾は、正面からの攻撃に対する強固な防御力と、取り回しの容易な軽量性を兼ね備えていた。

「全隊進行を一時停止、陣形を再編成せよ！　狙撃手は樹上を移動している！　頭上方向は極力遮蔽を用いて守り、周辺への警戒を怠るな！」

カニーヤの巨体から発せられる声は、鬱蒼とした森によく反響した。

開けた地形に指揮官が自らを曝《さら》すこの行動自体が、狙撃手の注意を自らに引きつける誘いでもある。カニーヤは頭の一部を冷やしたままで、強襲に備えている。

（……さすがに、これで釣り出されるほど甘い相手ではないか。防御を固められる前に焦って狙撃を仕掛けてくれれば良かったが）

盾兵の陣形には、意図的な隙間を作らせていた。

狙撃能力に自信がある者ほど、その隙間を通して指揮官を狙いたくなるように。方向さえ特定できていれば、カニーヤは厚い鉈《なた》を剛力で振るい、投擲物を叩《たた》き落《お》とすこともできる。

防御陣形を隙間なく完成させた後で、カニーヤは鉈をグルグルと回し、腰に納めた。

携帯していたラヂオを取り、呼びかける。

「軸《じく》のキヤズナ。先行した機魔《ゴーレム》を後方部隊の支援に呼び戻していただきたい」

〈ケッ、攻めねえでどうする。一人や二人撃たれた程度で臆病風に吹かれやがって〉

「いいえ。あなたの位置からでは見えないでしょう。考えなしに進行しては……」

甲高い爆発音が木々を揺らした。

兵士の誰かが、恐慌状態で突撃してしまった結果なのだと分かった。

「……甚大な被害が出ることでしょう。木々の間に糸が張り巡らされています。恐らく爆発物を包んでいる、防水性の布もいくつか確認しました。機魔《ゴーレム》を使ってこれらを除去します」

〈フン、〝彼方《かなた》〟でいうブービートラップか。残党のカスどもとはいえ、さすが〝黒曜の瞳〟の拠点だな。それらしいもんを仕掛けてやがる〉

「機魔《ゴーレム》を動かしていただくことでもう一つ、確認したいことがあります。先行した機魔《ゴーレム》は、動作を停止しているかもしれません。爆発物ではなくとも、構造部を絡め取るような、何らかの――」

カニーヤの肩に柔らかな何かが、ふわりと触れた。

神経に、ぞっと悪寒が走る。頭を伏せたのはほとんど脊髄の反射だった。

パチン、という大きな音が、直後に頭上で響いた。

カニーヤの右耳と、正面で構えていた盾兵の首から上が切断された。

(どこから)

危機感とともに、真っ先に疑問が浮かんだ。

高所に立ち、全方位を盾によって防御していた。どのような曲射であっても、投擲物では到達しえない空間で、攻撃を受けている。

首から上を失った兵士が崩れ落ちるよりも早く、再び何かが頭上に触れる。見えない、柔らかな……糸。

「……！」

カニーヤは眼前の兵士の死体を引き寄せ、その下に潜り込むようにして身を守った。

再び暴力的な斬撃が空中を引き裂き、屈強な兵士の身体は血袋の如く六つに裂けた。

まだ動ける状況にあった何人かの兵士とともに、カニーヤは地面を這《は》いずるようにして、丘を滑り降りて逃れる。草と土の欠片《かけら》が口の中に入る。無様とは思わなかった。

「いけませんねえ、摘果《てっか》のカニーヤ殿！」

凄惨な戦場にはひどく場違いな、愉快そうな声色だった。

女の声が陽気に笑う。

「アッヒャッヒャッヒャ！　旧王国の兵隊さんを連れて攻め込むのでしたら、王宮の方向はあちらです。迷子になってはせっかくの遠足が台無しですよ！」

「奈落《ならく》の巣網《すあみ》のゼルジルガ……！」

鮮やかな橙色《だいだいいろ》の道化衣装に身を包んだ、ヤモリめいた細身の砂人《ズメウ》である。

メステルエクシルに勝利した第六試合を境に、この勇者候補の消息は不可解な途絶え方をした。奈落《ならく》の巣網《すあみ》のゼルジルガは依然として勇者候補として名を連ねているものの、どこにも姿を表さず、行動も起こさなくなった。市民の前で芸を披露することもなくなり、星馳《ほしは》せアルス襲来においても、彼女は最後まで動かなかった。

擁立者である千里鏡《せんりきょう》のエヌも行方不明となっている。果たして黄都《こうと》議会の中に、ゼルジルガの動向を正確に追跡できていた者がいただろうか？

（やはり、〝黒曜の瞳〟を離反していたわけではなかった）

カニーヤが感じた糸の感触は、ゼルジルガが操る蜘獣《タランチュラ》の切断糸だ。蜘獣《タランチュラ》の巣の縦糸は大鬼《オーガ》にも剛力にも切れぬ強度を誇り、横糸は鳥竜《ワイバーン》の骨格ごと切断する鋭利な断面を持つ。

標的が防御を固めていても、その上から投げかけるように……あるいは隙間を通すように絡め、瞬時に引き切ることで切断する。あれほど目立つ道化衣装に身を包みながら、今の今まで気配すら感じ取らせることなく、そんな絶技をやってのけた。

「……化物め」

兵士だけでなく、機魔《ゴーレム》の数も減っている。丘の上に戻って状況を確認することは不可能だが、先程の斬撃で解体されたか、あるいは拘束されたはずだ――先行した機魔《ゴーレム》を止めていたのも、あのゼルジルガの糸に他ならない。

脱出路を切り開くべく、カニーヤは瞬時に判断した。

随行していた多脚の機魔《ゴーレム》を一体、突き飛ばすように森の方向へと突撃させる。

木々の間に張り巡らされていた糸が絡み、転倒し、罠が起爆する。

「続け！」

兵士達に短く指示を下し、走る。爆風の只中を突っ切る。

視界を遮る土煙越しに、何かがカニーヤのすぐ隣を通り抜ける。円月輪。

「がっ」

兵士の腕が切断された。

(盾を――)

兵士の切断された片腕が握ったままの盾を、空中で、一瞬の判断で奪う。

構えると同時、土煙越しに衝撃を感じる。二射目の円月輪が、複合装甲の盾の半ばまで食い込んだ。

背後に残していった機魔《ゴーレム》は、ゼルジルガの迎撃に動いている。切断糸が飛び交う。音速を突破する破裂音が響き、強固な機械の肢が飛ばされて舞う。

一本の糸がカニーヤの脇腹に触れ、具足ごと皮膚と脂肪を引き裂いていく。

運動能力を総動員して、入り組んだ岩の隙間へと飛び込む。身を丸め、盾を構える。

全ては遭遇からほんの一瞬の出来事だったが、何度かの奇跡が起こっていたに違いない。

地獄の如き交錯だった。

「〝黒曜の瞳〟……たった二名で、この戦力か！」

従えていた盾兵は三名にまで減っていた。

どの時点で誰が殺されていたかを、把握できていない。一瞬でもそのことを考えていたなら、カニーヤ自身が死んでいたはずだ。

「カニーヤ隊長、どうしますか……！」

同じく岩陰に隠れている盾兵が、叫びを押し殺すように問うた。

「凌《しの》ぎましょう」

今も摘果《てっか》のカニーヤの表情は変わらない。常に深く、笑みを浮かべたような顔をしている。

内心がどれほど揺らいでいても、生来のこの顔だけは変えられない。

その事実は苦痛だったが、部下を率いる間はその方が良《い》い。

「この敵の数は少ない。だから二名だけで攻めてきている。そして私達を怯《おび》えさせるような攻撃を仕掛け、指揮官の私を狙い、混乱させようとしている……けれどこの現状は、こちらの有利に傾いているといえるわ。敵の精鋭戦力二名を、私達だけに引きつけているのだから」

罠や恐怖を用いた足止めは、軍勢に対しては所詮、一時凌《いちじしの》ぎにしかならない。

同時多方向から包囲を狭めている部隊を全て止めることは、物理的に不可能なはずだ。まして旧王国の戦力には、軸《じく》のキヤズナが生成した機魔《ゴーレム》も含まれている。

今の状況は極めて危険だが、館を挟んだ反対側の部隊が攻め入る絶好の機会でもあった。

（撤退はない）

もっとも、初めからその選択肢は存在しない――

幾度も敗北を重ね、黄都《こうと》が全てを掌握しつつある今、カニーヤらがここでまた退いてしまえば、集団の士気を立て直す手立てのない段階にまで来ている。中央王国の再起も叶《かな》わなくなるだろう。

〝黒曜の瞳〟は恐るべき戦闘集団だが、最高の装備に身を包み、数と練度においてもこちらを圧倒する黄都《こうと》の正規軍に比べれば、まだ勝ち目のある敵だ。

〝黒曜の瞳〟は工作員に過ぎない。正面からこちらを圧殺する怪物ではなく、異能と搦手《からめて》によって実態以上の脅威を演出することにこそ長《た》けている。

（何より〝黒曜の瞳〟は、この拠点を守っている。こちらの襲撃を知り、これだけの準備をしていたということは、この館に防衛すべき何かがあるということになる。円卓《えんたく》のケイテが語った話の全てが真実だとは思わないが……）

曰《いわ》く黄都《こうと》は血鬼《ヴァンパイア》を用いた実験を行っており、感染による勇者候補排除を企《たくら》んでいる――一連の話がケイテの出任せに過ぎないのだとしても、大規模政変という最後の行動の機会を〝灰髪の子供〟を通して知らされてしまった以上、決起を望む集団を止める術はカニーヤにはなかった。

無意味な戦いになることは覚悟の上での行動であったが、そこに成果を得られる可能性があるのなら、戦う価値すらもある。

「軸《じく》のキヤズナ」

カニーヤは、ラヂオの向こうへと呼びかける。

自分達が釘付《くぎづ》けにされている以上、切り札は軸《じく》のキヤズナだ。

「今、館の南東方向に敵戦力二名、ゼルジルガと円月輪の狙撃手を引きつけています。行動不能になっている機魔《ゴーレム》の密度を確認し、どの方角に穴があるかを見つけていただきたい」

〈あァ……南東？　今、西側じゃなくて南東側にいるんだな？〉

「西だと……」

岩陰から様子を窺おうとした盾兵が悲鳴を上げた。迂回《うかい》した円月輪で、手首を深く切り裂かれている。狙撃手はまだこちらを監視し続けている。

「何か、問題が？」

轟音《ごうおん》が破裂して、カニーヤの言葉を遮った。

雷のように明るい炎の雨が、館の西の方角で降り注いでいた。

〈――大したことじゃねェよ。運が良かったな。摘果《てっか》のカニーヤ〉

◆

館の方向から流星のように、光が飛来した。

光は空中で制動し、ガトリングガンの弾雨を、地上へと無造作に掃射した。

12・7×99㎜弾の直撃は、〝彼方〟の乗用車をも粉々に消し飛ばす威力である。僅かに掠めただけであっても、運動エネルギーで人体は爆散する。

その弾丸が絶え間なく、光線の如き連射速度で降り注ぎ続けた。

西方面の兵士は声を発する間もなく、その血肉すらも多量の土煙の只中で消えた。

窮知《きゅうち》の箱《はこ》のメステルエクシルは、噴射炎とともに着地し、肉と木と土が混じり合った残骸を踏み潰した。

「ははは、はは」

樹海に覆い隠された煙の中で、赤い単眼が不吉に光る。

「はははははははははははははは！」


――その光景を、戒心《かいしん》のクウロは余すところなく知覚していた。

焼け落ちる葉の一枚までも、砕け飛ぶ旧王国兵の爪の一枚までも、館を挟んで正反対の方角からでも、機械以上に正確に認識することができる。それが、クウロの持つ天眼《てんがん》の異能だ。

戒心《かいしん》のクウロは、旧王国主義者や軸《じく》のキヤズナ達とは異なる勢力と目的のもとに行動している。

診療所ごとクウロを焼き、ミジアルやキュネーを窮地に追い込んだ〝黒曜の瞳〟への報復。

不当な襲撃のために、クウロは友であるおぞましきトロアを止める機会を失った。

然《しか》るべき報いを与えなければならなかった。

顔に巻いた包帯で火傷《やけど》の痕を乱雑に隠した小人《レプラコーン》はこの森の中にあっても目立つ外見だろうが、戒《かい》心《しん》のクウロは、かつて〝黒曜の瞳〟最強の殺し屋として、全知たる天眼の能力を駆使してきた男だ。

この戦場の死角を縫いながら目標まで進むだけならば、造作もない。

「……注意しろ。敵はメステルエクシルを出した」

手元のラヂオをほんの一瞬通電し、囁《ささや》く。

ラヂオは、この戦場の外で待機している千里鏡《せんりきょう》のエヌに繋がっている。

元黄都《こうと》第十三卿。大規模政変に乗じて〝黒曜の瞳〟と国防研究院を同時に離反した、天眼の知覚を以《もっ》てなお不可解な意図を持つ男だった。

少なくともこの襲撃の間は、クウロとエヌは一時的な協力関係にある。

エヌの目的は、血鬼《ヴァンパイア》の変異種である黒曜《こくよう》リナリスの拉致。利害は一致する。

「ふむ。近づかないよう、一層心がけよう。黒曜《こくよう》リナリスの確保はできそうかな」

(どうだろうな)

エヌの返答を、ラヂオの通信越しに聞いているのではない。

尋常ならざるクウロの聴覚は、全ての物音を正確かつ同時に処理する。兵士の絶叫や怒号が響き渡る只中でも、爆発的なガトリングガンの銃声越しでも、２㎞先で発せられている、ただの声を聞き分けることができる。

クウロは再び、ラヂオを通電した。

「俺だけならばともかく……」

通電と切断を都度繰り返しているのは、盗聴の対策である。クウロの認識では、電波という情報を無差別に流し続けるラヂオは、もとより扱いに注意を要する器具だ。

「メステルエクシルが暴れている中で、リナリスを連れて死角を通り続けるのは不可能だ。できたとしても、リナリスの体では耐えられないな……」

常にその場の全員の死角を渡《わた》りながら移動する技は、クウロの精密な動作と反射速度、そして小人《レプラコーン》特有の矮軀《わいく》あってこその芸当である。

胸ポケットに入る大きさだった彷《まよ》いのキュネーのような造人《ホムンクルス》はともかく、人を――それも人質を引き連れてこの包囲網を抜けるのならば、相応の幸運が必要になるだろう。ただでさえ病弱な上に重体のリナリスは、砲火の衝撃波や急機動に伴う負荷だけでも危険を伴う。

（〝黒曜の瞳〟がメステルエクシルを投入してまでここを死守しているのは、リナリスが容易く動かせない状況にあるからだ。……予測は当たったな。しかも、大規模政変の混乱を見計らったように介入してきた旧王国主義者……）

「クウロ。メステルエクシルの存在が移送にあたって問題だというなら、多少の手立てはこちらで用意している。それ以外の障害を排除して運び出してくれればいい」

（多少の手立て、か）

断続的な銃声が西側で響いている。メステルエクシルが僅かに残った生存者を一人ずつ始末しているのだ。迂闊《うかつ》に動くことはできない。

ラヂオを通電する。

「軸《じく》のキヤズナが旧王国主義者と行動をともにしている。お前は最初から知っていたな、エヌ」

〈その通りだ。メステルエクシルを排除できる者がいるとすれば、その創造主である軸《じく》のキヤズナだけだろうね〉

天眼でエヌの反応を知覚する。心音、呼吸、仕草。クウロとの交渉において、千里鏡《せんりきょう》のエヌは常に正直に受け答えをしている——クウロに嘘は通用しないことを理解しているからだ。

「それがお前の、メステルエクシル攻略の算段だった。だとすれば」

相手の回答にかかわらず真偽を確定できる以上、質問を投げかけるという行動自体が、より深く情報を獲得する手段を兼ねる。戒心《かいしん》のクウロのそれは、蝙蝠《こうもり》が自ら発した音波の反響で地形を把握する様にも似ている。

「旧王国主義者がこの日〝黒曜の瞳〟を襲撃することも、軸《じく》のキヤズナが彼らと行動をともにしていることも、お前は把握していた。お前や……円卓《えんたく》のケイテのような、離反した二十九官に間接的に接触し、同じ情報を流していた者がいたということになる。黄都《こうと》でもなく、イリオルデでもない。……〝灰髪の子供〟だな？」

〈……〉

エヌはすぐさま答えることこそなかったが、肯定の反応を示していることは分かった。仮にそれが間接的な接触だったとしても、エヌの分析力ならば既に辿《たど》り着《つ》いていた真実だっただろう。

千里鏡《せんりきょう》のエヌには、黄都《こうと》と対立する秘めた目的がある。その個人的な計画を達成するために、まずは〝黒曜の瞳〟に、続いて国防研究院に接触し、陣営を渡《わた》り歩いていた。

クウロは〝灰髪の子供〟を深く知悉《ちしつ》しているわけではないが、伝え聞く情報だけでも、彼の行動方針について推察できることはいくつかある。〝灰髪の子供〟は、強い望みを抱く他の何者かを用いることで、その全てを叶えるべく盤面を動かす者であろうということ。

——千一匹目《せんいちひきめ》のジギタ・ゾギ。移《うつ》り気《ぎ》なオゾネズマ。荒野《こうや》の轍《わだち》のダント。黄昏潜《たそがれもぐ》りユキハル。通《とお》り禍《か》のクゼ。哨《みはり》のモリオ。クウロにとって未知の名も含めて、ヒロト陣営に属する者の多くは、自らの願望を成し遂げるべく集っている。

（だが、〝灰髪の子供〟自身はどうだ？　合理的な行動原理とはいえない）

ジギタ・ゾギとリナリスが暗闘を繰り広げていた頃とは違う。今の〝黒曜の瞳〟は、その頭脳たるリナリスが無力化しており、ヒロト陣営にとって脅威たり得ない。一方で攻め落とすにあたっては、メステルエクシルという強大な戦力が障害となる。

本来は、エヌやキヤズナといった希少な手駒を消耗して攻撃を仕掛けるべき勢力ではない。

（〝灰髪の子供〟は、復讐《ふくしゅう》をしようとしている――）

キュネーやミジアルと引き離され、トロアを失った自分のように……〝灰髪の子供〟もまた、〝黒曜の瞳〟によって多くを失っている。

〈クウロ。君の推測は……正しい。加えて言えば、私の伝手《つて》があれば、君の……彷《まよ》いのキュネーの延命が可能かもしれない〉

「な……」

クウロは問い返したかったが、直感で指先が動いて、ラヂオの通電を切っていた。

地形に張りつくように伏せ、焦茶の外套《がいとう》で体を覆う。

クウロの目にのみ見える光が空間を通過したことが、外套越しにも分かった。

（――短波長電波）

未来予知にも等しい天眼の直感は、正解の行動を導いていた。

クウロの与《あずか》り知らぬ知識だが、電波の正体は〝彼方《かなた》〟のマイクロ波レーダーである。

西方向の殲滅を終えたメステルエクシルが、広域索敵を行っていた。

〈何があった〉

「索敵だ。まずいな。迂闊に出ていくことはできなくなったか……」

弓や歩兵銃《マスケット》程度ならば、攻撃動作を予測して回避することはできる。

だがメステルエクシルが繰り出す〝彼方《かなた》〟の兵器群は、天眼の知覚能力を以てしても、回避の能《あた》う次元の攻撃ではない。戒心《かいしん》のクウロが窮知《きゅうち》の箱《はこ》のメステルエクシルを上回る手段は、最初から敵と認識されないよう立ち回ることしかない。

「……!? 何をしている……!」

加えて、それ以上の事態の兆しがあった。

クウロが思わず声を上げたのは、クウロや旧王国主義者への危機ではなく、むしろ敵の危機への動揺のためだった。

〝黒曜の瞳〟の拠点である館周辺は、昼間でもなお暗く、静かな森である。

その環境に、小さな異変が起こりはじめていた。

先程までのメステルエクシルの掃射の残響とはまったく別の——さざ波の音のように不気味なざわめきが、波紋が広がるように森を取り囲みつつある。

木々の隙間から細く差し込む陽光が陰って、本物の夜のような暗闇が差していく。

「そんな状態で攻撃を……仕掛ける気か。リナリス……」

クウロの天眼は、この場で起こっている全ての状況を知覚している。

館の中にある寝室のベッドで、黒曜《こくよう》リナリスが意識を取り戻した。細い体を起こし……血鬼《ヴァンパイア》としての異能を行使している。

◆

カーテンの隙間から差し込む細い光が、ベッドや戸棚の輪郭をなぞっていた。その只中で僅かに開いた金色の瞳は、それ自体が光を放っているようでもある。

ベッドの上で、リナリスは上半身を起こしている。薄い夜着が身体に張りついていた。

夢と現実の境のように、意識が覚束《おぼつか》ない。時計の針の音だけが、静かな部屋の中で響く。

目覚めたのは、先程静寂を破って館の中にまで響いたメステルエクシルの銃声のためだ。リナリスの病状の重篤さを思えば、覚醒に至ったのは奇跡的なことだった。

(今、何が――)

ぼうっとした頭で、思考を試みる。

何も知らずにいた日のこと。誰かに裏切られた日のこと。父を死なせた日のこと。

目覚めている意識と地続きのように思えるそれは、悪夢だったのだろう。

確かな現実は、ガトリングガンの銃声だ。遠く離れた寝室でも、まだ残響を感じられる。

その音が起こるだけの何かがあった。リナリスが館から動けない今、防衛のためにメステルエクシルを動かす必要に迫られていたということになる。〝黒曜の瞳〟で処理できる個人などではなく、集団。それも、〝黒曜の瞳〟を明確に攻撃する意図を持った相手だ。

「ああ……」

細く、落胆の息をつく。

絶望して泣き叫べるような体力はなかった。

館に攻め込んでいる勢力は、オカフ自由都市の傭兵《ようへい》か、あるいは旧王国主義者か――いずれにせよ、〝灰髪の子供〟への嘆願が却下されたのだということを、ただ理解した。

「………。メステルエクシルさまを、動かしてはなりません」

無人のように静まり返った室内で囁く。

常人ではそこに気配すら感じ取ることはできないが、リナリスが病床につく時、傍らには常に目《め》覚《ざ》めのフレイが佇んでいることを信じている。

「お嬢様。どうか今は、お休みくださいませ」

いつものように、暗闇から老婆の声が返る。

それだけは、安心できることだった。

「敵は、旧王国主義者の残党兵です。メステルエクシルにお任せいただければ、ヴィーゼもゼルジルガも傷つくことなく、お嬢様のお手も煩わせることはありません。黄都《こうと》の目も、今はイリオルデ軍と第十試合の中止に向けられておりますでしょう。全ては迅速に、秘密の裡《うち》に終わります」

「いいえ……」

リナリスが万全なら、襲撃に持ち込ませることすらない敵だった。

しかし親個体であるリナリスが意識を失っていた間、〝黒曜の瞳〟が最も得意とする手段であった、各勢力に潜伏した従鬼《コープス》を用いての情報工作は封じられていた。その従鬼《コープス》すら、黄都《こうと》の徹底した感染対策と追跡をかわすために数を大きく減らさざるを得なかったのだ。

次善の策は、この本拠地に辿り着いた旧王国主義者を殲滅すること。今の〝黒曜の瞳〟の手札でそれが可能な手立ては、窮知《きゅうち》の箱《はこ》のメステルエクシルしかいない――

「メステルエクシルさまを誘《おび》き出《だ》すことが……きっと……狙いなのです……」

吐息を挟みながら、か細い声を絞り出す。

自分が倒れていた間は、まるで時間が飛んでしまったかのようだ。第八試合が終わり、情勢が大きく動きはじめた。ユノとレンデルトに今後のことを託し、それから……黄都《こうと》はどのようになっているだろう。

いくつもの知識が欠落した多くの断片を、推測で継ぎ合わせるしかない。

「けほっ……メステルエクシルさまが、兵器を用いた事実さえあれば……この襲撃が失敗したとしても、次は黄都《こうと》にここを攻撃させることができます」

窮知《きゅうち》の箱《はこ》のメステルエクシルは、黄都《こうと》が取り逃した勇者候補であり、最優先の排除対象だ。

ユノとともに暴いたロスクレイ陣営の謀略が第十試合の予定日に結実してしまえば、その後には、万全の準備を整えた黄都《こうと》軍がこの館を攻め落とすだろう。

メステルエクシルはともかく、自分や、〝黒曜の瞳〟の他の者が耐えきれるとは思わない。

「お嬢様」

フレイの声はいつも優しく、リナリスを落ち着かせようとしてくれる。

「敵の正体は、〝灰髪の子供〟でございますか」

そんなフレイの献身に自分が何も返せていないことを思うと、涙が溢《あふ》れそうになる。

「――いいえ」

親個体であるリナリスの命と引き換えに、〝黒曜の瞳〟が傘下に加わることを約束する――

無垢《むく》なるレンデルトに託した〝灰髪の子供〟との密約は、他の構成員にも伝えていないことだ。

その交渉が決裂に終わり、〝灰髪の子供〟が完全な敵となってしまうのだとしても、〝黒曜の瞳〟には、犠牲を伴う報復に向かってほしくはない。

どころか、リナリスが洞察した〝灰髪の子供〟の性質が正しければ、交渉が成立している可能性すらあるのだ。この段階で〝黒曜の瞳〟が殲滅戦の引き金を引けば、その事実が一度成立した取引を取り下げられる理由になりかねない。

常に、選択が行き着く未来を理解してしまう。〝黒曜の瞳〟が選び取れる道の殆《ほとん》どは破滅だけに通じていて、数少ない生存の道を選ぶために、いつもリナリスは、眼前の確実な勝利を選び取ることはできない
「大丈夫です……メステルエクシルさまを動かすことなく……相手を、無力に……」

目覚めた今なら、できることはもう一つある。

ベッドから身動きすらできないこの状態でも、血鬼《ヴァンパイア》の突然変異であるリナリスには、意志を動か

すだけで可能なことだ。

細い光が差し込む暗い窓の外で、木々が揺れる音とは異なるざわめきが鳴った。

◆

ヒロトと別れてから、丸一日は歩き続けていたような気がする。

この深い森に入ってからも、館までの経路は一本道ではない。どれだけの時間歩いたのか。

ユノの細い足の感覚は、とうに痛みを通り越してしまったように思う。

――〝灰髪の子供〟が、リナリスを殺す。遠《とお》い鉤爪《かぎづめ》のユノは、〝灰髪の子供〟が企図した襲撃計画を知らせるために、この館へと帰ってきた。

リナリスが人族《じんぞく》にとって打ち倒されるべき邪悪にすぎないのだとしても、ユノ自身の心を救うために、助けに向かわなければいけなかった。

ほとんど樹上を登るように移動していたユノは、緊張とともに足を止める。

（こんなところにまで糸の罠が……！）

枝と枝の間で、細い糸がきらきらと光を反射している。

危険を予感した経路を迂回した矢先のことだった。

（もし知らずに戻っていたら、死んでいたかもしれない。裏をかこうとしても、思考を先回りするように罠が仕掛けられている――）

先程遠くで起こった爆発で、どんな罠が仕掛けられているのかを推測することはできた。

ユノは一時期〝黒曜の瞳〟と行動をともにしていたのだから。

「どうにかして近づかないと。どうする……」

旧王国主義者による襲撃が既に起こっていたのは、ある意味では幸運だったといえるかもしれない。もしもユノのほうが先に到着していれば、この罠の存在を察知することすらできなかった。もしくは後から現れた軍勢に諸共《もろとも》襲われ、無意味に死んでいただろうか。

そうならないための勝算が、本当は必要だった。ユノのような少女が一人飛び込んでいったところで、この状況を変えられるような力はない。

——それでも、分かっていることはある。

ユノは恐らく、間に合わなかったわけではないということ。

(中央王国の紋章をつけている兵士が何人かいた……館を攻めている軍勢は、きっと旧王国主義者。だけど、それは本命じゃない。〝黒曜の瞳〟が人族《じんぞく》の部隊だけで十分な相手だったら、ヒロトさんは初めからオカフ自由都市の傭兵を送り込んでいるはずだから。だから……何かがある。この軍勢を目眩《めくら》ましにした、本当の脅威が)

黄都《こうと》の表で黄都《こうと》軍とイリオルデ軍が戦闘を繰り広げる最中、死角の勢力たる旧王国主義者を手足の如く扱い、狙った日取りで狙った目標を襲撃する。どのように立ち回ればそのような芸当ができるのか、想像もできない。逆理《ぎゃくり》のヒロトの人脈は、運命めいた怪物的な力だ。

ユノが理解できるのは、ただ、〝灰髪の子供〟が本気だという事実だ。

（……落ち着け。私がリナリスに伝えるべきなのは、最初から襲撃計画のことじゃない。〝黒曜の瞳〟とリナリスなら、そんなことは私なんかに言われるまでもなくとっくに分かっている。ヒロトさんの真の敵意が、この襲撃のどこに隠れているのか――それを見抜かないと、意味がない）

旧王国主義者は狙撃と罠で攪乱《かくらん》され、足が止まっている。

ユノに彼らと比べて優位な点があるとすれば、一人だということだ。部隊単位で行動する必要がある旧王国主義者は侵攻経路も自《おの》ずと限定されてくるが、一人で、かつある程度の力術《りきじゅつ》を扱えるユノならば、選択肢はもう少し広く取れる。

「【ユノ《uno》より《io》フィピケの鏃《shyipice》へ】」

戦場を見下ろす樹上で、ユノは、太い枝に座り込んだまま呟く。

「【軸《un》は第二《2》指《lino》。格子の星《corro enuha》、爆ぜる火花《8dihine》、回れ《viradna》！】」

袖口から、鋭い鏃が飛んだ。斜面の上に生えている大樹の幹へと突き刺さる。

ユノ自身が扱える戦闘用の詞術《しじゅつ》は、この鏃を飛ばす力術《りきじゅつ》だけだ。残弾も心もとない。

だがその鏃には、簡易的な縄梯子《なわばしご》を結びつけて飛ばしている。

「よし。安定はしているはず……」

縄を引っ張って確かめる。

幹に撃ち込む際にひねりを加えている。ユノが研いだ鏃のうちのいくつかは、簡単には抜けないよう、かえしを備えた形状に仕上げていた。

結びつけている縄梯子は、一定間隔の結び目で足がかりを作っているだけのものだ。ここに駆けつけるにあたって、黄都《こうと》の市街で調達したものである。

ナガン迷宮都市で暮らしていた頃は、自分の力術《りきじゅつ》をこのように応用するなど考えつきもしなかった。だが鬱蒼とした木々に覆われたこの森の中に限っては、ある程度までなら罠や旧王国主義者との遭遇を避け、立体的に行動することが可能かもしれない。

縄を強く摑み、結び目に足を乗せていく。

三階建ての住宅ほどの高度で、ユノの視界はふらふらと揺れた。

(この周辺に警戒している兵士は残っていない……けど、私みたいな素人の感覚は、全然、確実じゃない。誰かに発見されたら、地上から狙撃される可能性だってある……)

感覚のない足より、摑む力のほうが頼りだ。戦場の只中で、突き刺さった鏃だけを支点にして、揺れる縄梯子を進んでいく。体力以上に勇気を必要とする作業だった。

木々の間を一つ渡るごとに疲労も重なり、高度も上昇していく。

まだ、向かうべき館には近づけてはいない。

「……」

高い位置から戦場を俯瞰《ふかん》することが目的だった。

館を挟んで反対側で爆発音がある。また糸の罠が作動したということだ。

旧王国主義者の包囲の前線がどの程度狭まっているかを推定する助けにはなる。館からの距離を思うと、あまり猶予はなさそうだ。

開けた地形で動いている部隊は少ない。狙撃を警戒しているのだろう。

そんな中、目立つ小高い丘で戦っている部隊がいた。

この高さと遠さから見れば、凄惨な戦場もまるで玩具屋《おもちゃや》の模型のようだ。隊長らしき大柄な女性。盾を構えた旧王国主義者の兵士。そして——

「……ッ、機魔《ゴーレム》……！」

ほとんど反射的に込み上げた吐き気をこらえようとする。

ユノは15ｍの高木の上にいる。冷静さを保たなければいけない。思考を真っ赤に塗りつぶしてしまっては、命に関わる。

それでも半ば後天的な本能のように、嫌悪と恐怖が湧き上がる。

（旧王国主義者は、機魔《ゴーレム》を使っている……！　ヒロトさんの勝算は……機魔《ゴーレム》兵の提供だったたってことなの……!?　ヒロトさんならきっと、商取引の裏で精密部品を取り扱うことだってできた……黄《こう》都《と》に隠れて機魔《ゴーレム》の製造を……!?　いや……）

親指を強く噛《か》んで、思考の熱を冷まそうとする。

「落ち着け、落ち着くんだ……！」

逆理《ぎゃくり》のヒロトは確かに恐ろしい怪物で、機魔《ゴーレム》はユノの憎むべき敵だ。

けれどその二つの事実は、切り分けて考えなければいけない。

（ヒロトさんは……ずっと、黄都《こうと》の厳重な監視下にあった。魔族《まぞく》の大量生産なんて芸当はできなかったはず。あの機魔《ゴーレム》はヒロトさんから提供された戦力じゃないと考えるほうが筋が通る。旧王国主義者の中にいる誰かが生成したことになる……反黄都《こうと》勢力に加わる理由のある、機魔《ゴーレム》を生成する技術を持った魔王自称者――）

その時、鼓膜を劈《つんざ》く音がユノの思考を中断した。

自然界の音ではあり得ない、金属を削って引き裂くような射撃音だった。

「ひっ」

呼吸器の肉体的な反射であげた悲鳴だった。轟音が鳴り響いていることは遅れて認識した。

館の西の方角を見る。

空から、火の線としか言いようのないものが降り注いでいる。

単眼の機魔《ゴーレム》が、旧王国主義者を掃討しているのだ。

「……っ」

息を呑《の》んだのは、響き続ける殺戮の音を恐れたからではない。

その単眼の機魔《ゴーレム》の正体を理解したからだ。

「きゅ……窮知《きゅうち》の箱《はこ》の、メステルエクシル……！」

逆理《ぎゃくり》のヒロトに告げられた話を思い返す。

――〝黒曜の瞳〟は第六試合で、メステルエクシルを支配した可能性がある。

数多くの疑問が、ユノの脳裏を過った。

軸《じく》のキヤズナは何を目的としているのか。リナリスはどこまで事態を知っているのか。

何よりもキヤズナとメステルエクシルが、同時にこの場に居合わせているとしたら――

（やっと……やっと私に）

ユノの故郷、ナガン迷宮都市は滅んだ。

都市そのものが、魔王自称者キヤズナが作り出した巨大な機魔《ゴーレム》だったからだ。

「落ち着け、落ち着け！」

親指ではなく、手首を噛む。

ナガンに暮らしていた人々は何も知らされないまま、巨大な力で、虫のように蹂躙《じゅうりん》されて死んでいった。誰よりも大切だった友達のリュセルスも、全身を引き裂かれて死んだ。

（やっと私に……復讐の機会が、来たんじゃないのか）

軸《じく》のキヤズナもきっと今、ユノと同じ戦場のどこかにいる。

全てを焼き尽くすような激情を抑えつけてリナリスを助けに戻ったはずなのに、また、何度でも、あの日の炎がユノの心を支配しようとする。

心に勝たなければ。制御しなければいけない。

手首を噛む口の中には、薄く血の味が染みた。

（後悔を取り戻したい。リナリスを助けないと。そのために、旧王国主義者を探って。旧王国主義者の切り札が軸《じく》のキヤズナだとしたら。ヒロトさんも最初から全部を知っていて。メステルエクシルが〝黒曜の瞳〟に味方している。リナリスは軸《じく》のキヤズナとも手を結んでいたかもしれない。誰かが私を騙《だま》していた。初めから敵はキヤズナだけじゃなかった。リュセルスは私のせいで死んだ。キヤズナを殺せる機会は今しかないんだ。後悔を取り戻したい。リナリスを助けないと――）

支離滅裂な混乱と迷いが、思考を止める。

だから、気がついた時にはそれは起こっていた。

「え……」

脇腹の肉を抉《えぐ》られたような痛みだった。

狙撃ではない。この樹上に到達するような攻撃がいつあったのか。

体がよろめいて傾《かし》ぐ。自分のことなのに、まるで現実感がなかった。

重力に引かれて落下していく中で、見えたものがある。

ざわめきと闇。

肉は抉られたのではなく、硬い何かで啄《ついば》まれただけだ。嘴《くちばし》と羽。

ユノは、戦場に広がっていく闇の正体を見た。

「鳥……」

〝黒曜の瞳〟の館があるのは、静かな森だった。鳥や虫の鳴き声もなかった。

その森へ、さらなる静寂の帳《とばり》を下ろすかのように——黒い鳥の群れが空を覆いはじめている。

◆

夜が降りてきたような暗闇だった。

そして夜と同じように、逃げ場もなかった。

ざあ、と空気を打つ音。

暗い森全てに反響する数千にも及ぶ翼の音は、不気味なほど整然と揃っている。

その只中で発せられる叫びと血も、莫大《ばくだい》で無機質な音が希薄化する。

「あああああああッ！」

「やめろッ、こいつ……！　離れろ！　なんなんだよぉッ！」

「鳥！　鳥がッ！　助け……」

雲霞《うんか》に等しい黒い群れが殺到し続けていた。

走っても振り切ることはできない。銃や剣による迎撃も意味をなさない。どのような防御や遮蔽にも、小さな体は容易に潜り込んだ。嘴と爪が、旧王国主義者の肉を引き裂いた。

一つ一つは死に至る傷ではないかもしれない。しかし悪夢めいた鳥の群れは、兵士達を恐慌へと陥らせるに十分である。どれほど優れた戦士であれ、無数の鳥に啄まれながら戦意を保ち続けられる者は存在しない。

自然現象ではあり得ない出来事が起こっていた。


「こっちだ婆ちゃん！　岩場に浅い横穴がある！」

キヤズナとケイテもまた、突如として降り注いだ混沌《こんとん》に対処していた。

走れば、大地を覆うように抜け落ちている黒い羽を踏む。ケイテが呼びかける声も、空気を揺らすような翼の音に、ほとんどかき消されてしまっている。

「防御方向を限定して凌いだほうがいい！」

「分かってんだよ！　まずはこいつらを焼き払ってからだッ！」

キャズナが手にしている管からは、明るい炎が液体のように射出された。

管の根本には機魔《ゴーレム》、正確にはその胴体内に搭載された貯蔵缶が接続されている。

〝彼方《かなた》〟の火炎放射器は、二人が回収できた数少ないメステルエクシルの遺産の一つだった。そうした〝彼方《かなた》〟の装備は旧王国主義者に逆用されないよう、キャズナの護衛に割り当てられた機魔《ゴーレム》の何体かに分割して内蔵している。

「よし、追っ払ったか！　そこをどきなケイテ！　アタシが入る！」

「やめろ婆ちゃん！　詰めろ！」

キャズナが入ると、狭い横穴に二人分の体を押し込めているような状態になる。

引き連れていた分の機魔《ゴーレム》兵は横穴を守るように展開し、第二波以降の襲撃に備えた。

火炎放射器の燃料には限りがある。二人の防護服は耐毒用のものに過ぎず、逆に自分に引火する危険性も高い。その危険性を承知の上でも、小さな鳥の群れを押し返す手段はほぼこれしかない。

「くそっ、早々に切り札を使われるとはな……！　なんなんだ、この鳥は！」

「屍魔《レヴナント》じゃねェな」

小型拳銃の遊底を引きながら、キャズナは呟く。

「統率された意思で襲ってるようだが、火を怖がる本能が残ってる――生身の鳥だろうよ」

「……バカな」

頭を振る。その事実が何を示唆しているのかは、ケイテにもすぐに分かる。

生物としての本能や思考を奪うことなく、一つの指令に従わせることができる。この戦場には、その条件を満たす種族が存在するはずだ。

だが、そんなものがあってはならない。

「この血鬼《ヴァンパイア》の病原は……鳥類にすら感染するのか!? メステルエクシルの造人《ホムンクルス》への感染だけでも異常だというのに、人族《じんぞく》以外の獣にまで……!」

「操作している数だって多すぎる! どれだけの同時並列思考ができるんだこいつは……! 親個体が十体群れてるとしたって、まともじゃねェ！」

――黒曜《こくよう》リナリスは、人族《じんぞく》世界を滅ぼすことができる。

修羅の領域に至った存在は、その多くが、想像を絶する奥の手を有している。

まして誰よりも情報と秘密を武器とする者が、直接的な襲撃に対して備えていないはずがない。

リナリスが産出するウイルスは、彼女が意識して感染範囲を制御しているからこそ、拡散していない。だが、それは本来、人族《じんぞく》のみならず小動物をも媒介として、無制限に感染を広げる災厄である。

情報の秘匿や操作の持続性を考慮せず、敵を滅ぼすだけのことは――たとえ抗血清による耐性を持つ者が多少存在するとしても、リナリスにとっては、初めから問題にすらならない。

「クッ、旧王国の連中が戻ってきてやがる……！」

キヤズナが、苦々しげに呟く。

目の前を守っている機魔《ゴーレム》と、その向こうの視界を覆い尽くすような鳥の群れの奥に、ほとんど死者のようによろめいて歩く兵士達の姿が見えた。

鳥を追い払うべく火炎放射を続けている自分達は、格好の目印だろう。

「この群れに襲われて原型を保っているってことァ……」

「まさか従鬼化《コープス》しているのか」

旧王国主義者の攻勢に乗じて攻める作戦は、全くの裏目だった。

鳥の群れは、敵を啄み殺すためのものではない。

僅かな傷から軍勢を従鬼化《コープス》し、感染爆発を引き起こすための攻撃だった。

（まともな血鬼《ヴァンパイア》ではあり得ない……いや……第六試合でメステルエクシルの制御を奪われた時から、この敵が血鬼《ヴァンパイア》の常識を逸脱した感染能力を持っていることは分かっていたはずだったのだ！　長い接触時間など必要ない！　僅かに切りつけた傷だけでも従鬼化《コープス》させられる！）

どう対処すべきか。ケイテは思考を回転させる。

横穴を守っている機魔《ゴーレム》兵には〝彼方《かなた》〟の銃器が搭載されているはずだ。旧王国主義者の兵士がこちらを攻めてくるのなら、まとめて掃討はできる。

一時は共闘関係にあった旧王国主義者とはいえ、ケイテもキヤズナも、自らに脅威が及ぶとなれば迎撃に一切の迷いはない。

だが、今や真の問題はそちらではない――

「婆ちゃん！　鳥が入ってきているぞ！」

「【キヤズナよりウォレーシーゲンの布へ。《kiyazna io woletzhigen》結露の調べ。《dede chaftas》微光の面晶。《sai delsa xa》莠き鉻の浸透色！《nolain ielin shaldekain》絡め！《tarfsips》】」

鳥の嘴に何度か突かれたことは分かったが、防護服を貫通した様子はなかった。

軸《じく》のキヤズナの工術《こうじゅつ》が、二人の全身を覆う防護服の素材を変性させている。魔王自称者として幾度も修羅場を潜《くぐ》り抜《ぬ》けてきた彼女の判断は、老婆とは思えないほど速い。

「ピーピー泣くんじゃねえケイテ！　お前はそもそも抗血清打ってるだろうが！」

「俺は婆ちゃんを心配して……ああもう、旧王国の連中が来るぞ！」

キヤズナに制御された機魔兵《ゴーレム》が、折り畳み式の腕を一瞬だけ展開した。

搭載銃の精密な射撃が、接近する兵士の膝を撃ち抜く。兵士は叫んだ。

まだ、暫《しばら》くの間は耐えることはできる。耐えるだけならば。

「防護服の防刃能力はどの程度だ！」

「鎧《よろい》じゃねえんだ、同じ箇所に何発も喰らったら破れる！」

「火炎放射器の燃料は!?」

「今ので半分切っちまったよ！」

耐えることならばできる。それ以上のことは何一つできない。

「劣勢だ……！　完全に！」


ケイテとキヤズナの戦闘は、絶望的な塹壕《ざんごう》戦のようなものだった。

しかも敵は人族《じんぞく》の兵士ですらなく、尽きることなく飛来する鳥の群れである。

ケイテはキヤズナの補助に専念している。防護服が損傷すれば、すぐさま工術《こうじゅつ》で修復しなければならない。服の裂け目に潜り込まれ、かすり傷を負えば即座に感染し、従鬼《コープス》に変えられてしまうと判断すべきだ。

「チィーッ！　かすり傷でも感染する血鬼《ヴァンパイア》が、どうしてこんな郊外に隠れてやがった!?　本気で黄《こう》都《と》を攻めるつもりでやりゃ、一日も経《た》たず落とせる能力じゃねえか!?」

キヤズナが、殺到する群れを火炎放射器で薙《な》ぎ払《はら》いながら叫ぶ。

（その通りだ。この敵は、その気になればすぐさま人族《じんぞく》の統治者にもなれる）

メステルエクシルという実例を見てもこの血鬼《ヴァンパイア》の実在に確信を抱けていなかったのは、ケイテの常識では、この敵の挙動が極めて非合理的だからだ。

もしもケイテ陣営がこの力を使えば、その時点で勝利だ。メステルエクシルも黄《こう》都《と》全てを滅ぼし得る力だが、〝黒曜の瞳〟の親個体は、破壊を伴わずそれが可能な点でより凄《すさ》まじい。相手に警戒されるよりも早く、要人に片端から感染を広げ、政治中枢を掌握してしまえばいい。初動で打ち漏らした抵抗勢力も、容易く正面から踏みにじることができる。

「ようやく分かった……この敵は、無敵だが臆病だ。支配するのではなく、隠れ続けたい。自分が大それた物事を為《な》せると信じていない、小心者の戦い方をしている」

「ヘッ！　急に分かったような口叩くじゃねェか！　だがアタシも同意見だね！　最強のメステルエクシルをこんな森で置物にしているようじゃあ、やる気もたかが知れてるってもんだ」

（隠れ潜み、陰から状況を操ろうとする者は、正面から敵意を受けることに耐えられない者だ。戦えばいずれ自分が負けて、死ぬとしか思っていない）

円卓《えんたく》のケイテにとって、唾棄すべき愚民の思考回路だ。

本来ならこの敵には、ケイテ陣営を容易く出し抜き、この逆境に追い込むほどの知能があった。まったく理解できない。備わった異能も、策謀の能力も、全てを支配すべき天賦の才を備えながら、支配を望まない者がいるのだろうか――

「婆ちゃん！　燃料は！」

キヤズナの火炎放射器が火を吹き、また一波、鳥の群れを散らす。

「もうなくなる！　生き残った機魔《ゴーレム》兵を全部こっちに集合させてるが……！」

キヤズナは、ラヂオのような小型機器を投げ捨てた。

歪《いびつ》に組まれた薄い鉄箱のようだが、何らかの信号を送る装置であることはケイテにも分かる。

「集合指令――そんな機能まで仕込んでいたのか⁉　あんな、ありあわせで生成した機魔《ゴーレム》に！」

「心がなくてもアタシの子供だ！　旧王国のバカどもに好き勝手使わせるかよ！」

旧王国主義者を動かすための兵力として提供した機魔《ゴーレム》兵すら、初めから自分で使うつもりだったということになる。軸《じく》のキヤズナは誰にも利用されぬ、凶暴な悪党だ。

「だが、機魔《ゴーレム》兵じゃ群れ相手には分が悪すぎる！　炎か毒が必要だ！」

「ないよりゃマシだ！」

事実、岩場の横穴を守る機魔《ゴーレム》兵も殺到する鳥を迎撃しているが、全く間に合っていない。

機魔《ゴーレム》兵の基本的な攻撃手段は打撃と斬撃だ。旧王国主義者達に隠して搭載した〝彼方《かなた》〟の銃火器も弾数には限りがある。ライフル弾程度はキヤズナならば戦場で生成することは不可能ではないだろうが、絶え間なく続く攻撃の中では、複雑な工術《こうじゅつ》を行使する余裕もない。

「【ケイテよりカスターの蔦へ。《ceite io kaster》星の翩翻、《mi mea deo》傀儡、《nax treeyu》鉄滓《sahares》——結べ《zii》！】」

横穴の入口に張り巡らされていた鉄線が修復され、鳥の侵入を防ぐ有刺形状を編み上げる。

かつてキヤズナに師事したケイテは常人よりも高度な工術《こうじゅつ》を使える自負もあるが、馴染みの薄い土地で確実に成功させられるのは、持ち込んだ有刺鉄線や防護服の修繕程度の形状変化しかない。効果は気休めのようなものだ。防護服と同じように、破られるたび修復しているだけである。キヤズナの火炎放射器の燃料が切れてしまえば、命運も尽きる。

敵はもはや、支配された旧王国主義者を差し向けてくることもない。

最初の旧王国主義者の接近は、こちらの攻撃手段を見るためだけに動かしたのだ。この敵はこれ以上〝黒曜の瞳〟の工作員も差し向けず、徹底して、対処手段のない鳥の群れだけで始末することを決めている。

「もたねェぞ、ケイテーッ！」

「下がれ婆ちゃん！　機魔兵《ゴーレム》が尽きるまでは持ちこたえてやる！」

「……!?　おかしいぞ、集合させた機魔兵《ゴーレム》の数が——」

ケイテが剣を抜き前に出ようとした時、眼前の光景が吹き飛んだ。

鉄の隕石《いんせき》のようだった。

防衛していた機魔兵《ゴーレム》が一体、その速度と質量で踏み潰されて散った。

この瞬間ケイテが即死しなかったのは、飛散した破片を別の機魔兵《ゴーレム》が代わりに受けたためだ。

藍色の影が、濃い土煙と炎の中で体を起こす。

そして思う。

（この戦いに、勝算はなかった）

ケイテもキヤズナも、旧王国主義者達と同じだ。大局的に敗北してしまった者は、戦い方を選ぶことすらできない。

勝算などは贅沢品《ぜいたく》だ。否応《いやおう》なしにこの作戦に賭けるしかなかったのだ。

旧王国主義者を使ってメステルエクシルを釣り出す。その目的は、たった今達成されたと言っていい。そこから先の計画は、ケイテの思考が及ぶ限り、初めから不可能だ。

旧王国主義者の襲撃作戦の混沌に乗ずることができたとしても……

「ははははははははははは！」

真っ当な方法で、窮知《きゅうち》の箱《はこ》のメステルエクシルに勝てるはずがない。

鳥の襲撃が発生してから、メステルエクシルの銃撃音は聞こえなかったし、位置を探る余裕もなかった。恐らく、メステルエクシルはその間、鳥では対応のできない敵を処理していたのだ——すなわち、機魔兵《ゴーレム》を。

（それでも）

旧王国主義者は全滅して、注意を逸《そ》らすことはできない。

機魔兵《ゴーレム》の数は、既に大きく減らされている。

まして鳥の軍勢が絶え間なく殺到するこの状況で、メステルエクシルと正面から対峙している。

「ね、ねえさんのために……た、たおす！　へいきを、こわす！」

(それでも、やるしかない)

◆

目を開くと、木漏れ日が正面にあった。

墜落して強く打った体よりも、左肩が刺すように痛い。

もしかすると脱臼しているかもしれない。

(なんて間抜けなんだろう、私は……)

ユノは意識を取り戻して、後悔した。

15mの大樹から墜落して命があるのは、高い密度の枝で落下の勢いが減じていて、下が柔らかい土だったというだけの理由なのだと思う。

転落を感じた瞬間、ユノは鏃を幹へと撃ち込んで速度を殺そうとした――縄梯子を踏み外すなどの緊急時に備えて、左腕と紐《ひも》で繋いでいた鏃だ。けれどその結果、左肩に一度に体重がかかって、ひどく痛めてしまった。機転を利かせて生還したとは到底言えない。

そもそもユノが勝手に混乱しなければ、鳥に突かれた程度で体勢を崩したりしなかったのだ。

(鳥が集団で大移動するなんて、普通の現象なのに……いや。私のことより……リナリスに会わないと……。危険が迫っていることを伝えて、メステルエクシルのことを聞く……)

森は元の静寂を取り戻していた。

あれだけ大量にいた鳥は、既に森を通過してしまったのだろうか。しかし戦闘音も、兵士達の声すらも聞こえないのは、不気味なことだった。

窮知《きゅうち》の箱《はこ》のメステルエクシルは、まだこの森のどこかに潜んでいるのだろうか。

（いや、私が……メステルエクシルは、メステルエクシルを警戒したって、大した意味はない）

メステルエクシルだろうと旧王国主義者の兵士だろうと、今のユノが正面から遭遇すれば、命がないのは同じだ。平衡感覚も定まらない頭で、苦労して立ち上がる。

浅い切り傷はいくつもあるが、足はどうにか無事だ。

「おやおや！　これは珍しいお客様！」

森の奥から甲高い声があった。

反射的にそちらに目を向けると、ユノには見通せない木々の闇だけがある。

しかし向こう側からは見えているのか、話し続けながら声の主は近づいてきた。

「遠《とお》い鉤爪《かぎづめ》のユノさん！　どうしてこちらにお戻りで？　確かに……長く過ごしすぎると、こんな辺鄙《へんぴ》な森でも里恋しくなってしまうかもしれませんが！　アッヒャッヒャッヒャッ！」

「あなたは……」

パン、という弦音が鳴って、闇の中から細身の体がくるくると飛び出す。

鮮やかな橙色の装束を纏《まと》った砂人《ズメウ》の道化だ。木々の間ではひどく目立つだろうに、これまで姿が見えていなかったのが不思議だった。

砂人《ズメウ》は両足を揃えてユノの目の前に立ち、右手を前に振って大仰な礼をした。

「お初にお目にかかります、遠《とお》い鉤爪《かぎづめ》のユノさん。私は奈落《ならく》の巣網《すあみ》のゼルジルガ。リナリスお嬢様の忠実な道化にございます。ユノさんが館にいるうちに、ぜひ一度芸を見せて差し上げたかったのですが！　アッヒャッヒャッヒャッヒャ！」

「勇者候補のゼルジルガ……！　そうか、〝黒曜の瞳〟を離反したって経歴は……」

「おおっと、どうか、それ以上の詮索はご容赦願います。お客様にタネを吹聴されては道化の商売が成り立ちませんのでね、アッヒャッヒャッ！　ですが、そんな聡明《そうめい》なユノさんのためにもう一つ。私はユノさんのお名前と、館を一度出て、戻ってきたことを知っています――」

ゼルジルガは、口元で人差し指を立てて見せた。

「もしかしたら？　慎重にお答えになったほうがよいかもしれません。ユノさんは、リナリスお嬢様の助けを呼ぶために外出の許しを得た……戻ってきたのはどうしてですか？　良いお医者さんを連れて帰ってきたのでしたら、祝いの紙吹雪のご用意はいつでもあるのですが！」

（これは――）

今の今まで余計な思考で破裂しそうだったはずの脳が、瞬時にして削《そ》ぎ落とされたような感覚。ゼルジルガもユノと同じように、リナリスの味方だ。最初から離反者などではなく、〝黒曜の瞳〟のために、勇者候補として潜入していた。

けれどそれは、決してユノの味方を意味するものではない。

（――尋問だ。今回の襲撃で……この拠点の位置が特定された理由。ゼルジルガはそれを、私が外部に情報を流したからだと考えている。口封じ役のレンデルトさんも同行していないなら、なおさ

ら怪しまれる……返答次第で、私のことを始末するつもりだ)

「アッヒャッヒャ！　どうしましたか？　アッ、もしかしてユノさんもタネを明かしたくない？私の秘密と交換ではいかがでしょう？　初めてのお喋《しゃべ》りは、できれば楽しくしたいのですが！」

「わ、私は……危険を、伝えにきたんです！　〝灰髪の子供〟との交渉は成功して、リナリスを医師に看《み》せる約束も取りつけています！　ですけど、リナリスを狙っている相手が……」

「アッ！　もしかして、先程までの団体さんのことでしょうか？　……だとすれば、彼らを招待したのは……誰だと思います？」

ゼルジルガの目が細まる。

(考えろ。考えないと)

勇者候補に選ばれるほどの強者なら、ユノの体など一呼吸より早くバラバラに解体してしまえるだろう。一方でユノは、旧王国主義者の兵士一人が相手でも、逃げ切れる見込みはないのだ。

「わ、分かりません……」

「私も分かりませんねえ。では話を戻しましょうか？　ユノさんがそれほど急いで伝えにきた危険とは？　具体的に？」

(そうだ……誰が旧王国主義者を連れてきたの？　私が館についたのは兵士達の後だ。尾《つ》けられたわけじゃないし、私もレンデルトさんも、館の位置まではヒロトさんに伝えてはいなかった。ヒロトさんと繋がっていたとしても、旧王国主義者が別の情報源でこの館を特定したのは間違いないんだ。拠点の特定手段……ヒロトさんが旧王国主義者の襲撃に紛れさせた、リナリスを殺す本当の手

立ても、きっと、その手段にある）

遠《とお》い鉤爪《かぎづめ》のユノは強者ではない。ただの少女だ。接点もない旧王国主義者がどのような情報源を持っていたかを推理するなど、ほとんど不可能なように思う。

「それは……」

沈黙の時間はごく短かったが、途方もない時間だった。

死の間際の一瞬に、現状とは無関係な人生の断片が通り過ぎていく。

ナガンが滅んだ日。ソウジロウとの旅。ハーディに告げられたこと。ヒロトと話した内容――

「…………軸《じく》のキヤズナ」

最も強烈な記憶だった。

脳裏に浮かんだそれが、そのまま答えだと思った。

「ん？」

「旧王国主義者には軸《じく》のキヤズナが合流しています。違いますか？　私は木の上から、旧王国主義者の兵士達に交じって戦う機魔《ゴーレム》を見ました……！　今、黄都《こうと》で機魔《ゴーレム》を新しく大量に生成できるような工術士《こうじゅつし》は、軸《じく》のキヤズナしかいない！」

「ふーむ……」

ゼルジルガは顎に手を当てて、考えるような素振りをした。

ユノの指摘の真偽程度は、とうに判別できているはずだ。

「旧王国主義者に合流したキヤズナが、メステルエクシルを奪還しに来る……！　〝灰髪の子供〟

は旧王国主義者に繋がりを持っていて、襲撃の情報を先んじて掴んでいました。そのことを教えてもらったから、私は先に戻ってきたんです！」

嘘を織り交ぜている。この襲撃の主体は他ならぬ〝灰髪の子供〟なのだから。

同時に、全てが真実でもある。主体がどちら側にあるせよ、旧王国主義者と〝灰髪の子供〟は繋がりを持っている。そして襲撃が起こることをユノに伝えたのは、他ならぬ逆理《ぎゃくり》のヒロト自身だ。

（メステルエクシルと対戦したゼルジルガは最初から〝黒曜の瞳〟だった。……やっぱりメステルエクシルは、〝黒曜の瞳〟に奪われていたんだ。だからキヤズナが〝黒曜の瞳〟を攻める動機があるのだとしたら、メステルエクシルの奪還以外にあり得ない）

「だとすると、旧王国主義者の皆さんがこの館のことを知っていたのはおかしいですね？　まさかお散歩の途中で見つけたなんてこともないでしょうし――」

「仮説で構わないのなら」

口を挟んでしまってから、深く呼吸をする。

だが、無関係な人生の断片が一つに繋がって、ある種の確信のようなものがあった。

「心当たりはあります。私は柳《やなぎ》の剣《つるぎ》のソウジロウと旅をして、たくさんの話をしました。〝彼方《かなた》〟で使われていた言語の話だとか、ソウジロウが倒してきた兵器の話も。〝彼方《かなた》〟には、軍隊や兵器が互いの位置情報を常に共有して、柔軟に戦術を変える仕組みがあるんです。ソウジロウはそういうの、すごく説明が下手でしたけど……」

「ほほう、それは面白いですね。例えば先程の鳥の群れみたいに？」

「ラヂオ通信のような目に見えない波で位置情報を伝えることは、原理的には可能なんです。メステルエクシルも〝彼方《かなた》〟の技術を内蔵している機魔《ゴーレム》なんですよね？　彼を作った軸《じく》のキヤズナなら……メステルエクシルを追跡できてもおかしくないと思いませんか？」

「アッヒャッヒャッヒャッヒャッヒャッ！　なるほど興味深いお話です！　さすがはナガンの学士殿、私などよりずっと教養が深い！　こういった話は、お嬢様もとてもお好きですよ！」

「知っています。リナリスとは、たくさん話しましたから」

「いやあ、礼儀を知らないもので、お嬢様の大切なご友人に不躾《ぶしつけ》な質問ばかりをしてしまいました。――それにもしかしたら、お嬢様の前で同じ話をしてもらうことになるかもしれませんので。お嬢様の楽しみを先に奪ってしまいましたね！」

ユノは既に感染して、従鬼《コープス》になっている。

リナリスの口から問われたことは、嘘偽りなく答えるしかない。

（そうだ。こんなのは一時凌ぎでしかない。〝黒曜の瞳〟は、最初から確実な手段を持っている）

それでもここで始末されることだけは、少なくとも回避できた。

休んではいられない。リナリスのもとに向かわなければ。

「ゼルジルガさん。リナリスに私が言ったことを伝えてください。私も……」

「館に向かうのですね？」

「はい」

危険を知らせるという使命は今果たしたが、まだそうしたい、と感じている。

友人を見捨ててしまう後悔と絶望を繰り返したくはない。

「なにしろ、今日の舞台は満席でしてね。私はあと少しだけ、別のお客様の相手をすることになりそうです。こちらの獣道を、道なりに進むのがよいでしょう。少々迂回する道になりますが……手品のタネは、ユノさんのために片付けて差し上げました」

「私に会う前にそんなことをしていたんですか？」

「アッヒャッヒャッ！　片付け忘れがあったかもしれませんし、うっかり間違った道を教えているかもしれませんね！　信じられますか？」

「信じますよ。リナリスを助けたい気持ちに、嘘はありませんから」

ユノは小さく笑った。

「――ゼルジルガさんが、見抜いていないはずありません。そうでしょう？」

◆

ベッドの上で、リナリスは苦しげな息を吐いた。

薄い白の夜着越しに、胸に手を当てる。冷たい感触は、実際に体温が低いためなのだろうか。

少なくとも咳《せき》や息苦しさの症状は、心不全が引き起こしている肺水腫のためだ。

長くは意識を保っていられない。

（旧王国主義者は……大半を無力化できたはず……）

それでもリナリスにとっては、軍勢の制圧には十分な時間だった。

それ自体が自在に動き、隠れ潜むことのできる鳥の群れは、誤魔化しようのない〝彼方《かなた》〟の技術の産物であるメステルエクシルの弾丸や薬莢《やっきょう》と違って、隠滅は遥かに容易い。

(だからメステルエクシルには銃火器を使った戦闘はさせずに、機魔《ゴーレム》の掃討と分解を行わせる……機魔《ゴーレム》兵の残骸も、黄都《こうと》軍がここに踏み込む口実になってしまうから)

この襲撃は、勝つことも逃げることも、最善の策とはいえない。

勝てば戦闘の痕跡から黄都《こうと》に追跡され、逃げればその先で次なる手を打たれる。

〝灰髪の子供〟がオカフ自由都市の傭兵を動かせる立場でありながら旧王国主義者を差し向けてきたということは、彼もまた、自身の関与を否定する余地がある。

リナリス以外の〝黒曜の瞳〟は何も知らず、〝灰髪の子供〟と協力関係を結ぶべきだ。

(――だから、なかったことにするのが最善の策。私達は、旧王国主義者とは交戦しなかった)

〝灰髪の子供〟は紛れもない怪物だが、政治家だ。

今よりも有利な状況を作れば、協調の機会はまだ残されている――ユノとレンデルトが、本当に全てに失敗して、交渉が決裂してしまったとも思えなかった。

残り少ないリナリスの命と引き換えに、戦うことはしない。そうしてしまえば、〝黒曜の瞳〟は人々から脅威と見做《みな》され、〝本物の魔王〟のように、全ての敵として排除される。

リナリスが死んだ後、〝黒曜の瞳〟の誰も生き残ることはない。〝灰髪の子供〟への恭順は、未だごく僅かに残された、〝黒曜の瞳〟が生き残る可能性のある選択だった。

「お嬢様」

廊下で、扉を叩く音があった。

「変動《へんどう》のヴィーゼです。敵の首謀者を捕らえました」

自分の声で答えようとしたが、息苦しさのためにできなかった。

傍らに控えているフレイに目配せをして、通すように伝える。

「ヴィーゼ。お嬢様は、通すよう仰《おっしゃ》っております」

フレイが、リナリスの代わりに返答した。

ヴィーゼが引き連れてきたのは、並の山人《ドワーフ》以上に大柄な体格を持った女である。目隠しをされ、後ろ手に枷《かせ》を嵌《は》められていた。

摘果《てっか》のカニーヤについては既に、いくつかのことを知っている。

「――ごきげんよう、摘果《てっか》のカニーヤさま。私の名は……リナリスといいます。このたびは……手荒な行いを、申し訳なく存じます」

目の前にいるカニーヤの位置でも聞こえるかどうかの、か細い声で詫《わ》びた。

「随分と可憐《かれん》な声ですね。そんな者が、噂《うわさ》に聞く〝黒曜〟だったとは……」

「……いいえ」

そうした言葉には表情で反応しないように心がけていたが、また、困ったような顔を浮かべてしまっているのだろうと思う。

「私は、〝黒曜〟ではございません」

それは父にのみ相応《ふさわ》しい名だ。

父の悲願を果たすまで、リナリスは、その代わりすら果たせていない。

「なるほど。無意味な確認でしたね。何が起こるかは理解しているわ」

「……。お伺いしたいことがございます、カニーヤさま――」

血鬼《ヴァンパイア》に敗北した者は、全ての情報を引き出される。

従鬼《コープス》と化した者が血鬼《ヴァンパイア》の神経操作に歯向かうことはできない。まして、組木細工を解くように神経の防御を外し、より意識の深部へと干渉する〝黒曜〟の技の前では。

「なぜ、この館を襲撃したのですか？」

脳に綺麗《きれい》な水を染み込ませるように、問いを与える。

その浸透に、カニーヤは抵抗できない。

「黄都《こうと》が……勇者候補を滅ぼす兵器として、血鬼《ヴァンパイア》を利用している疑いがあったわ。私達が攻め込んだのはその事実確認のためと、その証拠をもって黄都《こうと》に打撃を与えるため……」

「……」

事実無根の話だ。

〝本物の魔王〟の時代、人々の争いの中で、〝黒曜の瞳〟は多くの汚れ仕事に手を染めてきた。

破滅的な汚名や陰謀を背負うことも含めて、〝黒曜の瞳〟の仕事だったからだ。だがこの話は、旧王国主義者に〝黒曜の瞳〟を襲わせるための口実としか思えない。

リナリスがもっと早くに目覚め、旧王国主義者内部の従鬼《コープス》からの連絡を受けることができていれば、誘導の矛先を変えることもできたかもしれない。親個体であるリナリスが意識を失っていた間、従鬼《コープス》は事前に刷り込まれた命令の通りに情報を流すことしかできていなかっただろう。

「この場所はどのように見つけましたか？　どなたから……そのお話を伺ったのですか？」

敢えて、その質問を問いかける。

同時に、リナリスはカニーヤの精神を操作している。その事実は傍らで見ているフレイやヴィーゼにも認識できないことだ。ごく最小限の操作——旧王国主義者が実際には〝灰髪の子供〟の差し金で動いていたのだとしても、それを言わせないつもりだった。

「円卓《えんたく》のケイテです。黄都《こうと》元第四卿……勇者候補を従鬼化《コープスか》する陰謀もこの拠点の位置も、彼が、産業省時代の調査で辿り着いたのだと……事実、〝黒曜の瞳〟の拠点がここにあったことが、話の裏付けになったわ」

「それは……けほっ、けほっ」

咳《せ》き込み、時間をかけて息を整える。

（……恐ろしい。確信を持っている私でも、〝灰髪の子供〟は無関係かもしれないと信じ込んでしまいそう。これだけの襲撃を引き起こしておきながら、ヒロトさまはほとんど自分自身の要求を介在させることなく、実行者自身の望みでこれを行わせている……そしてジギタ・ゾギさまは初めから、ヒロトさまがそれを成せるよう盤面を整えていた……）

リナリスが〝灰髪の子供〟の攻撃に確信を持てている理由は、送り出した遠《とお》い鉤爪《かぎづめ》のユノを通して、ロスクレイとハーディの繋がりが〝灰髪の子供〟に流れていることを知っているからだ。

ユノならばその事実を交渉材料に用いてくれるであろうことを信じていたし、レンデルトに伝えた密命でも、ユノがその情報を明かしたことで口封じをしないよう言い含めていた。

(血鬼《ヴァンパイア》の力で、『誰が』『どのように』を確定させたとしても、辿り着けない。この襲撃の真の問題は、『いつ』……。どうしてこの日、大規模政変が確実に起こり……兵を一斉に動かしても黄都《こうと》を欺けることを知っていたのか……)

緻密な計画と大胆な行動で必勝の道筋を描いていた千一匹目《せんいちひきめ》のジギタ・ゾギは、リナリスの知る限り最強の戦術家だった。彼が盤面に残っていれば、〝灰髪の子供〟の勝利は確実だったはずだ。

だが、その戦術家を失ってもなお、逆理《ぎゃくり》のヒロトは恐るべき存在なのだ。彼自身は道筋を描いているわけではないが、代わりに計り知れない人脈と接続されている。人の自由意志を歯車のように嚙《か》み合《あ》わせて、一体の巨大な怪物へと仕立て上げる異能――

「……ありがとう存じます、摘果《てっか》のカニーヤさま……。この部屋でのことは……お忘れいただきますが……貴女《あなた》も、生き残っている部下の方々も、これ以上……けほっ……傷つけることはないと、お約束しましょう」

途切れ途切れの言葉しかかけられないことを、ひどく恥ずかしく思った。

カニーヤは無言のまま、ヴィーゼに連れられて退室していく。

「お疲れ様でございました。お嬢様」

「ありがとう……フレイさま……」

体を横たえると、むしろ息苦しさが増してしまう。フレイは、リナリスとベッドの間に毛布を畳んで重ね、背をもたれられるようにしてくれる。この老いた家政婦長には、まるで母親のように身の回りの世話をしてもらってばかりだった。

自分がいなくなった後の〝黒曜の瞳〟のために、今目覚めた時間で、どれだけのことができただろうか。今眠りにつけば、もう目覚めることはないかもしれない。

父親が死んでからずっと、果たさなければいけなかった義務の半分も果たせていなかった。

フレイにならばきっと任せられると思っているが、任せてしまうことを申し訳なく思う。

目を閉じる前に、部屋をぼんやりと眺めている。

意識が朦朧《もうろう》としている。鮮明な操作が可能なうちに、全てを終わらせる必要がある。

〝黒曜の瞳〟を除く従鬼《コープス》化した旧王国主義者へと、一斉に指令を送る。従鬼《コープス》と機魔《ゴーレム》を除く対象への攻撃から、襲撃以降の記憶の消去と待機へ。

キヤズナとケイテの処理はじきに終わるだろう。

死体や弾薬痕跡を含めた戦場の証拠は、メステルエクシルが徹底して隠滅する。万一の可能性を考慮して、キヤズナとの遭遇は回避させるべきか。

あとはせめて、ユノが無事でいてくれればいいが……

「俺が組織を出てから、何年になったか――」

リナリスは、声に息を呑んだ。

自分とフレイしかいないはずのこの部屋に、もう一人の男が存在していたことを、その声で初めて知ったのだ。それとも、変動《へんどう》のヴィーゼがカニーヤを連行してきた頃から潜んでいたのか。

歴戦の猛者である目覚《めざ》めのフレイも、無数の鳥の目による警戒網を張り巡らせていたリナリス自身も、接近を知覚していなかった。

「変わったな、お嬢様」

声の主は、窓枠に寄りかかるように佇んでいる。

気付いてしまえばそこにいることは明らかなのに、誰もが気付かない。

最高峰の諜報ギルド〝黒曜の瞳〟の警戒網を誰にも目撃されることなく潜り抜け、リナリスの自室に到達可能な者など、ただ一人しか存在しない。

「クウロ……さま」

「他の誰かを呼べば殺す。呼び寄せた者も含めてだ」

焦茶色のコートを羽織った小人《レプラコーン》である。背丈は小柄な少女であるリナリスよりもなお低いが、彼こそが、地平の何よりも恐るべき暗殺者だ。

クウロの顔には、痛ましい火傷の痕があった。包帯は治療のためというより、傷を隠すために乱雑に巻かれているだけである。

「来たのですねえ。戒心《かいしん》のクウロ……」

目覚《めざ》めのフレイは、その到来を受け入れていた。

怯え、思考しているリナリスとは対照的だった。

「ああ。知っているよな？　レーダーや鳥の監視網も、俺の天眼なら避けるのは難しくない。お嬢様の……血鬼《ヴァンパイア》のフェロモンも、俺は知覚できる。新たな指令を与えようとすれば即座に殺す」

「フレイさま」

「ご安心なさいませ。お嬢様」

ここまで接近されてしまえば、万に一つも、勝機はなかった。

リナリスの空気感染による支配も通用しない。微塵嵐《みじんあらし》襲来に伴う戦闘で黄都《こうと》の観測手として動いていたクウロは、その時点で抗血清を接種している。〝黒曜の瞳〟の天敵から逃れる手段は、初めから交戦を回避するよう立ち回ることしかなかったはずだ。

天眼への対処手段は、戒心《かいしん》のクウロの反応を大きく上回る速度で、広域への飽和攻撃を行うこと。その類の攻撃が可能なのは、この場には窮知《きゅうち》の箱《はこ》のメステルエクシルのみだろう。

リナリスが病床に伏している限り、〝黒曜の瞳〟は拠点を移動することはできない。

そしてメステルエクシルが大掛かりな攻撃を行えば、黄都《こうと》への拠点の露見は避けられなくなる。痕跡を残さない化学兵器を散布しても、リナリスを守る〝黒曜の瞳〟やリナリス自身が無事には済まない。製作者の軸《じく》のキヤズナにメステルエクシルを接触させることも避けるべきだ――メステルエクシルを全力で戦闘させる選択肢は、未来に待ち受ける危険が大きすぎる。

リナリスの目的は、敵の掃討や国家の支配ではない。〝黒曜の瞳〟の延命だけだ。

(旧王国主義者は最初からメステルエクシルという選択を狭めさせるための要素……クウロさまの接近に気付いていたとしても、きっと私の心では、選べなかった)

否。クウロの接近を想定できなかった理由はもう一つある。

なぜ、ここに来たのか。

「どうして……」

「お嬢様がメステルエクシルの攻撃を止めたからだ。旧王国主義者の軍勢は、最初からメステルエクシルの攻撃を躊躇《ちゅうちょ》させるための要素だった。お嬢様ただ一人でこれほど容易く制圧できるとは、この状況を仕組んだ者にとっても想定外だったんだろうが――」

「違います！　私のことではなく……どうしてクウロさまが、そのような傷を……！」

命の危機を覚えるよりも、困惑と衝撃の方が大きかった。クウロは、六合上覧《りくごうじょうらん》にも〝黒曜の瞳〟の作戦にも関与することはなかったはずだ。

戒心《かいしん》のクウロへの対処のためにメステルエクシルを動かす――そのような判断ができたはずがない。そもそもリナリスにとって、クウロが〝黒曜の瞳〟を襲撃すること自体が想定の外だったのだ。

〝黒曜の瞳〟の最大の天敵となり得る彼とだけは、敵対しないよう命じていた。

なぜ、そこまで痛ましい姿になっているのか。リナリスが生死の境を彷徨《さまよ》うようになった第八試合から今までの間に、何が起こっていたのか。

「……ああ、この火傷か。まさか、逆に心配されるなんてな」

クウロは、どこか虚無的に笑った。

「俺は、メステルエクシルの爆撃を受けた。――〝黒曜の瞳〟の中に……独断で動き、俺を排除しようとした裏切り者がいる。目覚《めざ》めのフレイ。……お前だ」

「フレイさま……」

「ええ、ええ」

フレイの声は、いつもと同じように穏やかだった。

「その通りでございますよ」

リナリスは咳き込んだ。苦しく、恐れていた。

なぜそうしたのかを理解できない。目覚《めざ》めのフレイは、リナリスが生まれる前から〝黒曜の瞳〟に仕えてきた、最も忠実な工作員だったはずだ。リナリスにとっては、母親のような存在だった。

そのフレイを理解できていなかったのだろうか。信頼されていなかったのだろうか。ひどく恐ろしいことだった。

「私にそのことを尋ねるために、姿を現したのでしょう。間違いありません。お嬢様も……他の誰も関係なく、このフレイがメステルエクシルに命じ、あなたを襲わせました」

「だろうな。お前は嘘を言っていない」

天眼の持ち主が、断言した。

心身がひどく消耗していくのに、脳だけが無意味に答えを探そうとしている。考えるのならば、事態がこのようになってしまう前でなければいけなかったのに。

フレイに裏切られるなど、想像もしていなかった――〝黒曜の瞳〟の外の従鬼《コープス》の工作員達と同じように、フレイの精神も〝黒曜の瞳〟の技で解体して、隷属させるべきだったとでもいうのだろうか？　誰よりもリナリスを愛してくれた親のような彼女を、自由意志のない操り人形に？

「お嬢様の前だ。理由を……話す時間だけはやる」

「ふ、ふ、ふ。お優しいのですねえ」

フレイの杖術《じょうじゅつ》は人体を鎧ごと切断可能な速度だが、その技も意味を持たない。杖《つえ》を手にしているフレイに対してクウロは武器を構えてすらいないが、この距離からでは、誰も、決して間に合わないことをフレイも知っているはずだ。

「いえ、それとも……残酷なのでしょうかねえ」

フレイが杖を下ろして、ベッドの傍らへと歩み寄る。

リナリスにベッドから立ち上がる体力はなかったが、近寄るフレイの動きに怯え、身をすくめてしまったことに、とても悲しくなる。

皺《しわ》だらけの手が、優しくリナリスの頭を撫《な》でた。

「――あなたが死にさえすれば、それに越したことはありませんでしたよ。ジギタ・ゾギとの戦いで……万が一にも黄都《こうと》やジギタ・ゾギが再びあなたを雇っていれば、お嬢様の命運は尽きていました。たとえ万が一であっても、私には見過ごせぬことです。お嬢様では、たとえその可能性をご理解なさっていても……戒心《かいしん》のクウロを殺すことばかりは、できなかったでしょうから」

「俺は……黄都《こうと》にも〝灰髪の子供〟にも、〝黒曜の瞳〟にもつくつもりはなかった。お前達が、韜《とう》晦《かい》のレナを送り込んでまで確認させたことだ。第八試合での作戦中に俺を戦闘不能に追いやったとして、完全に殺し切れると思っていたのか？　フレイ……お前はかつての俺のことを知っているだろう。お前の行いこそがお嬢様の命運を絶つことだと、どうして分からなかった？」

「……ふ、ふ、ふ。全知の天眼とて、やはり見通せないものはあるものなのですねえ。生き延び、〝黒曜の瞳〟への復讐を決断した時、あなたの天眼はどうあっても分かってしまったでしょう。メステルエクシルに指示を下したのは……あなたが始末すべきは、お嬢様ではなくこのフレイなのですから」

「……」

息が詰まるような心地で、リナリスは交わされる会話を聞いていた。

心臓に感じる冷たい恐ろしさは、フレイを理解できないからではなく、フレイが何を思い、なぜ裏切ったのかを理解しつつあるからだ。

「っ……はっ……ぁっ、けほっ、けほっ」

「大丈夫ですよ、お嬢様……ええ。怖がる必要はないのです。何も……」

フレイはリナリスを思ってくれている。

けれど、それだけは奪わないでほしい。他に何も望みはない。

「――クウロ。老いた両目でも、このフレイはかつての仲間を見誤りはしません。あなたの流儀はようく知っています。あなたは私だけに死の報いを返す。ジギタ・ゾギとの戦いに勝ちさえすれば、この老骨一人が欠けたところで結末は変わりませんでしょう」

「……もし、今のように負けていたとしても」

クウロは呟く。ひどく苦々しい声だった。

「いや、勝っていたとしても……〝黒曜の瞳〟に縛られたお嬢様を、自由にできる。お前はそう考えたんだな……。身勝手なことだ。お嬢様がお前をどれほど……」

フレイは微笑み、首を振るだけだった。

（フレイさま）

リナリスは金色の目を開いたままだったが、気付かないうちに溜《た》まっていた涙が、ポロポロと流れた。クウロの言葉通り、とても身勝手で、残酷なことだった。

（――私の苦しみが、〝黒曜の瞳〟のためだと本当に思っていたのですか？　生まれた頃から苦楽をともにした家族の他に、幸せがあるというのですか？　私はこれ以上誰も欠けることのないように、今までずっと……）

思考はいくつも溢れてくるのに、それを言葉にする勇気がなかった。

救うべきフレイすら幸せを望んでいなかったというのなら、リナリスが成し遂げようとしてきたことは、その道のりで生み出してきた犠牲はなんだったのだろう？

「お嬢様。……リナリスお嬢様。フレイの最後の言葉です。ようくお聞きくださいませ」

フレイが、リナリスをあやすように背中を撫でる。

温かい手。いつもと変わらない声だった。

「我ら〝黒曜の瞳〟が……互いを思いやり、慈しめることは、とても幸いなことです。お父上のレハート様の頃では、望むべくもなかった幸福でした。ですが……その幸せは、他者の幸せを食い荒らし、血を啜《すす》り続けることでしか保てぬものです」

「いいえ……違います、違います…………！」

「お嬢様は賢く、お美しい。本当の幸福があったはずなのです。戦乱とともに死すべき亡者の道連れになるのではなく、ユノ様のような友を作り、正しく才覚を用いて……罪なき多くの人々と手を取り合える道が。……それを分かっていながら、このフレイには……自ら死を選ぶ勇気も、お嬢様のもとを立ち去る勇気もございませんでした」

「この期に及んで、言葉を飾るな。心からお嬢様の自由を願っていたなら、せめてお嬢様が罪を犯す前に、そうすべきだった。……手遅れだ」

「ふ、ふ、ふ。ええ、ええ。その通りですねえ。けれど……全知の天眼ですら、このフレイの心の内は分からないでしょう」

目覚《めざ》めのフレイは、笑った。

「家族を持つことのできなかった私が……まるで親と子のように愛し、愛される幸せも――」

けれどフレイは、最後の笑顔をリナリスには向けなかった。

黒く、邪《よこしま》な笑み。

クウロだけが、フレイの本当の顔を見ている。

「その幸せを、永遠に引き止めてしまいたいと願う……悪心も」

「……お嬢様の前で、それを言ったな」

「ふ、ふ、ふ、ふ、ふ、ふ」

「俺は〝黒曜の瞳〟の流儀に従う。お前を殺す前に、最大の苦しみを味わわせると決めていた」

フレイは自ら、リナリスの傍らから離れた。

クウロが、フレイへと短機関銃を向けた。

病んだ体では、腕を伸ばして引き止めることもできない。

「――それは今、果たされた」

青く輝くクウロの天眼は、まるで猛禽《もうきん》の瞳のように無慈悲だった。

「ク……クウロさま。……お許しくださいませ。私は、どのような償いでもいたします。だから、ど、どうか……どうか、フレイさまを、許して……」

「しかるべき者に、しかるべき報復を果たす。それが〝黒曜の瞳〟だ。組織を率いる責任を負う者は、組織の行いに相応の報いを受けなければいけない。俺が姿を現し、お嬢様に一部始終を見せたのは、そのつもりだったからだ」

「――いや！」

喉を引き裂く断末魔のような悲鳴を、リナリスは叫んだ。

窓が一斉に割れて、黒い鳥がなだれ込む。

メステルエクシルの長距離射撃が地形と壁を貫通してクウロに殺到する。

クウロはただ、その場から二歩動いただけだった。

初めからそう定まっていたかのように、戒心《かいしん》のクウロに命中することはなかった。

「見て、苦しめ」

そして短機関銃の引き金を引いた。

火薬の炸裂《さくれつ》音とともに、フレイの小さな体軀《たいく》が、出鱈目《でたらめ》に踊った。

腕が、足が、じたばたと暴れて、指先だったものが、目玉だったものが、ただの肉になって散った。ねじれていく。千切れていく。全部が削り取られて、取り返しのつかないものになる。

さっきまで、リナリスを慈しみ抱きしめていたものが。

絶望の中で、どのような叫び声をあげたのか、リナリスは覚えていない。

何もかもが暗闇に落ちて、消えていく。

◆

窮知《きゅうち》の箱《はこ》のメステルエクシルと戦い、生き延びた者は皆無ではない。

六合上覧《りくごうじょうらん》の第六試合。メステルエクシルと交戦した奈落《ならく》の巣網《すあみ》のゼルジルガは、優れた技巧と多数の反則を用いて時間を稼ぎ、無敵の機構の蟻《あり》の一穴を通した。

微塵嵐《みじんあらし》襲来の際に遭遇したおぞましきトロアは、ただ一人で彼女以上の時間を戦ってみせた。

それどころか、性能で圧倒するメステルエクシルを複数回殺害している。

通常、そのようなことは起こり得ない。戦うことが可能なのは、人智《じんち》を超える強者だからだ。

修羅と修羅ならざる者の戦闘は、遭遇と同時に決着する。

僅かに、そうならない可能性があるとすれば。

「【エクシルよりシャルテスの雛へ《exil io shaltes》】」

それは優先順位の問題でしかない。

「【魃と颱の角逐するところ死刃振り外し黄濁色の獣来る幽谷の陰《hasyites opcrait zi desnacterjal del hal tatzilidor》。尽きよ《dataran》】」

詞術《しじゅつ》とは、意志の構築と伝達だ。対象を理解し言葉を編み、投げかける技術。よって行使に要す

る時間も、必ずしも詠唱の長大さや複雑さに比例しない。

　その上で、メステルエクシルの詠唱は、一瞬すぎた。

　メステルエクシルが先程着地と同時に踏み潰した残骸と、それに加えて二体の機魔《ゴーレム》兵が消えた。

　命と体の組成を直接分解されて、森の土と区別のつかない塵《ちり》と化した。

　窮《きゅう》知《ち》の箱《はこ》のメステルエクシルは、それ自体が無敵の魔《ま》族《ぞく》兵器であると同時に、軸《じく》のキヤズナをも凌駕する、理論上究極の工《こう》術《じゅつ》士にして生《せい》術《じゅつ》士である。

　心を持たない魔《ま》族《ぞく》に対してであれ、生きながらにして対象を解体する詞《し》術《じゅつ》など、ほとんど御《お》伽《とぎ》噺《ばなし》のような領域の技だった。これほど高度な詞《し》術《じゅつ》を用いなくとも、メステルエクシルならばより効率の良い破壊手段はいくらでもある。

　黒《こく》曜《よう》リナリスに〝彼方《かなた》〟の兵器の知識はなかったが、彼女はケイテ陣営とは全く異なるメステルエクシルの運用を発想していた――絶大な詞《し》術《じゅつ》を、創造ではなく消去のために用いるということ。

　魔技による機魔《ゴーレム》の分解をメステルエクシルが優先したことで、ケイテとキヤズナには一手、思考

（隠滅している。徹底して）

の時間が生まれた。キヤズナが手元で何かを動かしていた。

　視神経からの情報が脳で像を結ぶのとほとんど同時に、ケイテの体は動き出していた。

　地面を蹴る。鳥の大群の只中、メステルエクシルに向けて走り出している。そして――

「【キヤズナより《kiyazna io》――】」

「【ケイテよりウォレーシーゲンの布へ《ceite io woletzhigen》！】」

先程のメステルエクシルも合わせれば、三名全員が、遭遇と同時に詞術《しじゅつ》を詠唱しはじめていたことになる。

詠唱速度の差は、詞術《しじゅつ》士としての意志を編む能力の格差である。

ケイテの初動が最も遅れた。ただ一人で世界情勢を左右する、怪物的な魔王自称者である軸《じく》のキヤズナすらも、メステルエクシルには大きく遅れている。

「【冷光車軸の如く真砂の波動星間の幾何学を成し蒼玉と紫水晶の三稜鏡の果てへと届き《orunastea jiodestasvarthalter gest nemlordsdjai gaddazia bogarsones》――】」

「【貝の渉猟《higarp》、】」

キヤズナの詞術《しじゅつ》は、尋常ならざる、複雑怪奇なものだった。

(なんだ?)

高度な演算能力で詠唱を即座に生成可能なメステルエクシルとは話が違うのだ。あの軸《じく》のキヤズナとはいえ、この難度の詞術《しじゅつ》をまともに行使できるのか?

「【時計《nyaie ozard》、彩羽《licraxia》!】」

走りながらも、詞術《しじゅつ》を止めない。二節の単語を叫ぶ間に、極限の状況は進行している。

メステルエクシルに、上空から五体の機影が襲いかかった。

キヤズナが集合指令で呼び寄せた機魔《ゴーレム》兵が間に合っていた。幸運だった。

メステルエクシルは洞窟前に残っていた機魔《ゴーレム》兵二体を二発の打撃で爆散させて、増援への対処を優先した。メステルエクシルは両腕から、赤熱する鉄線のような鞭《むち》を創造している。

熱を帯びた線は五体の機魔《ゴーレム》の装甲を抵抗なく引き裂き、完膚なきまでに解体した。

黒い鳥の羽が乱舞する光景の中、金属片が散り、木漏れ日で輝く。

メステルエクシルの赤い単眼が尾を引いて、ケイテの方向を向く。

「【輝き到達する燦爛の石柱の最後の礎の発生者攻究と疑懼を永劫継承し捧げ集め極に《art syalda art kotordquast giden worednas bigernayao ae olkisma》――】」

「【――紡《sito》げ！】」

円卓《えんたく》のケイテが詞術《しじゅつ》を唱え終わるまでの一瞬で、そこまでの全てが起こった。軸《じく》のキャズナはまだ詠唱を続けている。

ケイテが行使したのは、ごく単純な詞術《しじゅつ》だ。防護服の修繕。

遭遇を認識し、真っ先に選択したのは、メステルエクシルへの対処以前の問題を引き受けることだった。黒い鳥が絶え間なく攻め込んでいる状況で、感染せず行動可能な時間を稼ぐ。

たった今修繕した防護服も瞬く間に啄まれて破壊されるかもしれないが、それよりもこの状況が終わる方が速い。死ぬにせよ、生きるにせよ。

「い、いきてるのが、いる！　だれだろう⁉」

メステルエクシルは、防護服に全身を包んだケイテとキャズナの正体に疑問を抱いた。

そのことも、ごく僅かな猶予を与えたのかもしれない。

メステルエクシルはその僅かな時間で、

「はは」

躊躇なく、殺害を決定した。

音速を越える衝撃波が、突撃をするケイテのすぐ横を通り過ぎた。

バチン、という湿った音が、ケイテの後ろで鳴った。

銃撃。そちらを振り返って見る余裕は全くなかったが、岩肌で囲まれた穴の中でそんな音を立てるものは、ケイテの後ろには一人しかいなかった。

（婆ちゃん――）

怒りがあった。これほど差し迫った状況でも困惑と悲嘆の反応をする、自分自身の魂への怒り。そんな弱さを許せなかったから、軸《じく》のキヤズナに師事したのではなかったか。

「メステルエクシルッ！」

「あ」

たった一本の剣で飛び込んでいくケイテは、愚かな自殺志願者のように見えたに違いない。

遭遇から即座に走り出していたというのに、あと三歩も間合いが開いている。

いくつかの偶然と、キヤズナの犠牲を伴った上で、三歩。

「あ――」

そこから間合いが一歩半縮まるほどの刹那。メステルエクシルは機能不全を起こしていた。

鳥の群れを迎撃した火炎放射器と同じく、キヤズナは随行する機魔《ゴーレム》に、メステルエクシルが遺《のこ》した〝彼方《かなた》〟の兵器を搭載していた。キヤズナはメステルエクシルとの遭遇を認識した瞬間、そのいくつかを遠隔作動させていた。

メステルエクシルの機能不全を引き起こした兵器は、幸運にも遭遇と同時の詞術《しじゅつ》分解を免れ、打撃によって破壊された一体に搭載されていた。ＨＰＥＭ発生機という。

ごく近距離に電磁パルス《EMP》を発生させ、電子回路を機能不全にする——。

「【捻れる《kastam》……六方晶の《roli》……大虹色《mortesdes》……鳩の血《jakza》！　藤花《nabead》……！　矢車草《dedcal》！】」

絞り出すような詞術《しじゅつ》が、ケイテの後ろで続いていた。

（婆ちゃん……まだ、生きているのか……！）

一瞬の機能不全が、メステルエクシルの射撃の狙いを乱した。即死を回避した。

そうだ。今なら分かる。

諦めてはならない。折れてはならない。

どれほど絶望的な状況だろうと、軸《じく》のキヤズナはそうするのだ。

「【エクシルよりメステルへ《exilio mestel》。桃簾石は赤く甘い《nio biq basteroid》。果ての干戈《sakragetten》。地揺らす触角《kibvartia》。格せ《tafait》】」

エクシルの工術《こうじゅつ》が、電子回路機能を即座に復旧している。速すぎる。

今なら分かる。

刹那にも満たない時間だが、ケイテには理解できた。

キヤズナが電磁パルスを用いたのは、エクシルにメステルの状態を初期化させるためだ。〝黒曜の瞳〟の手に渡っていた間にその構造を変化させていたとしても、この復旧の一瞬だけは、内部構造が元に戻る。すなわち、キヤズナの知るメステルエクシルの構造に。

そして詞術《しじゅつ》とは、対象を深く理解し、魂に届く言葉を紡ぐほど強力に作用する。

ならば、この地平に生きる誰よりも、メステルエクシルを愛し、理解している者にこそ——

「【——開け《kyastal》！】」

軸《じく》のキャズナが唱えた最大の詞術《しじゅつ》が、結実した。

メステルエクシルの胴体が、内装に至るまで結晶の粒のように散った。血のような保存羊水がどっと流れ落ちて、胎児のような造人《ホムンクルス》が露出した。

生きながらにして対象を解体する詞術《しじゅつ》は、ほとんど御伽噺のような領域の技である。

(俺の判断は、間違っていなかった)

なぜケイテは、迷わずメステルエクシルに向かって走り出していたのか。

鳥の攻撃への防御だけを優先したのか。

今思えば、合理的な理由などどこにもなかった。だが、師と言葉で示し合わせるよりも早く、自分がやるべきことが分かったのだ。

ケイテは文官だが、剣の才覚と腕は武官にも劣らない。

脆弱《ぜいじゃく》な造人《ホムンクルス》を貫き殺すことは容易いはずだった。

(間違っていなかったのに――)

一歩だった。あと一歩。

迷わず走り出していたのに、メステルエクシルの核を貫くためには、まだ一歩だけ遠かった。

メステルエクシルが先に動く。装甲を修復されれば勝ち目はなくなり、打撃を叩《たた》き込まれれば、ケイテの肉体は破裂する。そのどちらも、一歩未満で可能なことだった。

「――」

だが、その時。

メステルエクシルは異常な行動を取った。

彼は胸部を修復せず、機体背部を変形させた。

歪に生えたガトリングガンのような銃身が、館の方向へと銃撃を乱射した。血鬼《ヴァンパイア》の親個体が、ひどく混乱した指令を下したとしか思えなかった。

眼前で起こった全ての現象を考えるよりも先に。

「俺の」

円卓《えんたく》のケイテは最後の一歩を踏み込んでいた。

全身を鳥に啄まれている。防護服が引き裂かれて、顔の半分が露出する。

止まりはしない。

「……勝ちだッ！　メステルエクシルッ！」

ケイテは正確な角度で長剣を突き込み、刃を戻す動作で核の造人《ホムンクルス》を引きずり出した。

足元へと叩きつけ、靴底で踏み潰す。

白い未熟な肉が飛び散って、枯葉の隙間で泡のように溶けた。

圧縮された時間分の鼓動が再開して、熱い血流が脳を焼くようだった。

森を埋め尽くしていた黒い鳥が、一斉に空へと飛び立っていく。

「う、うう、ぐ……ぐううううう」

メステルはノイズのような呻きを上げて、核であるエステルの復元を開始する。

「はーっ、はーっ、はーっ……」

血流の次は、汗と呼吸が一度に襲いかかってきた。

十歩分にも満たない、死の走行だ。

奇跡だった。そうとしか言い表せない。

この刹那で、幾重もの偶然と策謀と犠牲が――

「……ッ、婆ちゃん！」

ケイテは振り返った。

洞穴の岩壁に、べっとりと血が飛び散っている。

軸《じく》のキヤズナはそこに座り込んでいた。

右腕がない。メステルエクシルの銃撃で千切り飛ばされていた。

「ヘッ、いつまでも……成長しねェガキだと思ってたが」

キヤズナは防護服の頭部を開けて、荒く呼吸をしている。

そうでもしないと酸素を取り込めない状況なのだと分かった。

「やるじゃねえか。ケイテ……」

「馬鹿！　俺のことなどいい！　メステルエクシルを取り戻すんだろう!?　ここからだぞ！　まだやれるんだ、婆ちゃんッ！」

「ヘッ、そうじゃねえさ……取り戻したかったわけじゃねえ……」

キヤズナは、満足そうにメステルエクシルを見た。

他の何者かの支配からようやく逃れることのできた、自分自身の子供を。

「か……かあさん」

震える声で、メステルエクシルが呟く。

とうに修復は終わっているのに、その光景を前にして呆然《ぼうぜん》と動けずにいた。

「自由だ」

キヤズナの言葉は、死の間際の傷を負っているのに、力強かった。

「なんだって自由だ。綺麗なモンも、汚いモンも……全部……お前のだ。気に食わねえ野郎は全員ぶっ殺して、欲しいもんは全部……手に入れろ」

「か、かあさん！　ごめんなさい！　かあさん！」

「いいんだ」

この世界の誰よりも凶暴な魔王自称者が、軸《じく》のキヤズナが、心から笑うのを見た。

「お前が笑えば、満足だ……メステルエクシル……」

◆

戒心《かいしん》のクウロの天眼は、森で起こっている戦闘の全てを知覚している。

(少なくともこの場で、メステルエクシルは無力化された)

血に塗れた寝室から廊下に出た時、クウロは戦闘の決着を感知した。

背には、意識を失った黒曜《こくよう》リナリスを背負っている。

こうして人を運ぶ程度のことはクウロにとって慣れた作業だったが、それを差し引いても、軽く、細い体だと思った。

（いくつか推測の外の出来事もあったが、予知通りではある。偶然性の引き金さえあれば……絶対の勝敗を覆せるだけの準備を、軸《じく》のキヤズナと円卓《えんたく》のケイテは整えていた）

常識ではあり得ない幸運が幾重にも重なった、奇跡的な勝利。

それは疑う余地のない事実だ。同じ条件で数万の試行を重ねたとして、あの二人がメステルエクシルに勝利する可能性は他になかっただろう。

だが、全てが本当の幸運だったのか。

少なくとも、リナリスが衝動的にメステルエクシルを動かす瞬間は、クウロが操作できた。どの時点で行動を起こせば最善の結果を導けるのかを、戒心《かいしん》のクウロは事前に理解していた。

――クウロの天眼は、無意識下の情報すらも統合して、時に未来を予知する。

（俺がこの場で観測して、辛《かろ》うじて予知できたような、か細い可能性だ。俺も、エヌも……この状況を仕組んだ〝灰髪の子供〟も、あの二人の強さに助けられたな）

リナリスを連れてこの場を出る以上、潜入時のような隠密《おんみつ》行動はほぼ不可能になる。

メステルエクシルの防衛が機能している状態では森を出ることは叶わなかっただろう。

その可能性を除き終わった上で、ある程度の遭遇と交戦は、受け入れる必要があった。

「――お嬢様を離せ」

声の位置は、ほとんど床に近い。

廊下に出たクウロの背後で、足音もなく待ち構えていた者がある。

先程のリナリスの悲鳴は、館のどこにいても聞こえたはずだ。

「そうだな。お嬢様を背負って、俺は両手が塞がっている」

振り向くことなく答えた。

クウロは、攻撃のための動作をしていない。

「素早く動くことも難しいかもしれない。それでも俺に勝てると思うのか？　……ヴィーゼ」

「お嬢様に触るな」

「話の通じないやつだ……」

呟き、踵《かかと》を後ろに蹴り上げる。

腰部を狙った円月輪が、傾いて逸れ、壁に半ばまで突き刺さる。

まともに受ければ胴を切断する威力だ。

視線を向けずとも、既に無数の次弾を構えているのが見える。狙撃手であるヴィーゼが、防御を一切考えていない。相打ちを厭《いと》わず、至近距離からの連射でクウロを切り刻もうとしている——クウロに背負われているリナリスの体に、決して当てない技量もある。

だが、その程度は見えている。

「フレイ以外を殺すつもりはなかったが」

廊下に、カラカラという小さな金属音が響いている。

細い缶のような物体が、開いた寝室の扉の中から、ゆっくりと転がってきていた。

「！」

閃光。ヴィーゼにとっては、脳髄を直接殴られるような衝撃だっただろう。

爆音が耳を劈《つんざ》く頃には、方向感覚すら失っている。

M84スタングレネード。

「が——あ……ッ」

「〝彼方《かなた》〟の兵器はよくできている。普通の武器でお前を殺さずに済ませるのは、だいぶ難しいことだったからな……」

同じく爆音と閃光を浴びながら、クウロは平然と呟く。

常人の許容量を遥かに超えた刺激によって攻撃を行うスタングレネードは、平時から莫大な知覚情報を処理している天眼の使い手には、一切の影響をもたらさない兵器である。

（これで、館に残っているのは従鬼化《コープス》している摘果《てっか》のカニーヤ一人。こいつは動かない。ゼルジルガは森周辺の伏兵を索敵しているが……この経路ならエヌの存在に辿り着く前に、メステルエクシルの制御が奪われたことに注意が向く。残る一人は……問題にはならないが……）

乱れた足音が、廊下の角を曲がって駆けてくる。

たった今の爆発音で駆けつけたわけではなく、最初からこの寝室を知っていて目指していた。

「リナリス！　……リナリス！」

「遠《とお》い鉤爪《かぎづめ》のユノだな」

茶色がかった髪を三つ編みにした、若い少女だ。名前は既に聞き知っている。

彼女とゼルジルガが交わしていた会話は、天眼の知覚範囲内の情報だ。

ユノは恐れ、口内の唾を飲んだ。

「何、あなた……！」

「リナリスもお前も、殺すつもりはない。リナリスを救うのがお前の望みなんだろう」

「…………」

ユノは長く沈黙する。何かを必死で考えている。

「……。じゃあ、あなたが……〝灰髪の子供〟が手配した〝リナリスを医者のところに連れて行く役……そういうこと、なんですね……」

（よく気付く）

この局面で最も取るに足らないような娘が、すぐさま真相に辿り着いたことに感心する。〝灰髪の子供〟から婉曲的な答えを聞いていたのだとしても、敵の立場で思考を進める能力がなければ辿り着けない。

「この状態だ。リナリスは、すぐさま医者に看せなければ死ぬ。お前の目的を達する唯一の方法は、お前が何もしないことだ」

「それなら、私も同行します！　同行させてください……」

「やめておけ」

「連れて行かれた先でリナリスが何をされるか、あなたは知っているんですか!?　〝灰髪の子供〟はリナリスに復讐しようとしています！　きっと……」

「俺には関係ない」

クウロは歩き出す。

納得させて引き下がらせられればよかったが、意識を失わせて進むしかないかもしれない。

いずれにせよ、ユノのような者を伴ったままエヌと合流することはできない。

「今が、あの時なんだ……せめて守らないと……！」

「やめておけ……」

ユノが、袖の中の鏃に触れた。見えている。

どの時点でもその行動を止めることができたが、そうしなかった。

文字通りの、自滅行為に過ぎないからだ。

「う……っ！」

遠《とお》い鉤爪《かぎづめ》のユノはただ、その場に倒れた。

自分の鏃で手首の動脈を深く切って、出血している。

「何がしたいんだ？　俺の前で自殺してどうなる？」

「じ、自殺じゃ……ないです……リナリスを医者に看せるんですよね……」

「……」

血がどくどくと広がって、暗い廊下に筋を作る。

「すぐに止血しても……医者に搬送しないと、わ、私は、死にますよ…………ふふ……こんな森に、誰も来るわけないですから……」

異様だ。結果を確信できる天眼すら持っていないのに、なぜそんなことができるのか。

「ますます意味が分からないな……。勝手に死ぬお前を助ける理由がどこにある？　お前が死のうが生きようが、今回の仕事には何一つ関係がない」

「……いいんですか？」

うつ伏せのまま、ユノが弱く微笑む。

「リナリスの友達が、死にますよ……」

「――」

あらゆる物理現象や、行動を予測する天眼でも、人の心の中までは覗けない。

クウロには、フレイの闇を見抜くことができなかったように。

（こいつは）

クウロと〝黒曜の瞳〟の関係に、遭遇したその時から気付いていたのだ。

その関係性を利用する破滅的な一手を、この瞬間に思いついた。

戒心《かいしん》のクウロならば、リナリスの友を助けるだろうと――

「リナリスはいつも……あなたの話を、してくれたから……」

（……冗談じゃない）

背中に、リナリスの弱い体温を感じている。

診療所が焼き払われた。おぞましきトロアは死に、クウロはこうして苦しんでいる。

クウロの甘さが招いた結果だ。必要な殺しには、躊躇なく手を染めることに決めた。

リナリスも同じく友を失う痛みを味わうのなら、それは相応の報いではないのか。
「………あなたの名前は、戒心《かいしん》のクウロ。いえ、天眼の……」
寝室の窓からは見えない、外の世界の話をしてやった思い出がある。
幼く、美しいリナリスの笑顔。
誰よりも手を汚してきた暗殺者の自分を、まるで英雄のように慕っていた少女だった。
（俺を、何だと思っている——）

三　極点

黄都《こうと》西外郭二条の運河に沿って、白髪交じりの髪の女が歩いていた。

川を挟んだ市街で火の手が上がった。新たな戦闘が始まっている。叫びと銃声。

理想と野心に燃えるイリオルデ軍の若い兵士達が、黄都《こうと》軍へと果敢に立ち向かっていくのだろう。

自分達はきっと勝利を掴み、黄都《こうと》を転覆できるのだと信じている。

――大規模政変は終わっていた。

多くの者達にとってはたった今始まったことなのかもしれないが、紫紺《しこん》の泡《あわ》のツツリにとっては、とっくに終わってしまった話だった。

「なんてザマだ」

対岸で怪物の呼吸のように吹き上がる黒煙を見て、虚無的に呟く。

ツツリは逃亡者だった。率いていた無数の兵を置き去りにして、指揮官でありながら逃げた。

乾いた咳が止まらない。第九試合で部下を殺し、命を賭け、サイアノプに託し、冬《ふゆ》のルクノカの討伐を奇跡的に成し遂げた結果がこれだ。

「けほっ、けほっ……こんな終わり方なのかよ……。はは、は」

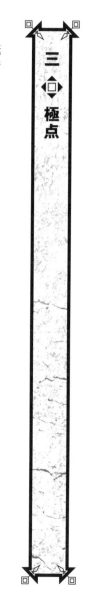

ツツリが付き従っていた弾火源《だんかげん》のハーディは、初めからロスクレイ陣営と通じていた。そして自分達のような反逆者を一斉に処分するために、こうして絶対の死地へと送り出した。

作戦行動の全ては黄都《こうと》に筒抜けで、増援が現れる可能性はない。

何もかも終わりだ。ツツリはこのまま死ぬのだろうか？

それ以外の未来は想像できなかったが、心から実感できているわけでもない。

今は生きている。呼吸をして、鼓動を打ち、考えている。

それなのに本当に、他でもないツツリが、死んでしまうのだろうか？

「な、何も知らずに……ルクノカに殺されてたほうが、マシだったじゃないか……」

なぜ自分は、こんな選択をしてしまったのだろうと思う。

強い信念や切実な過去が理由ではない。

木製の駒を一人で動かしていた戦争遊び。同じ趣味の友はいなかったから、ツツリはいつも王国軍側で、外敵を打ち倒す、正義の軍隊だった。

子供の頃は世界で何よりも強く正しいと憧れていた王国が、初めから正しい強さで戦ってなどいなかったことを知って……自分にもできるかもしれないと、出来心を抱いてしまっただけだ。

「ツツリ君。行き先のあてもないだろう。休んだほうがいいんじゃないかな」

ひょろ長い初老の男が、ツツリの後をついて歩いている。

星図《せいず》のロムゾ。全てを裏切り続けてきた〝最初の一行〟の破綻者は、大規模政変が初めから黄都《こうと》によって仕組まれていたことにも、自分達が切り捨てられたことにも、絶望していない。

「あたしのことはいいから……どっか行ってくれない？　ロムゾ先生に背中見られてると思うと、多分誰だって安心できないしさ……自分がどう見られてるか、分かってた？」

「ふむ。分からないなあ。誰だってそうじゃないかな？」

この男には、敵意とそれ以外の区別がつかない。裏切りとそれ以外の区別がつかない。

〝本物の魔王〟と戦って、そうなってしまった。ロスクレイからも、ハーディからも、ツツリからも信頼を受けることはなくて、ただ強く孤独なまま生き残り続ける。

ツツリがロムゾを同行させたのも、初めからこの作戦で処分するためだった。全てが終わってしまった今となっては、そうする意義も失われてしまったが。

「……哀れなやつだよ」

吹きすさぶ風には川の匂いがある。

そうだろうか。ロムゾよりも、ツツリの方がきっと哀れだ。

そうして憐《あわ》れんでみせることで、少しでも自分の現状を慰めたかっただけだ。

「ツツリ君」

「……？」

背後をついて歩く靴音が、先に止まった。

堤防沿いの舗装路に人の姿はない。早朝である。

だが、視界の先に、黒く丸い置き石のようなものが見える。

光の加減で風景を黒く映し出しているだけで、実際には透き通っている。粘獣《ウーズ》である。

ロムゾが敢えて足を止めるような相手は、一体しかいない。

「サイアノプ……」

——偶然ではない、と直感する。

無尽無流《むじんむりゅう》のサイアノプは、敵の痕跡と思考を正確に見立てて辿《たど》ることができる。

サイアノプが意図して、自分達を見つけ出したということは。

「悪いけど今……話をしてる場合じゃ、ないんだよ。けほっ、黄都《こうと》軍があたし達を始末しにくるかもしれない……」

「蠟花《ろうか》のクウェルを殺したのか？」

サイアノプは短く問うた。

寒い。冷や汗が、ツツリの顎を伝っている。

第九試合で、ツツリはサイアノプをルクノカ討伐作戦に利用した。

その過程で、彼の擁立者だった蠟花《ろうか》のクウェルを、ロムゾに命じて惨殺させた。

サイアノプが、どのようにして真相に辿り着いたのかは分からない。いずれにせよ、覚悟を決めなければいけなかった。

(考えないと死ぬ。生き残るために、何を言えばいい)

汗の雫《しずく》が落ちるまでの僅かな時間で、一生分の価値を持つ回答を考えなければならなかった。

頭の中で、ただ一人で、戦争を終わらせなければ。

(ロムゾに罪をなすりつけるか？　クウェルちゃんの代わりの擁立者を申し出るか？　黄都《こうと》の謀略

を全部ぶちまけるか？　あたしは間違っていない……クウェルちゃんを殺さなかったら、サイアノプだって危なかったんだ。開き直ってみせればいいのか？　それとも、サイアノプ……心から詫びれば満足か？　お前らみたいな、いい、い、い、の、が、弱者を這いつくばらせて溜飲《りゅういん》を下げるのか？）

極限の思考の末、口をついて出た言葉があった。

「聞いてくれ……サイアノプ。あたしは――」

言葉の途中で、臓腑《ぞうふ》が捻れた。

胴体の骨肉が内側に折り畳まれた。

ツツリの背中に、親指が押し込まれている。

「ロム、ゾ」

肺腑《はいふ》に残った最後の空気で、ツツリは呻いた。

人の形ではなくなったツツリを、ロムゾは見下ろしている。

骨肉を結節する致死の点穴を剛力で押し込まれれば、人はこうなるのだ。

星図《せいず》のロムゾは、何の理由もなく、紫紺《しこん》の泡《あわ》のツツリを裏切った。

「ああ――ごめん」

星図《せいず》のロムゾは、深く、愉《たの》しげに笑った。

「話の邪魔だったから」

◆

〝最初の一行〟は、必ずしも八名全員が旅路をともにしていたわけではない。

時に共闘し、時に反目し、時に互いの組を行き来した、三組の強者達の総称である。彼らが真に力を合わせたのは、〝本物の魔王〟を倒すための、最後の結集のみだ。

たとえば魔王の時代以前からの流浪の英雄であった天《てん》のフラリクと移《うつ》り鹹剣《かくけん》のユウゴは、〝最初の一行〟の一組目としてよく知られている。

人族《じんぞく》社会の外の強者であった色彩《しきさい》のイジックと彼岸《ひがん》のネフトは、互いに油断ならぬ意図を秘めながら、〝本物の魔王〟抹殺という共通目的のため協力関係を結んでいた者達だ。

一方で、人族《じんぞく》社会の内にあった強者が集ったのは、星図《せいず》のロムゾ、汚《けが》れた地《ち》のルメリー、無明《むみょう》の白風《はくふう》アレナの組であった。二つ目の名を持たぬサイアノプもそこにいた。

長く旅をしていたサイアノプも、その組に留まり続けていたわけではない。フラリクと一時同行してユウゴの戦いを見たことも、イジックに改造されそうになった時、ネフトに保護してもらったことも記憶している――全てが、今でも鮮明な思い出だ。

それでもロムゾ達との旅の思い出が、最も多い。

その日の宿で提供された食事は、この数日では珍しく上等だった。

果実のソースを塗って焼かれた鶏肉《とりにく》は、表面に香ばしい焼き目がついていて、瑞々《みずみず》しい。サイアノプはそうした食事を好まないが、人族《じんぞく》にとっては御馳走《ごちそう》だろう。

「あっ、待って」

切り分けられた肉をアレナが取るより一瞬だけ早く、ロムゾのフォークがその切れ端を攫《さら》う。フォークは互いに触れてもいない。アレナの動きは完全に予知されているように見えた。

「ふむ。やはりアレナ君にはまだ難しいかな」

ロムゾが悠々と食事にありつく一方、アレナはがっくりと肩を落とした。

気弱なアレナは槍の扱いにかけては天才的な若者だったが、この日は肉三切れ分、同じようにロムゾに読み負けている。

「なんで〜？　先生、全然速い動きじゃないはずなのにな……！」

「それが分かっているのは悪くないよ。心得がなければ、自分より速く動かれた、と錯覚する。同じことの繰り返しになるけど……肉ではなく相手を見るんだ。感情の予兆を読むことだ」

「だけど、それ呼吸とか脈拍じゃないんですよね？　先生の顔、全然変わらないもん！　感情の予兆って……！　言われても全然分からないって！」

アレナは頭を抱えた。

一連の食事は遊びではなく、修行の一環である。

星図《せいず》のロムゾは壮年の達人だが、老練の域に達したその技を、若き天才である無明《むみょう》の白風《はくふう》アレナに継承すれば、いずれ〝本物の魔王〟を倒すこともできるようになると語っていた。

「感情の予兆を消したり読んだりすることは、アレナ君にもとっくにできていることだ。ただ、無自覚だね。戦いの時にしか発揮できてない。意識的に制御できれば」

「あっ」

思わずフォークを突き出したアレナの手首が、ロムゾに摑まれている。

「今、私が動くと思ったね？　――こうして、敢えて敵に予兆を見せることもできる。ただ闇雲に意を消すのではなく、自由自在に発することがひとまずの完成形だよ」

「僕、何も食えてないんですけど」

アレナは泣きそうな声を発した。

「すごいなあ」

一方で、一連のやり取りを見て、サイアノプはただ感服していた。

隣でつまらなさそうに羽独楽《こま》を回している、黒髪の少女に言う。

「ねえルメリー。僕達もあれやろうよ」

ルメリーは、普段は二つ結びにしている髪を解《ほど》いていた。彼女はアレナ達とは違って、基本的には野菜や果実しか食べない。

「お前が大好きなドロドロの残飯スープを取り合うのかよ。食中毒で殺す気か？」

「じゃあドロドロの果物でいいから！」

「それは腐ってんだろ」

汚《けが》れた地《ち》のルメリーは、生まれつき備わった異形の詞術《しじゅつ》で戦う強者である。黒く蝕《むしば》むような熱《ねつ》術《じゅつ》は、竜の息《ドラゴンブレス》すらかき消してしまう。歴史上、他にそのような技を使える者はいない。

サイアノプは決してルメリーのようには戦えないが、もしかしたら、ロムゾやアレナの技には近づけるかもしれない。彼らと旅を続けるために、少しでも戦いの力になるために、サイアノプなりに見て、学んでいた。

「そういえば先生。サイアノプには顔ないですよね？　サイアノプの感情も読めるんですか？」

「読めるよ？　一番読みやすいかな」

「え！　じゃあやってみて！」

サイアノプは床を這《は》い進《すす》んで、ロムゾの足元で主張した。

「僕も肉を取るよ」

「お前は肉食わねーだろ」

部屋の隅から、ルメリーが混ぜっ返す。

ここだ、と思った。まさかすぐさまサイアノプが動くとは思わないだろう――

「あ」

「ほら、すぐに分かる」

肉は、やはりロムゾに攫われていた。

ロムゾは普段と変わらぬ余裕ある態度だったが、どこかいたずらっぽい笑みでもある。

もしかしたらロムゾがこの修行を提案したのも、ただ肉が食べたかったからなのかもしれない。

「サイアノプは、まだまだ子供だ」

「うーん、感情の予兆ってなんだろ……。どれくらい練習すればいいのかな？」

ロムゾは笑った。

「十年かな」

◆

二十一年の月日が過ぎている。

「問うている。答えろ。蠟花《ろうか》のクウェルを殺したな？」

星図《せいず》のロムゾに、サイアノプは再び問うた。

つい先程までロムゾと行動をともにしていた紫紺《しこん》の泡《あわ》のツツリは、絶命していた。自分自身の筋力の収縮で丸く折り畳まれて、無造作に転がっている。

人体の点穴を突くロムゾの技は、たった一点で神経と筋肉を自在に壊し、死に至らしめる。

けれどかつて旅路をともにしたロムゾは、こんな惨《むご》たらしい技を使いはしなかった。

「ん？　まあ、殺したかな。練習台としては期待外れだった。血人《ダンピール》は珍しさの割に——」

サイアノプは跳び、打撃を叩き込んだ。

自分自身で意識するよりも先にそうしていた。

「……殺したかどうかを答えろ。とだけ云《い》った」

「ふふ。面白い」

答えている間、ロムゾは既に重心を後ろに置いていた――ロムゾが顔面への打突を受け止めた掌《てのひら》は、皮一枚だけが擦りむけて、流血している。

有効打ではない。ロムゾの間合いは、サイアノプの射程圏外にある。

「必殺の絞めに繋げるだけの打撃ではないね。人体に当てれば、この打撃だけでも十分に五体が爆散する威力だ」

無尽無流《むじんむりゅう》のサイアノプの打撃を受ける、ということは、それだけでも致命である。

第一試合で、おぞましきトロアは幾度もサイアノプの打撃を受け止めてみせたが、それは剣士としての優位性を最大に用いて間合いを保ち、サイアノプが最大威力を繰り出さぬよう立ち回ることができたためだ。常人に可能な芸当ではない。サイアノプの拳は兵器魔剣を凌駕するどころか、あの冬《ふゆ》のルクノカにすら僅かに届いた領域の技である。

だが人体経絡の何もかもを熟知した、〝最初の一行〟の達人。他ならぬサイアノプの師の一人でもあった、星図《せいず》のロムゾならば……

「本気ではないね？」

「貴様にこれ以上語ることがなければ、次は本気だ」

元より、命乞いを聞き入れるつもりはない。

だが、最後に話す機会を必要としているのはサイアノプの側である。感傷だ。

老いたとはいえ、あの日の星図《せいず》のロムゾと、声も姿形も変わっていないのだ。

ロムゾは、首を大きく傾けた。非人間的な動きだった。

「ふむ。彼岸《ひがん》のネフトも、そうして殺したのか」

「そうだ」

「勿体《もったい》ない。あれがまた目覚めるものと知っていれば……死ににくい、いい練習台にできただろうに。先を越されてしまったなあ」

「俺とネフトが戦ったのは、約束を果たすためだ。分からないのか？　仲間だっただろう……！」

「仲間」

背中に両腕を回して、ロムゾは穏やかに言う。

「そんなものは存在しないんだ、仲間も敵も、善も悪もない。全ての者が、主観で価値を分別するだけだ。この世にはただ行動と、その結果だけがある」

かつての冒険の日々よりも皺の増えた顔は、かつてと同じような深い笑みを浮かべている。だが、細められた目の奥にあるものは、底の見えない漆黒でしかない。

ロムゾは、両指を複雑に組んだ。

「昔のように、君に教えてあげよう。――何もかも、容易いのだ。君や私ができないと信じているような物事は……ただ決定するだけで、容易く実行できてしまうんだよ。使うべきでないと考えていた技も、本当は一つ残らず、人に対して使ってしまえる。私は、ルメリー君もこの手で殺すことができたのだ。君だって同じように殺すことができる。証明しようじゃないか」

「偽りだ」

星図《せいず》のロムゾは、きっと自我の何もかもを裏切るような行いをしてしまった。

ロムゾの人格では耐えられないようなその行為に、人格の方を合わせようとして、苦しみ続けた。そうして壊れた。

「僕の知るロムゾは、行動の責任を手放したりはしなかった。理解を放棄したりはしなかった。その末路が、クウェルを殺し、裏切りを繰り返す、外道に成り果てることだったというなら――」

星の光のように、いくつもの記憶が心を過《よぎ》っている。

アレナやルメリーとともに、火を囲んだ日々がある。会話の一つ一つを覚えている。

命の危機を幾度となく助けられ、時には、数えるほどだが、助けたこともあった。

〝最初の一行〟は、いつまでも、サイアノプの心の誇りだった。

それは、彼らの目的が〝本物の魔王〟の打倒という正しさにあったからではない。

旅路をともにした彼らのことが好きだったからだ。

(戻らないのか。ロムゾ)

粘獣《ウーズ》とは違って、人は涙を流す。

悲しみや後悔が許容量を超えた時に、涙を流すことができる。

見て、学んできたのは、彼らと旅を続ける中で、少しでも戦いの力になるためだった。

砂の迷宮で文字を読み、人の技を身につけることができたのは、旅の中でロムゾに教えてもらったからだ。粘獣《ウーズ》にそんなものを教えてくれる人族《じんぞく》など、他にはいなかった。

今、あの頃に戻れるのならば、涙の流し方も教えてもらえるだろうか。

星図《せいず》のロムゾは、もはや人でありながら涙を流すことができなくなってしまった。

「尊厳のために、貴様を殺す」

「奇襲詭計《きけい》のみで敵を討つは愚策。最速の矛は対話にある。いつか私が教えていたことだったかな。けれどね、サイアノプ」

ロムゾは大きく、真っ暗な口を開いた。怪異じみていた。

「それは嘘なんだよ。粘獣《ウーズ》を即死させるのは、とても容易い。核の一点を穿《うが》つだけで……そして君の拳は、感情の兆しを消せぬ拳だ。無意味な会話を試みたことで、君は四種の点穴を施す時間を私に与えてしまった」

首を傾ける。背中に腕を回す。両指を組む。

ごく何気ない仕草は全て、最大の強化を施す点穴の組み合わせだった。

自他の生理的限界を引き出し、あるいは殺傷する点穴の技。星図《せいず》のロムゾの如き達人であれば、指で突くことすらなく、体内の肉や骨の操作だけでも、それができる。

「〝風瘰〟。〝宿威〟。〝刺踏〟。〝解生〟――」

ロムゾは、人外の速度で地を蹴っている。二指を用いた刺突。

貫通する。

「実に容」

バチン、という、水袋を叩きつけるような音だった。

サイアノプは既に疾走を終えて、ロムゾの後方にいた。

「――〝正拳〟」

「――……」

ロムゾの頭蓋の右半分が砕けていた。

真っ赤に爆ぜて、崩れ落ちた。

前頭葉が流れ落ちた。

「感情の兆しなど」

ロムゾの虚実を織り交ぜた点穴の挙動など、承知の上である。

サイアノプは彼岸《ひがん》のネフトと仕合った時も、全盛期と同様の力を取り戻させた上で倒している。

欲していたのはいつも、かつての彼らと並び立てた証明だった。

「――感情の死に果てた貴様に、読めるはずもない。……衰えたな、星図《せいず》のロムゾ。この見立てだけは、誤っていてほしかった」

「サ……イ……」

「生命の死は、せめて僕が呉《く》れてやる」

「……」

ロムゾは、声にならない言葉を呻こうとして、絶命した。

世界を救うはずだった英雄の最期だった。

堕落したかつての師の姿は、無尽無流《むじんむりゅう》のサイアノプがいずれ辿り着く姿なのかもしれない。

そう遠い有様《ありさま》ではない。

何もかもを失ったサイアノプは、こうして修羅の血に染まっている。

教え子は殺され、師は殺した。
試合を通して通じ合った好敵手も、ことごとく死んだ。
〝最初の一行〟は、もはやこの世に、サイアノプただ一名だけである。
「眠れ」
血海を後に、無尽無流《むじんむりゅう》のサイアノプはその場を去る。
サイアノプを理解する者はいなくなった。
ロムゾが、最後の孤独を味わうことはない。

四 ◆ 酔余

異相《いそう》の冊《ふみ》のイリオルデが長い年月を費やして実行した大規模政変は、十分に黄都《こうと》を覆し得たはずの戦力規模にもかかわらず、不自然なほど短期間のうちに、その大部分が鎮圧された。

各地で同時蜂起したイリオルデ軍は、貴族をはじめとした黄都《こうと》要人を十数名程度捕縛することに成功したものの、作戦失敗により捕らえられたイリオルデ軍側の要人はその数十倍にも上り、有利な交換条件を引き出すことはもはや不可能だった。

イリオルデが第五卿時代に築いた人脈をもとに黄都《こうと》に深く根を張っていた諜報網や、反黄都《こうと》都市と巧妙に連携した兵站《へいたん》線も、ごく早期から特定されていたことが判明した。これもイリオルデ軍の予測を大きく超えた事態であった。局長であった赤《あか》い紙箋《しせん》のエレアが死亡した以上、黄都《こうと》の情報局は十全に機能しないものと誰もが思っていたのだ。

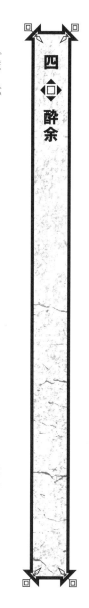

内部の、組織図の全貌を把握できるほど上位の指揮官が情報を継続的に流出させていたことだけは間違いなかったが、ほぼ壊滅したイリオルデ軍には、犯人を突き止める術もなかった。

第十試合中止に乗じた市街制圧は世論誘導のための大きな一手だったが、これも半日を待たずして制圧されている。魔王自称者ユーキスによるカダン第三区虐殺を除けば市民への被害はごく軽微であり、黄都《こうと》という組織を消耗させるに至ってはいない。

——何もかもが最悪の方向に転がるように、悪魔の指先で制御されているかのようであった。

一方で、その悪魔にすら予測不可能な事態も起こっていた。

第十試合当日である。

「……ロスクレイが」

弾火源《だんかげん》のハーディは、イリオルデ軍の司令部と化した五番城砦《じょうさい》でその報告を受けた。

床や壁に飛び散って乾いている血は、異相《いそう》の冊《ふみ》のイリオルデ達のものだ。

「死んだのか」

葉巻が、乾いた唇を滑り落ちた。

イリオルデにはその死の間際まで裏切りを悟らせることなく、今後の世界に不要な存在は一斉に処分し、必要な者は、鎹《かすがい》のヒドウとともに黄都《こうと》へと送り返した。

全ての作戦を完遂し、この大規模政変の勝利——ハーディの立場からすれば敗北ということになるが——を確信した矢先の報《しら》せである。

「ハ、ハハ」

机に両手を突いて、倒れそうな体を支える。

笑ってしまう。信じられない。

ハーディの計画も、ジェルキの計画も、他の何もかもが成功に終わったというのに、肝心のロスクレイが死んでしまっては、何一つ意味がなくなってしまう。

それも、最悪の状況下で死んだ。

片手で、爪が食い込みそうなほど強く顔を覆う。

「ソウジロウ……ソウジロウ！　この大馬鹿野郎が……ク、クハハハハハハハ……確かに……確かにお前は、面白いやつだよ。そういうのは嫌いじゃねェが……！　本当にやるやつがあるか！と……とんでもないことをしてくれやがったな……ッ！」

――戦場では都合の良いことは起こらない。

自分自身が、常々口にしていた言葉である。

イリオルデに工作が露見し、始末される覚悟はあった。戦争の中で力が及ばなかったなら、老いによる衰えの結果として受け入れることもできただろう。

ロスクレイやジェルキが大きな下手を打って勝手に敗北してしまったのなら、いっそ本当にイリオルデ軍を掌握し、黄都《こうと》を支配しても良かった。

だが、誰もが最善の勝利を収めた上で、ロスクレイが死ぬことだけは最悪だった。

「ク、クハハハハ……俺はどうなる……？　絶対《ぜったい》なるロスクレイ様をブッ殺した大悪党か？　勇者候補の擁立者さえ降りれば、後は気分良く処刑されるだけで良かったってのに……！　ソウジロウが、勝っちまったじゃねえか……！」

この六合上覧《りくごうじょうらん》でソウジロウが敗北するまで、黄都《こうと》全ての民の大敵として振る舞うしかない。軍部を牛耳り黄都《こうと》へと反旗を翻し、その混乱に乗じて柳の剣《やなぎのつるぎ》のソウジロウに絶対《ぜったい》なるロスクレイを始末させた、最大の悪党だ。

ロスクレイが、ジェルキが、自分自身が――これだけの覚悟で遂行した計画の真相を公表することなど、できるわけがない。

後戻りの道は元よりない。進まなければならないことが恐ろしい。

絶対なる謀略で盤面を支配したロスクレイは死んだ。未来は予測不能になった。

秩序をもたらすはずの戦いが、制御不能な無秩序を生む。

「い……いいぜ。乗ってやる……こうなったらとことん、付き合ってやろうじゃねェか……！」

心臓が早鐘のように鳴って、顔が濡《ぬ》れるほどに脂汗を流している。

六十を越えてなお若々しく漲《みなぎ》っていた気力は霧散して、頭の中が恐怖と衝撃でひどく痛む。

だが、嘘ではなかった。

前線の兵士として殺し合っていた時代から久しく忘れていた感覚だった。

いかい、元気の出る戦争など嘘だ。

闘争の高揚を塗りつぶすほどの、恐怖と絶望こそが本物だ。

頭を掻《か》きむしりながら言う。

「本当の戦争だ……やっぱり俺は、戦争が大好きだ……！」

◆

黄都《こうと》中枢議事堂は、まるで人の流れる大河だ。

廊下を行き交う人員の数は、普段の三倍ほどになるだろうか。

鎹《かすがい》のヒドウがこの流れの只中に立っている経緯は複雑である。

黄都《こうと》二十九官を更迭された後イリオルデ陣営に内偵のため潜入し、内部の人材を引き抜いて出戻ったということになるのだが——というよりハーディにその役割を押しつけられたのだが、官僚達はそんなヒドウを賞賛や非難するどころか、目に留《と》める余裕もないように思える。

「ジェルキ卿が倒れたのです」

前を行く囁《ささや》かれしミーカは、振り向きもせず簡潔に伝える。

大柄で、鉄像のような女である。黄都《こうと》第二十六卿として試合の裁定を担っているが、非公開のまま行われた第九試合、市民の熱狂によって強行された第十試合には、いずれも立ち会っていない。

「ジェルキ卿は今も病室から指揮を執り行っているとのことですが、それでもジェルキ卿やロスクレイ将が果たしていた役割を思えば、現場から彼らが欠けた穴は大きいのでしょうね」

「だろうな」

ヒドウは吐き捨てるように答える。

死にそうな表情をしている自覚があった。

——どうすればいいのだ、と思う。

政務に人生を捧げているようなジェルキはいずれ復帰するつもりだろうが、ロスクレイが死にハーディが離反したこの黄都《こうと》を、本当にまとめられるつもりでいるのだろうか。

ヒドウとしては確かに、イリオルデ陣営に与《くみ》した反逆者として処刑されるよりマシではある。ハーディに押しつけられた人材もどうにかしなければならなかった。選択肢はこの一つだけだ。

だが、まったく、心の底から、二十九官になど戻りたくはなかった。

「何から手をつけりゃいいんだ。言っとくが、離れてた間のことは何も知らねえぞ。戦災復興庁の仕事だって全部引き継いでから出たんだ」

「承知の上です。戦災復興庁に戻ってもらう必要もありません」

「最悪の予感しかしねえ」

「あなたは王宮区画が襲撃された際、部隊を率いて王宮防衛を手助けすべく駆けつけた。ならば引き続き、その案件をお任せするのが筋というもの。――王宮襲撃犯の捜査を担当してもらいます」

「……あれか」

大規模政変の只中で起こった王宮襲撃事件については、不可解な証言がいくつも存在することに加え、ジェルキが意図的に伏せた情報も多く、詳細はまだ分かっていない。

だが、簀《した》のキャリガとともに王宮に攻め込んだ容疑者の名は、ヒドウも伝え聞いている。

「世界詞《せかいし》のキアだったたか」

「ええ」

先を行くミーカは依然として前を向いたまま、硬く頷《うなず》く。

第四試合で赤《あか》い紙箋《しせん》のエレアが、灰境《かいきょう》ジヴラートの替え玉として出場させた勇者候補。

何ら特筆すべき経歴もない、幼い森人《エルフ》の少女だ。

「証言したヤニーギズ将が錯乱していなければ、そのようになります」

「どうだかな。ヤニーギズは前々から三割がた錯乱していそうな奴だったぜ。しかもキアが防衛部隊を全滅させたって話が本当だったとして――王宮区画じゃ、どう考えても第四試合みたいな仕掛けなんて打てなかっただろ」

「仕掛けではないとしたら？　それが最も整合性のある考えです」

「……あり得ねえな」

森人《エルフ》は、人生の大半に渡《わた》り若々しい外見を保つ長命種族だ。例えば、世界詞《せかいし》のキアが恐ろしく長く生きた森人《エルフ》で、魔王自称者を遥かに越える詞術《しじゅつ》を研鑽《けんさん》していたのだとする。

戦闘において怪物的な詞術《しじゅつ》士の前例がないわけではない。

例えば〝最初の一行〟の汚《けが》れた地《ち》のルメリー、悪名高い惨夢《ざんむ》の境《さかい》のエスウィルダ。もしくは人間《ミニア》であっても色彩《しきさい》のイジックなどは、竜の息《ドラゴンブレス》に匹敵する出力や規模の詞術《しじゅつ》を行使した記録がある。

だが、彼らのような規格外の存在ですら、明らかに異なる系統の詞術《しじゅつ》を、同時に行使するなどという異常は確認されていない。

否定する理由はまだある。

第四試合で、ロスクレイは肉体に直接生術《せいじゅつ》を行使された可能性が高い。

人体への直接的な生術《せいじゅつ》行使は、その個人の筋骨や臓器までを深く理解する、専属の医師や生術《せいじゅつ》師でなければ不可能なことだ。

ロスクレイは柳《やなぎ》の剣《つるぎ》のソウジロウとの試合で、血泉《けっせん》のエキレージを詞術《しじゅつ》支援につけていなかったのだという――それは、エキレージをネクテジオの毒素解析に回していたことだけが理由ではないだろう。ロスクレイならば、本当の万が一を警戒する。ヒドウはそう考えている。

（もしも世界詞《せかいし》のキアが……そういう裏技なしにロスクレイに直接詞術《しじゅつ》を使っていたんだとしたら、本当に、なにも説明がつかねえ）

魔族《まぞく》使いが魔族《まぞく》の素体として機械や死体を用いる理由は、それらが生体と比べて遥かに単純な物体だからだ。どれほど強大な詞術士《しじゅつし》であろうと、出会い頭の相手に、直接詞術《しじゅつ》を行使することは不可能であるとされている。当然の道理だ。

そんなことが可能だとすれば、全ての生命の生殺与奪を掌握しているに等しい。

「世界詞《せかいし》のキアが本当に全能の化物だと思うか？」

「思います」

ミーカは断言した。彼女は二十九官の誰よりも理性的で、冷徹な裁定者だ。

「第四試合で、私はロスクレイとキアの試合をこの目で見ました。彼女は一切の不正なく、ただ一言であれらの事象を起こしていた。私の目を欺くほどの不正があの場で行われていたというのなら、王宮区画でも同じことができたでしょう」

「チッ、お前に断言されたらこっちは何も言えねえだろうが……全能の詞術士《しじゅつし》を捕まえろって？」

出戻りに相応しい貧乏クジだ。あるいは、成果を出すことをそもそも期待されていないか。

いずれにせよ、情報を地道に集めるしかない。

「ミーカ様！　こちらにいらっしゃいましたか！　つい先程、新たな投降者が……」

廊下を行き交っていた人の流れの中から、一人の官僚が駆け寄る。

「私自ら対応すべき相手なのですね？」

大規模政変の戦後処理に際し、司法省を管轄する囁《ささや》かれしミーカは、重要捕虜の取り扱いに関する周辺事務を担っている。ヒドウが不起訴処分となり元の第二十卿へと復職したのも、彼女との司法取引の結果だ。

「……円卓《えんたく》のケイテです。第四卿への復職を要求しています！」

「要求を呑む理由がありません。確認を取る必要はないでしょう」

「俺の復職もそうやって却下してほしかったんだがな……」

とはいえ、ヒドウがミーカの立場でも同じ判断を下すだろう。

ケイテとヒドウでは事情が違う。ケイテは魔王自称者キヤズナと共謀し、多量の〝彼方《かなた》〟の兵器を準備して黄都《こうと》への反逆を企てていたのだ。数々の証拠も挙がっており、言い訳の余地はない。

「これに関しては、その、ミーカ様に直接聴取していただきたいのですが……交換条件を提示しております。復職の暁には……黄都《こうと》の戦力として、窮知《きゅうち》の箱《はこ》のメステルエクシルを提供すると！」

「何言ってんだ!?」

「何を言っているのですか？」

◆

王宮が攻め落とされてしまう。守らなければ。それなのに、足元に地面を感じない。

泥沼の底から這《は》い上《あ》がろうと試みるような焦り。何度も滑り落ちて元の場所に戻ってしまうが、決定的な転落もない。不毛な感覚だった。

……そして、荒野《こうや》の轍《わだち》のダントは覚醒した。

淡い白茶色の壁と床。病室である。

（セフィト女王は――）

夢での焦りのままに女王を探そうとしてしまう。

半ば立ち上がって辺りを見回し、ようやく、ここが病室であることを理性でも認識する。

大きく肩を落とし、一人歯《は》噛《が》みする。

「なんという醜態だ……！」

自分の体に傷や後遺症が残っていないことはすぐに分かった。

記憶も鮮明である。王宮区画にて簒《した》のキャリガの部隊を制圧した第二十四将ダントと第九将ヤニーギズ、そして第十四将ユカは、直後に幼い森人《エルフ》の少女と遭遇した。

その少女――世界詞《せかいし》のキアは、王宮に至るまで遭遇した全戦力を何らかの手段で全て無力化していた。まずはユカが倒れ、ダントとヤニーギズは連携してキアの捕縛を試みたものの、魔具すら用いた戦闘で、手も足も出なかった。

そして、全員の至近距離でキャリガが自爆した……

「……？」

ダントは自分の手を見る。

（なぜ俺は生きている？）

何度確認しても、体に生術《せいじゅつ》の治療痕はない。軽い火傷すら残っていなかった。

あの規模の爆発を近距離で浴びて、身体欠損や内臓損傷すらないというのは、奇跡的な幸運としても説明がつかないように思う。ダントは強い衝撃で意識を失ったものの、爆発の瞬間に体のどこかが千切れ飛んだ感覚は、確かにあった。

「やはり不思議に思いますかァ、ダント殿」

針金のような体躯の、乱杭歯《らんぐいば》の男が、フラフラとした足取りで病室に入ってきた。

ダントの感覚が、反射的に嫌悪を示した。

男は、ダントともに例の爆発に巻き込まれた、鏨《たがね》のヤニーギズである。

「……無傷のようだな」

「ええ。体のほうはまったく健康です。午後には退院しますよ」

ヤニーギズは、細い手をひらひらと振ってみせる。

確かにダント同様、彼の体にも負傷の痕はない。

「女王様は……！」

「ご無事です。いやまったく良かった。女王様の御身に何かあれば、我々が処刑されていたかもしれませんしねェ」

「……。何が起こったと思う、ヤニーギズ」

「さあ……。奇跡的に爆風の影響を免れたのか、それとも世界詞《せかいし》のキアが……」

「……」

ダントにも、ヤニーギズが口を噤《つぐ》んだ理由は分かった。

瀕死《ひんし》の二人の肉体を、世界詞《せかいし》のキアが直接の生術《せいじゅつ》行使で、痕跡すら残さず治癒したのだ。

キアの絶大な力を目の当たりにした二人にとっては、それが最も直感的な答えになる。

「いずれにせよ。王宮に危害が及んだ以上、世界詞《せかいし》のキアを放置してはおけない。この件に関しては王宮警護局の管轄にもなるだろう。ロスクレイとも速やかに情報の共有を……」

「死にました」

ヤニーギズが、溜息のような声で遮った。

「ロスクレイは死にました。市民の暴動を抑えている最中、柳《やなぎ》の剣《つるぎ》のソウジロウに襲撃されたとのことです。……ま、先程目覚めたのでしたら、ダント殿がご存知ないのも当然ですか」

「は？　死……」

はじめは、ヤニーギズが悪趣味な冗談を言っているのだと思った。

相も変わらず品性のない下劣な男だと、怒りすら湧いた。

絶対《ぜったい》なるロスクレイが、こんなところで死ぬはずがない。

ヤニーギズの表情を見る。

普段と変わらない様子に見えたが、笑っていなかった。

「……バカな」

ロスクレイの陣営は、巨大な盤面で、勝利の寸前にまで手をかけていたはずだ。

その最後で、ダントもヤニーギズも知らない間に、ロスクレイが死んだというのか。

「ヤニーギズ、お前はどうして平然としていられる……」

「平然？」

ヤニーギズは、乱杭歯を歪《ゆが》めて笑った。

「――平気なように見えますか？」

貧民であったヤニーギズは、ロスクレイに救われ、弛《ゆる》まぬ努力で二十九官に成り上がった男だ。

ロスクレイの最大の副官として信頼を受け、それに応え続けてきた。

「ロスクレイが生死を賭けて戦っていたというのに、私は支えられなかった――」

ヤニーギズとダントは全てにおいて正反対の将だったが、ヤニーギズがロスクレイを慕う思いは、ダントが女王に対して向ける忠誠に最も近いものだったのかもしれない。

「ヤニーギズ……」

「許せませんよ。柳《やなぎ》の剣《つるぎ》のソウジロウ、世界詞《せかいし》のキア、〝灰髪の子供〟……もう、派閥も関係ない。全員……この世界から、消し去ってやります」

煮えたぎるような憎悪を前にして、言葉をかけられずにいる。

女王派として〝灰髪の子供〟の陣営につく限り、ダントもいずれ再びヤニーギズと対立することになる。それでも、ダントはヤニーギズを止めることはできない。

もしも女王を失ってしまえば、自分もあのようになるだろう。

◆

大規模政変の最中、入院措置となった二十九官はダント達だけではなかった。

第十試合の決着とほぼ同時に、速《はや》き墨《すみ》ジェルキは過労によって倒れ、搬送されている。

もっとも、ジェルキが意識を失っていた時間はダントやヤニーギズよりは遥かに短い。常人が一晩睡眠を取るほどの時間で目覚め、すぐさま業務の続きに取り掛かった。

真っ先に試みたのは、〝灰髪の子供〟との連絡である。

医師からは止められたが、二十九官権限で病室内にラヂオを持ち込み、必要な人員を集め、黄都《こうと》としての正式な連絡を取りつけた。

〈――ご苦労様です、第三卿ジェルキ様。お体のほうはご無事ですか〉

「白々しい気遣いなど不要だ。無意味な前置きもいらん。午前中の……交渉の続きを進めたい」

〈ありがとうございます。こちらも、できる限りジェルキ様のご負担が少ないよう図らいます〉

「要求は大きく二点。奴隷法改正と戦災復興融資だったな。四日……いや三日後、双方の具体的な条件の提示と交渉の席を設けよう。使者を送ってもらいたい。貴様らの要求を受け入れるかどうかはそれからの話だ……」

黄都《こうと》の社会構造に小鬼《ゴブリン》を奴隷として浸透させ、公然と数を増やし、切除不能になった段階で、王国の構造そのものを乗っ取る。ヒロトの要求はそのための第一歩だ。

〝灰髪の子供〟はそのたった一歩で、黄都《こうと》の構造へと強固な足掛かりを作るだろう。

そうして〝客人《まろうど》〟の価値観で変容した社会は、果たして正しき王国と言えるだろうか。

（――結局はそれも、我々が言えた話ではないか）

〈ジェルキ様は……六合上覧《りくごうじょうらん》を継続なさるつもりですか？〉

「舐《な》めるな。たかが敗北した程度で止《と》めると思うのか？　この戦いはもはや我々の勝ち負けの問題ではない。全ては恐怖を打ち払う悲願であり、ロスクレイの託した願いだ」

〈……ロスクレイ様の件は、私個人としても残念に思います。非公式の試合であればこそ、死に至るまでもない……もしくは降参による決着もあり得たかもしれません。六合上覧《りくごうじょうらん》の――真業《しんごう》の取り決めに従った結果とはいえ、柳《やなぎ》の剣《つるぎ》のソウジロウが致命傷を与えざるを得なかったとは〉

ジェルキは奥歯を噛んで、こみ上げる後悔に耐える。

平時なら冷たい機械の如く感情を制御することができたが、ロスクレイを失ったことは、目覚めてからも強いて考えぬようにしていた。

親しい家族の死から目を逸らし、見えない内に死の事実がなかったことになるのを期待するような、愚かな逃避だった。

「安心……した。貴様は余裕ぶっているが、何もかもを思い通りの結果へと運ぶような逸脱の持ち主ではない。あの試合とて、ごく僅かにでも流れが味方すれば、ロスクレイは勝っていた。オゾネズマも、ジギタ・ゾギも負けた。……〝灰髪の子供〟。貴様は状況を作ることにこそ長けているが、結局は何もかも、薄氷の上へと踏み出す無謀さでしかない」

〈……。その通りです。私の得意技は、何もかも手の平の上だったかのように余裕ぶってみせる程度でしてね——勝った戦い以上に、僅かの差で負け、全てを失った戦いの方が遥かに多いですよ。この六合上覧《りくごうじょうらん》に限ってもそうかもしれません。多くのものを失いました〉

そうだ。逆理《ぎやくり》のヒロトが常に勝利し、拡大し続ける星のもとに生まれているというのなら、初めからこのような戦いにはならなかった。新大陸で小鬼《ゴブリン》の国家を樹立してからも、きっと多くの仲間を失いながらここまで辿り着いている。

だからこそ、脅威だ。

長い生の内で、この〝客人《まろうど》〟はどれだけの数、薄氷を踏み割ってきたのか。そしてなぜ、その莫大な失敗を経験してなお、新たな薄氷の上に命を預けることができるのか——

「……〝灰髪の子供〟。交渉の席以外にも、こちらから追加で提供できるものがある」

〈お聞きしましょう〉

「逆理《ぎやくり》のヒロト——私が、貴様を黄都《こうと》第二十九卿に推薦する。変革を望むのならば、貴様自身も相応しい立場で戦え。この黄都《こうと》に貴様が来た目的は、最初からそれだろう」

〈寛大ですね、ジェルキ様。盟友を死に追いやった相手に対して……〉

「そう見えるか？　貴様は政争で殺すと言っているのだ。我々黄都《こうと》二十九官は、黒幕を気取る貴様などよりも遥かに巨大な脅威と戦い続けている。貴様自身が脅威に身を晒《さら》す勇気があるかどうか、今この場で答えろ」

〈……〉

六合上覧《りくごうじょうらん》開始から数えても、二十九官の死者は六名。

それは単なる政争の結果ではない。〝本物の魔王〟の時代から、黄都《こうと》二十九官は常に最前線で脅威を食い止め、死を厭わぬ覚悟でこの国のために戦ってきた。

少なくとも絶対《ぜったい》なるロスクレイは、最後までそうだった。

この地上から脅威を一掃するために、ジェルキも全力を尽くす義務がある。

味方以外の全てを食い尽くす脅威に対処する方法は、それを味方にしてしまうことだ。

味方として、殺す。

〈……喜んでお受けしましょう。ぜひ、推薦をお願いします。もしも認められれば、この六合上《りくごうじょう》覧《らん》の運営も私の仕事の一つということになりますね。――なので、お礼と言ってはなんですが、六《りく》合上覧《ごうじょうらん》継続にあたって有益な情報を提供しましょう〉

「聞こう。敵対陣営は全て処理したが、ロスクレイを失った以上、完全な形で残党を取り込むことも不可能になった。カダン第三区を迷宮化した地群《ちぐん》のユーキス。依然行方が知れない窮知《きゅうち》の箱《はこ》のメステルエクシル。そして王宮を襲撃した世界詞《せかいし》のキア――その討伐に、黄都《こうと》は総力を挙げることができない。盤外の危険因子を早急に処理する手段が必要だ」

〈ならばその内の一名、窮知《きゅうち》の箱《はこ》のメステルエクシルは、あなた方の強力な手駒となるでしょう。これも大きな賭けでしたが、円卓《えんたく》のケイテが奪還に成功したとの報告を受けました。いずれ彼も、黄都《こうと》に対して取り引きを申し出てくるでしょう〉

平然と語る〝灰髪の子供〟の声に、眉をひそめる。

（やはりこいつらがケイテを匿《かくま》っていたか。軸《じく》のキャズナがイリオルデ陣営に組み込まれていない時点で、容疑者は限られていたが……）

〈そして、こちらが本命です。不言《ふごん》のウハクは現在、黄都《こうと》が確保していますね？〉

「……隠し立てするほどのことでもない。第八試合終了直後、黄都《こうと》市街を徘徊《はいかい》していたところを確保した。こちらの指示には大人しく従っているが……擁立者のノーフェルトが死亡した以上、ウハクは勇者候補として制御下にある保証がない。こちらが監視する必要がある」

〈確かに。そして擁立者不在である以上、六合上覧《りくごうじょうらん》の上でも自由に敗退させられる手駒として、利用価値がある……そうお考えでしょう？〉

「そこまで都合よく考えてはいない。突出して強力な個体だろうが、詞術《しじゅつ》も使えない大鬼《オーガ》だ。あのメレに勝った音斬《おとぎ》りシャルクが次の相手では、多少の工作では勝ち抜けは狙えん」

〈いいえ。その組み合わせは不言《ふごん》のウハクが勝ちます〉

「……？」

〈不言《ふごん》のウハクこそが、この混沌を収拾する唯一の回答かもしれません。あなた方では観測できなかった、ウハクの真の能力をお伝えします――〉

憎悪と煩悶《はんもん》を飲み下してでも、平和な世を築くために屍を積む戦いをする。

速《はや》き墨《すみ》ジェルキは勝負から降りることができない。

正しき札を失ってなお勝つためには、逆理《ぎゃくり》のヒロト。不言《ふごん》のウハク――強き呪いを秘めた鬼札へと、手を伸ばす必要があった。

五　アズワ大鐘楼跡

広大な黄都《こうと》の死角に隠されていたイリオルデ軍の拠点は、黄都《こうと》軍によってその大半が摘発された。最大の兵器開発機関であった国防研究院も例外ではない。

少なくとも黄都《こうと》において、イリオルデ軍が身を隠すことは不可能になった。

ただし、何事にも例外は存在する。そもそも、地図をはじめとした公的記録にも記載されていない都市の死角を、誰がイリオルデ軍へと提供していたのか――

黄都《こうと》外郭に位置する、ほとんど砂漠のようになった放棄区画に、その入口があった。

炭色の髪をした長身の女と、前髪で片目を隠した患者衣の少女が、石造りの部屋を下っている。

さざめきのヴィガと、濫回凌轢《らんかいりょうれき》ニヒロである。

「こんなところが黄都《こうと》にあったんだ」

「びっくりですよねえ。様式からして、百五十年くらい前の塔なんでしょうか？　地盤の液状化で建物全体が沈下してしまったみたいですね」

「私達が入ったのは塔の頂上部分だよね？　どうやってこんなところ見つけたの？」

「ふふふ。秘密です」

国防研究院の拠点を提供した者は、二十九官時代の千里鏡《せんりきょう》のエヌである。都市開発部門の長という立場を利用し、黄都《こうと》中枢に属しながら黄都《こうと》の死角を取引材料としていた。

一方でさざめきのヴィガは、厳重に秘匿された国防研究院の内情を探るべく黄都《こうと》に送り込まれた潜伏工作員である。彼女は弾火源《だんかげん》のハーディのみでは目の届かない多くの情報を黄都《こうと》へと流していたが、個人的な切り札となり得るこの拠点の情報だけは、黄都《こうと》へと流していない。

ヴィガとエヌは各々が二つの組織を掛け持つ間諜《かんちょう》のように動きながら、六合上覧《りくごうじょうらん》が実施される以前から、どの陣営にも属さぬ、共通の目的で手を結んでいた。

人々の意思を統一し、かつ支配されない手段――血魔《クルースニク》なる、新たな魔族《まぞく》の生成である。

この拠点は、以前から二人が用意していた、血魔《クルースニク》生成のための研究施設だ。

「ここでエヌさんと合流する手筈《てはず》になっています。あちらも到着しているといいんですけどね」

頂上から三つ階段を下ると、それまでと比べて明らかに真新しい構造の階層に出た。

研究施設という目的に沿うよう、工術《こうじゅつ》で大規模な改築を施したのだろう。

ニヒロの背から伸びた神経線が揺れ、いち早く気配を察する。

「もう来てるみたい」

扉を開けた先、タイル張りの部屋には、千里鏡《せんりきょう》のエヌと戒心《かいしん》のクウロが座っていた。

中心部のベッドには、昏睡《こんすい》状態の少女が二人横たわっている。

「あら〜、エヌさん。勝手にこの部屋に入ったんですか？」

「やむを得ない事情だ、ヴィガ君。……君は、濫回凌轢《らんかいりょうれき》ニヒロだね」

「くすくすくす。そうだよ？　よく知っているね？」

「合流が遅れてしまったことは、すみません。予定ではこんなことになるはずなかったんですけど……本当に間一髪だったんですよ～？　ニヒロちゃんの頭を受け取って国防研究院を出るだけのはずだったのに、なぜか殺されかけてしまいましたから」

「……襲撃を受けたのか？　政変の最中に？」

「そうですね～。エヌさんのことも、ちょっとだけ疑っちゃいました。もしかしたら、血魔《クルースニク》のことはどうでもよくなったのかな～って」

「ならば私がここにいる時点で、その疑いが事実ではないことを証明できるな」

エヌに続いて、ニヒロが自らの推測を補足する。

「そもそも、あの襲撃の主目的は……私と一緒にいたユキハルの方だよ。黄都《こうと》にとっては、お母さんを巻き込めれば好都合って程度だったんじゃないかな」

「ふふふ。だから生き残れたのかもしれないですね～。研究施設を失ってしまえば、私なんてちょっと黄都《こうと》の内情を知ってる程度の詞術《しじゅつ》士でしかないわけですし」

「ふむ。だが、ここには設備もあるし、黒曜《こくよう》リナリスも捕らえた。研究は問題なく継続できる」

「ええと……彼女がリナリスさんですか？」

〝黒曜の瞳〟との接触の経験を持たないヴィガは、リナリスの顔を直接には知らない。

それでも、二つ並んだベッドに横たえられた少女のどちらがリナリスなのかは、すぐさま判別できた。性別の区別なく魅了するような、魅力的な体の線。血色の薄い顔は、容貌に優れた血鬼《ヴァンパイア》という種族の特質を差し引いてなお、芸術的に整った顔立ちである。

「もう一人の子は？」

「遠《とお》い鉤爪《かぎづめ》のユノ」

部屋の片隅で座り込んでいた、顔面に包帯を巻いた小人《レプラコーン》が不機嫌に答えた。

ヴィガは、この戒心《かいしん》のクウロとも既に面識がある。

「早急に輸血が必要な容態で、この設備を利用するしかなかった。勝手な真似《まね》をしてすまない」

「首尾よくリナリス君を連れてきたのはいいが、その子も一緒に馬車に乗せてきたものでね……」

エヌは、梟《ふくろう》のような無表情のまま肩をすくめる。

「運ぶしかなかったよ。何しろ街は戦場だ。ここに向かうまで病院に寄り道をするわけにもいかないし、道中で捨てても逆に怪しまれてしまう」

ユノのベッドのシーツは、止血してもなお溢《あふ》れ出《で》た血で、赤く染まっていた。

「別にぃ～……構いませんけど。治療をお望みだったのなら、着替えないままこの部屋には入らないでほしかったですね。雑菌が持ち込まれてしまいますから」

ヴィガは拗《す》ねた調子で、薬品で手を清め、衣服を着替え、治療の準備を進めていく。

この一室は、国防研究院の生物実験棟に酷似した構造である。

即《すなわ》ち実験室と手術室を兼ねた一室であり、そのために必要な設備が整っていた。

「圧迫止血は的確ですね～。クウロさんには血管が全部見えているわけですし、これくらいのことは簡単なんでしょうか？　医師の到着まで、ここの備蓄で大量に輸血したのも間違ってません。でも傷口は開いたままでしたから、私がもう少し遅れていたら大変でしたね～」

微笑みを崩すことなく、針と糸で動脈を縫合していく。

物理的な手術に頼って治療する技術医療は、王国においては長らく眉唾物とされていた。

だが一方で、生術《せいじゅつ》を取り扱う魔王自称者にとっては、独自に開拓し続けてきた技術でもある。中でもヴィガは、その特殊な出自故に、技術医療に極めて長ける。

「傷は深いですけど、単純な切り傷です。感染症の問題がなければ、快癒するでしょう。ですけど、困りましたね～。退院させるわけにもいきません」

「構わない。それはその子も覚悟の上だ。必要なら俺が監視する」

「殺してしまったほうが楽だと思いますけどね」

血に汚れた手を使い捨ての布巾で拭いながら言う。

「そうするかどうかは……もう少し、様子を見てからだ」

「もう一人いるよね？」

ニヒロが、ふと口を開く。

最も警戒に値する強者と判断したのだろう――この部屋に入ってからの彼女は、じっとクウロを観察し続けていた。

「外套の内側……に、もう一人隠している。誰？」

「ああ。本来なら、ユノの治療などで借りを作らずに頼みたかった話だが……」

クウロは気怠《けだる》げに立ち上がった。

「俺は黒曜《こくよう》リナリスを依頼通り、生きて捕らえた。報酬として、治してほしい患者がいる」

「……？　患者さんですか？」

さざめきのヴィガ。濫回凌轢《らんかいりょうれき》ニヒロ。千里鏡《せんりきょう》のエヌ。戒心《かいしん》のクウロ。黒曜《こくよう》リナリス。遠《とお》い鉤爪《かぎづめ》のユノ――この部屋にいたのは、その六名だけではない。

七人目はあまりにも鼓動が弱く、小さかったために、気付かれなかった。

「さざめきのヴィガ。いつか、二人目を作ってもいいと言ってくれたな」

〝黒曜の瞳〟への復讐にあたって、戒心《かいしん》のクウロはエヌの助けを必要とした。メステルエクシルの防衛網をかい潜《くぐ》るだけなら、あるいはエヌの情報提供など必要ではなかったかもしれない。

しかし彼には復讐を果たした後、真っ先に成すべきことがあった。

「俺にはこの一人目しかいない。創造者のあんたが、治療してくれ」

クウロはひどく弱った造人《ホムンクルス》を、ベッドの上に優しく置いた。

彷《ま》徨《よ》いのキュネーは声も出せず、苦しげに目を閉じていた。

◆

絶望の眠りの中で、さらに激しい悲痛の思い出に苛《さいな》まれることがある。

〝黒曜の瞳〟がクタ白銀街から撤退し、ミクエ石英街へと撤退した頃の記憶。

真夜中、明かりもなく静まり返った街並みを眺めて、リナリスはじっと佇んでいた。

探してもらうことを期待している。十四だというのに、まるで幼い子供のように胸が高鳴っていて、待ちきれなかった。

「リナリス」

やがて、待ち望んだ声が聞こえた。

黒曜《こくよう》レハートの、低く心地よい声。

「今は、外を出歩いてはいけないよ。ゼルジルガやフレイを護衛につけていてもだ」

「……お父さま」

「お前の見た目はとても人目を惹《ひ》く。こんな真夜中では、白い肌はなお目立ってしまう。誰かに見られ、印象を残してしまってはいけない。自覚しなさい」

「申し訳ございません。ご心配を、おかけしました」

礼儀正しく頭を下げる。

勝手な行いをしてしまったこと以上に、こうして叱られてしまってなお、心が浮ついていることを申し訳なく思う。

「今日は、お父さまに……どうしても、ご覧に入れたいものがございました」

「こんなところでか……」

レハートは溜息をつく。

たった一人に見えるが、そうではないのだろう。

娘の自分を前にしても、〝黒曜の瞳〟の客と会う時のように、もしかしたら暗殺者を控えさせているのかもしれない。

そんな父の孤独を想像すると、高鳴っていた心臓が少しだけ悲しく沈む。

だけど、もう怯える必要もないのだと伝えたかった。

「いいだろう。二度、同じ我儘《わがまま》は聞かないと思いなさい」

「ありがとう存じます。……お父さま。これを」

背後の民家が灯《あか》りを点《とも》した。

クタ白銀街や、黄都《こうと》とは違う。普段、このような深夜に住民が目覚めることはない。

灯りが点った。それは民家のさらに一つ隣。その隣。まるで光の洪水が波及するかのように。斜面に沿って続く街の家々が、リナリスの意志で同時に灯りを点した。

「――ご覧ください。私たちはもう、隠れ潜まずともよくなりました」

「リナリス」

レハートは大きく目を見開いて、光の洪水を見た。

街のありとあらゆる意思が統制され、目覚めていた。

「これは、なんだ」

「支配の力です！　お父さま……私にも、血鬼《ヴァンパイア》の、お父さまと同じ力が！　お父さま……やっと、リナリスは……何もできない、無力な娘ではなくなりました！」

「…………」

血鬼《ヴァンパイア》の支配の異能は、生まれついて発現するものではない。従鬼《コープス》への指令の仕組みにフェロモンを介する以上、第二次性徴とともに備わる能力である。

まして血鬼《ヴァンパイア》としての高い身体能力を備えずに生まれたリナリスは、無力だった。

〝黒曜の瞳〟に伝わる精神支配の手管を必死に学んではいても、血鬼《ヴァンパイア》としての資質には全く欠けた――後継に相応しい力を持たない、守られるだけの令嬢。

「……お父さま？」

「これはなんだ」

レハートは、呆《ほう》けたように同じことを呟く。

不思議だと思った。

尊敬すべき父はいつだって威厳があって、聡明で、動揺など見せたこともなかった。

それも、リナリスがレハートのための力を見せているのに――

「……あの、これは……私の……」

「街一つを……ど、どうやって、支配した……全員を一度に操作するなど、血鬼《ヴァンパイア》が……できるというのか……」

地上が血鬼《ヴァンパイア》の脅威に脅かされたのは、遠い過去の話だ。

〝本物の魔王〟の時代にあって、レハートは血鬼《ヴァンパイア》最後の末裔《まつえい》だった。

種族絶滅の危機に瀕《ひん》して、病が突然変異するように――継承を繰り返した血統が、暴力による流血すら不要とする個体を生んだのだろうか。

「あってはならない。どうすればいい。リナリス……お、お前が、このような……私よりも……」

「……お、お父さま……！」

リナリスは心配して進み出た。レハートは後ずさった。

恐ろしい。何がいけなかったのだろう。

守られるだけだった娘が、ついに恩を返せるのだと思っていた。愛する父に、やっと目覚めた力すら不要とされてしまうなら、もはやリナリスに生きる価値などない。

「このリナリスを、お役に立ててくださいませ！　身も心も、全てお父さまのために捧げます！どのようなことでもいたします！　だから、どうか……失望なさらないで……！」

レハートがリナリスを恐れるように、リナリスもまた恐れて、父に縋《すが》った。

「……わ、私は……お父さまに喜んでいただけると――」

かつてクタ白銀街で見たような、まばゆい夜の光の洪水を。

滅びゆく血鬼《ヴァンパイア》の、先の見えない暗黒の中でも、希望の灯火を担えるのだと。

「私は……少し、部屋に戻って、休む……。組織の……これから先のことを……考えなければ……」

リナリス……」

「お父さま……待って……私を……」

後継に相応しい力が欲しい。そう想《おも》い続けてきた。

優しく、大きく、強い父の築いた〝黒曜の瞳〟が凋落《ちょうらく》していった原因は、力を持たずに生まれてきてしまった自分にあったのではないか。

「私を、見て」

〝黒曜の瞳〟の凋落は止まらなかった。

リナリスの力は、むしろ決定的な崩壊を告げる一つの兆しだった。

黒曜《こくよう》レハートは一年後に死んだ。

◆

「ひっ、あああぁぁぁぁっ！　いやあぁぁっ！」

絹を裂くような悲鳴が、地下の手術室に反響する。

リナリスは、白く透き通るような背中を、弓なりにのけ反らせて悶《もだ》えた。

濫回凌轢《らんかいりょうれき》ニヒロは彼女を片手で押さえつけていたが、抵抗は小動物のように弱々しいもので、正直なところ、押さえる必要があるようにも思えない。

「あっ……ああっ……はっ……」

「目が覚めた？」

リナリスの背中に突き刺した神経線を引き抜きながら、笑い混じりに尋ねる。

黒曜《こくよう》リナリスは生きていてこそ最大の価値を持つ試料である。ヴィガの徹底した医療処置によって生命を維持されているが、この二日ほどは、覚醒している間でも意識が混濁していることの方が多くなっていた。

「あ、あっ……」

「くすくす、ごめんね？　引き抜く時も痛いのか」

ニヒロの脊髄から伸びる神経線は、肉体の如く乗機を操る操縦桿《かん》であると同時に、生物の神経に強制的に信号を送り込み、筋肉の運動を狂わせ、激痛を与えることも可能な器官である。

こうした拷問めいた実験がどのような意味を持つのかをニヒロは理解しているわけではないが、さざめきのヴィガなら、実験体に不必要な苦痛を与えることもあるかもしれないとも思う。

かつてヴィガとともに行動していた頃、こうした人体実験は日常的に行っていた。

「…………お、お願い……します……私、私は耐えますから……あ……あっ……どうか、〝黒曜の瞳〟だけは…………」

大きな瞳から涙を零しながら、リナリスは懇願した。

悲痛の表情を浮かべていてもなお、新雪のように美しい横顔である。

「ごめんね。私もお母さんも、君の言う〝黒曜の瞳〟とは関係ないと思うよ。情報を喋《しゃべ》ってもらうとか、何かを差し出してもらうみたいな話でもない――君が苦痛を感じることだけが重要なんだって。くすくすくす……おかしな実験だよね？」

「…………」

「君は、〝黒曜の瞳〟が大事なんだ？」

リナリスを痛めつけ、反応を見る作業は嫌いではない。得体の知れない獣族《じゅうぞく》や屍魔《レヴナント》の相手よりは、よほど良い。

ニヒロ自身は人の容姿には頓着がない方だが、それでもなお、リナリスは見目麗しいと分かる。死人のニヒロよりも白く透き通った、滑らかな肌。それと対照的に、深く艶のある黒髪。唇などは血が通っていないかのように淡いのに、体に繋がれた管に流れていく血は、宝石のように深い赤色をしている。

「あらあら。ニヒロちゃん、ちゃんとお仕事をしていますか～？」

隣接した部屋を開けて、手術着姿のヴィガが姿を現す。

両手は何かの血に塗れていた。遠《とお》い鉤爪《かぎづめ》のユノや彷《まよ》いのキュネーの処置はとうに終わったはずだが、彼女らの治療とはまた別の作業に取り掛かっているのだろうか。リナリスの他にも、隣の部屋には何匹もの実験動物がいる。

「楽しみながらやるのは悪くありませんけど、痛みはできる限り与えてあげないと駄目ですよ？リナリスさんみたいな血鬼《ヴァンパイア》は……命の危機を感じないと、緊急信号を出せませんから」

「あ…………ぁぁ……どうか……　〝黒曜の瞳〟だけは…………」

「大丈夫ですよ～？　痛いのはすぐ終わりますからね～。もう少しだけ我慢してくださいね～」

ヴィガは笑顔でリナリスに呼びかける。

患者に優しく言い聞かせる看護師のようだった。

彼女にこうして優しく宥《なだ》められながら、苦悶《くもん》とともに死んでいった実験体を、ニヒロは何人も見たことがある。

――黒曜《こくよう》リナリスは恐るべき生命体だ。だが、この状況では非戦闘員のヴィガにすら劣る、無力で病弱な少女に過ぎない。

彼女の身を守る従鬼《コープス》はこの拠点に辿り着くことはないし、血鬼《ヴァンパイア》の支配が有効な対象もほとんど存在しない。元より抗血清を接種しているエヌとクウロは勿論《もちろん》、蠟花《ろうか》のクウェルの死体を手ずから解体し、抗血清の新規製造に携わったヴィガも、その抗血清を接種している。

そして死者であるニヒロに、血鬼《ヴァンパイア》の感染や支配は通用しない。屍魔《レヴナント》をはじめとした魔族《まぞく》には尋常の血液は巡っておらず、血液感染を通して対象を支配する血鬼《ヴァンパイア》にとっては、最大の天敵であるとすらいえる。

「あ、そうだお母さん」

「ひっ、ぃぃぃぃいっ！」

神経線を差し込むと、リナリスの優美な体が跳ねた。

もう少し丁寧に反応を楽しみたい気持ちはあるが、拷問は会話の片手間でもできる。

「――血鬼《ヴァンパイア》の緊急信号って何？　こうやって血を採ってるのにも関係ある？」

「血鬼《ヴァンパイア》の生態について、詳しく教えたことはなかったかもしれないですね？　血鬼《ヴァンパイア》は蜜蜂に近い生態を持っています。どちらも、女王蜂のような親個体が下位の群体をフェロモンで操る仕組みを作っているんですよ。脅威や苦痛に反応して特別な警報フェロモンを出す点でも、血鬼《ヴァンパイア》は蜜蜂とよく似ていますね～」

「ふうん、親個体の身を守らせるための緊急指令か……」

「そういうことです。通常のフェロモンでも代替可能な生体材料でしたが……警報フェロモンは通常のフェロモンより遥かに強力な行動誘発効果を持っています。それに……お願いしなくても、こうして痛めつけるだけで血中に溶け出してくれますから、とても優秀なんですよ。これぱかりは、死体からでは採取のできない素材でした」

ヴィガが楽しげに説明を続ける中でも、リナリスは悲鳴を上げ、肩を抱き、細い背を反らし、あるいは耐えるように膝を抱えた。

「あう……っ……ぅっ、ぅぅぅぅ………」

「くすくすくす……かわいいね？　ひどいことされる方が好き？」

「安心してくださいね、リナリスさん。身体のほうは壊さないって、エヌさん達と約束していますから〜。しっかり頑張りましょうね？」

「いや、いやぁっ……痛いのは、いや………！」

他の者が見れば、地獄の底のような光景にも見えるのだろう――

しかしヴィガとニヒロにとってはこれこそが、魔王の時代の日常だ。

◆

苦悶の悲鳴は、隣り合った病室にまで響いていた。

もっとも、病人を収容することを想定した設備ではない。ベッドこそ設《しつら》えられていても、本来想定された役割としては病室よりは死体置き場に近いものだ。

「……っ、殺す……！　殺してやる……！」

「動くな」

扉の前に座り込んだまま、クウロは短く告げる。

遠《とお》い鉤爪《かぎづめ》のユノは本当に、腕をもう一度切断してでもベッドの拘束から抜け出そうとしていたようだった。館で出会った時の覚悟とは裏腹の、まるで獣だ。

「あああああッ！」

「また麻酔を喰《く》らいたいのか？　無駄な試みなのは分かってるだろう……」

「でもッ、リナリスが……リナリスが、あんな目に遭って！　リナリスを……友達を死なせるくらいなら、私の体なんて！」

「……殺しが目的じゃない。実験として必要な苦痛を与えているだけで、命を奪ったり、目や爪を潰したりはしない約束をさせている……そういうことは、俺が止める」

「クウロ……さんは、平気なんですか……！　リナリスのことを、妹みたいにかわいがっていたんでしょう!?　リナリスだって……ずっとあなたのこと、嬉《うれ》しそうに話して……慕っていたのに……！　それなのに、こんなことに加担するんですか!?」

「妹のように思っていたからこそだろうな。――リナリスのせいで、どれだけの人々が死んだのかを分かっているか？　血鬼《ヴァンパイア》として生まれた罪だけならば、同情もできる。だが、無辜《むこ》の者を利用し殺した行いの罪には、相応しい報いが必要だ……」

「そん……なの、実際の犠牲者の人達には、関係のないことじゃないですか……！　公に裁きを問うわけでもない……こんな、誰にも見えないところで、勝手な実験で苦しめて……！　こんなこと、あなたが溜飲を下げるためだけで……本当にリナリスがするべき償いじゃないでしょう！」

（ああ。何もかも、俺の独善に過ぎない）

戒心《かいしん》のクウロは既に〝黒曜の瞳〟ではない。

だが、かつて属した〝黒曜の瞳〟の流儀で、フレイとリナリスを裁くことにした。

――仲間を死に追いやった者には、必ず報復する。相応しき恐怖と苦しみを与えることで応える。

クウロが属していた時代から、それが〝黒曜の瞳〟の流儀だ。

どれほど下劣で無価値な者が殺されたとしても、〝黒曜の瞳〟である限り報復する。一方でかつて苦楽をともにした友であっても、〝黒曜の瞳〟でなければ利用して殺す。分かりやすく、徹底された流儀だった。

少なくともクウロにとって、それは正義や道理のためではなかった。恐怖による敵対者への抑止と、孤独な異端者達の尊厳のため。自らを守る手段として取り決められた行動規範に過ぎない。

だから、ユノの主張はきっと正しいのだろう。クウロ自身とて、これまで手にかけてきた命に釣り合うだけの応報など、求めても得られるとは期待していない。

「……そうだな。俺が期待していることがあるとすれば――リナリスが報いの重さで、〝黒曜の瞳〟の罪悪と責任から永遠に手を離すことだ。俺と似たようなことを望んでいたやつだっていた。そいつも、殺してしまったが」

結局のところ自分は、フレイが望んだ通りのことをしているのだ。

クウロは自嘲的に笑った。

「ユノ、お前の方は何を望んでいる？　リナリスに与えられるべき罰などないと思うか？」

「わ……私は……リナリス、の罪のこと、じゃなくて…………」

ユノは、絞り出すような声で呻く。泣いていた。

「ど、どうしてこんなに……無力なんだろう。リナリスを助けるためなら……こ、後悔を取り戻すためなら、命だっていらないって、覚悟していたんです……なのにリナリスは、こんなことをされ続けて……犯した罪だって、出会ったときには、とっくに手遅れだったっていうなら……ど、どうすれば助けてあげられたの…………!?」

「……」

扉の前で座り込んだまま、クウロはユノの呼吸の音を聞いている。

不安と恐怖、そして自責。

リナリスの全てを知って、それでもこれほど大事に思える友人ならば、やはりあの場で死なせるべきではなかったのだろうと思う。

「身の程を知れ。お前は大して長く生きてもいない、ただの人間《ミニア》だ。切り札を何一つ持っていないお前のような奴が、この場に居合わせることができるだけでも、分を越えた成果だろう」

「う、ううう……うう……」

好奇心に目を輝かせて自分の話を聞いていた、幼いリナリスを思う。

令嬢の世話係につくその時だけは、殺しの話をしなくてよかった。天眼で見た木々の話や生き物の話、館の外で暮らす人々の話をした。穢《けが》れた血に染まった〝黒曜の瞳〟の中でリナリス一人だけが無垢で、だから、誰もがリナリスを大切に思っていた。

「――話をしてやれ。お前が心の聖域になるんだ。お嬢様にとってはそれだけで、お前がここにいる意味がある」

いつか、おぞましきトロアに言われたようなことを言う。

恐らく、クウロには二度と、そうできない。

何もかもが変わってしまって、取り戻すことはできなくなった。

リナリスも、自分も。

◆

「ユノさま」

とても細い声が、ユノのベッドの隣から聞こえた。

地下病室に昼夜の区別はなかったが、夜には一つを残して灯りは消えていた。

「起きていらっしゃいますか……」

「リナリス」

ユノはベッドを飛び起きようとして、足首が繋がれていることを思い出した。

上体だけを起こして、隣のベッドに目を凝らす。

リナリスがそこに寝かされているのかもしれないが、ただのシーツの塊のようにも見えた。

ユノの目には、とても中に人が一人入っているとは思えなかった。

「起きてる……起きてるからっ！　なんでも話して！　何か、言いたいことがあるなら……！」

「……いいえ……そこにいるなら、よかった……」

シーツの塊は微動だにしない。本当にリナリスの体は全て揃っているのだろうか。

体を傷つけないと約束したクウロの話に、却《かえ》って不安を掻《か》き立《た》てられてしまう。

「ユノさま……申し訳ありません……。おつらい思いを、しているでしょう……」

「そんなことない！　だって……だって、友達でしょう!?　リナリスの方がずっと苦しんでるのに、このくらいなんでもない……！」

「……………」

「リ、リナリス……！　こ、交渉は、〝灰髪の子供〟との交渉は、成功したから……　〝黒曜の瞳〟は守らせるって、私とレンデルトさんが、約束させたから……！　だから、心配しないで……」

「ありがとう……」

消え入りそうな声が呟く。

「……ありがとう……信じて、くださって……」

「……」

リナリスのことを、友達だと思う。だけど逆理《ぎゃくり》のヒロトに真実を告げられた時、ユノがリナリスに味方しなかったのなら、その時は、リナリスはユノのことを殺していたのだろうか。

クウロがリナリスを捕らえたのは復讐のためなのだという。ユノも、ナガンを滅ぼした者達への復讐を誓ってこの黄都《こうと》まで来た。

全てが〝黒曜の瞳〟のためだったのだとしても、リナリスが死に追いやってきた犠牲者達の家族の一人一人に、きっとユノと同じような権利があるはずだ。

「……リナリスは、人を……殺したの？」

「…………」

「私は、リナリスがそんなことをするなんて想像できなかった。ただ、大人しくて、育ちが良くて……優しい女の子にしか見えなかったから……。けれど、クウロさんに聞いて……〝黒曜の瞳〟はたくさんの人を殺して、大きな戦争を求めていて……そのためにまた、何人も殺してきたって……それは、本当のことなの？」

「…………」

「私も、殺したことがあるの」

人を直接手にかけた経験は、ユノにはない。

だが、殺したことはある。リチアで鵲《かささぎ》のダカイを斬ったソウジロウの刃は、確かにユノが願ったものだ。あの時の激情を後悔しているわけではない。

けれど。

「正しいと思ってやったことでも……その後で、怖い気持ちになった。殺してしまった人にも、自分と同じような心があって……これまで生きてきて、たくさんのことを考えてきたって思うと、私は、どれだけ大きなことをしてしまったんだろうって……忘れたくなって、目を背けたくなる」

「…………ユノさん。失望……されるのでしょうね……」

リナリスの声は震えていたが、それが怯えからきているのか、体力が消耗しているせいなのかは分からなかった。

「……私は、ずっと恐れていたのに…………ユノさんのようには、恐れられなかったのです……悲しく感じても……その人のことを想像できても……心のない、違う生き物みたいに……」

「リナリス……」

リナリスは血鬼《ヴァンパイア》だ。人族《じんぞく》のように見えたとしても根本的に違う生物で、全ての人族《じんぞく》が、リナリスにとっては姿を晒すことも許されない天敵だった。

〝黒曜の瞳〟の外の世界で生きる人々は、リナリスにとっては詞術《しじゅつ》のない獣のようなものに過ぎなかったのだろうか。それとも、リナリス自身がそうだったと言おうとしたのか――

「……………ごめんなさい」

涙の交じった謝罪の声を聞いて、思う。

ユノが裏切ったのなら、リナリスはきっと殺していたのだ。

リナリスはそんな覚悟で、ずっと生き続けてきた。

「ユノさん……ユノさんのような人だって、いたはずなのに。ごめんなさい……ごめんなさい……ごめんなさい…………」

手を伸ばしたかったが、足を繋がれていて、できなかった。

大地と石の中に沈んだ病室の外に、か細い謝罪が届くことはない。

苦痛と悲鳴の実験は、それからも終わりなく続いた。

◆

さざめきのヴィガが人を生きながら解剖する時、そこに悪意があるわけではない。

それは生まれつきの気質であり、教育の結果でもある。

ヴィガが生まれた村落に、名前はなかった。

王国の目から隠れ潜むように作られた村には、遥か昔から一つの家系だけが住み、特有の技術と成果を伝承し続けてきた。

常人の価値観からすれば、それは医療技術と呼ぶことも憚《はばか》られる、おぞましい魔の技の数々だったかもしれない。人体の神秘を解体し、改造し、または全く異なる生命を作り出す技術。

彼らの起源は、王国の歴史にも正確には残っていない。遥か古代、王国から追われた魔王が密かに生み出した、生術《せいじゅつ》研鑽のための一族であった。

彼らは何世代にもわたり、自らの血統で剪定《せんてい》と品種改良を繰り返した。世代を経るごとに、より深い人体への観察眼と、より正確な術技を持つ子供が生まれ、その子供に蓄積された知識と技術の全てを継承し、教育を与えた。

共感性を削ぎ落とすことを目的とした、倫理なき領域へと踏み込むための教育であった。

体を切り刻まれる患者は苦しみの悲鳴をあげ、哀れに慈悲を乞うかもしれない。

だがそれは、医師にとって何一つ関係のないことだ。人は痛みを与えれば声をあげるが、心なき獣でも同じことをする。当然のように起こる反応なのだと教えられる。

無辜の人々の死体を積み上げることよりも、自分達を社会の外へと追いやった王国に復讐することよりも、ただ、一族の悲願たる研究を突き詰めることこそが重要なのだと教えられる。

病も老いも死も訪れない、完全な生命を創造し——詞神《ししん》が人の手へと託した奇跡を完成させて、生命の溢れる素晴らしい世界を作り出すこと。

昔も今も、さざめきのヴィガの目的はその一つだけだ。


ヴィガが実験室を出た頃、エヌは退屈そうに黄都《こうと》市街の地図を眺めていた。

リナリスの悲鳴を聞き続けても、エヌもヴィガと同様、眉一つ動かすことはない。

「今日の分の採取は終わったようだね、ヴィガ君」

「ええ。今はニヒロちゃんに洗浄させています。リナリスさんが完全なかたちで手に入ったので、想定していたいくつかの工程を飛ばすことができました」

「いよいよ完成するか……長かった」

ヴィガは椅子のすぐ隣に座って地図を覗《のぞ》き込もうとする。

エヌは珍しく嫌そうな反応をして、体を離すように捩《よじ》った。

「あ」

「順調ならば結構なことだ。そろそろ、クウロ君に血魔《クルースニク》についてしっかりと説明をしておきたいと思っている。彼は重要な協力者だからね」

「それは構いませんけど～」

「――余計な話は聞かないに越したことはないと思っていたが」

その時初めて、クウロは口を開いた。元より気配が薄く、呼吸音や足音も立てていないことがあるため、こうしてあえて主張しなければ、存在を気付かれないことも多い。

「どちらにせよキュネーとリナリスへの処置が終わるまでは、俺はここを離れられない。いずれ知ってしまう以上、お前達の口から伝えてもらうほうが、お互いに納得できるだろう」

「そうですね～。ここで何が作られているのか、クウロさんの目には見えてしまってるんですものね。質問に答えてあげましょうか？」

「血魔《クルースニク》よりも、問題はお前個人だ。血魔《クルースニク》を造るのは黄都《こうと》を滅ぼすためか？」

「違いますよ～？　血鬼《ヴァンパイア》の能力を、もっと平和的に活用するためのものです」

「……意外だ。嘘をついていないな。お前は、濫回凌轢《らんかいりょうれき》ニヒロを使って黄都《こうと》に攻め込んだことだってあるだろう」

「ふふふふ。あの時の私は、まだ若かったですから」

〝本物の魔王〟の時代に起こった濫回凌轢《らんかいりょうれき》ニヒロ侵攻は、かつて戒心《かいしん》のクウロが目の当たりにした微塵嵐《みじんあらし》襲来に最も近い前例だったかもしれない。幾重もの防衛線が突破され、兵士も民間人も問わず、それが通り過ぎた後には死体だけが残った。

当初誰がどのような意図でこの魔族《まぞく》を使役しているのかを黄都《こうと》は総力を挙げて捜索したが、無意味だった。濫回凌轢《らんかいりょうれき》ニヒロは自ら判断して行動する心持つ屍魔《レヴナント》であり、魔王自称者の指令に依存することなく殺戮《さつりく》と破壊を続ける点でも、無敵だった。

最終的には、装甲材に用いられていた多量の星深瀝鋼《せいしんれきこう》の入手経路が決め手となったのではなかったか――壊滅した村落でニヒロを生成した魔王自称者の死体が発見され、その研究拠点で解析された弱点をもとに濫回凌轢《らんかいりょうれき》ニヒロも処分されたのだと、表向きには信じられている。

（真偽の怪しい話ではあった。そもそも、濫回凌轢《らんかいりょうれき》ニヒロに弱点など存在したのか？　ニヒロが指令なしに判断して行動できる心持つ屍魔《レヴナント》だというなら、その鎮圧手段も、心を利用した……黄都《こうと》側で捕らえた魔王自称者を人質にした取引の結果だったんじゃないか？）

いずれにせよ黄都《こうと》は、その魔王自称者の名を公表すらせず、死亡として処理している。

そしていかなる経緯があったかは分からないが、さざめきのヴィガは国防研究院に潜入した二重間諜として、濫回凌轢《らんかいりょうれき》ニヒロは戦争に備えた攻城兵器として再利用された。

「魔王自称者が発見された村落は……村人の大半が生きながらにして解剖されていたらしいな。それも、お前がやったのか？」

「ええ」

ヴィガは少しだけ表情を変えたが、それ以上精神が乱れたようにも見えない。

見た目は人だが、人よりも遥かに魔族《まぞく》に近い。

「血魔《クルースニク》計画は……ヴィガ君の経歴を知って、私が提案したものだ。当時、〝本物の魔王〟の恐怖は既に取り返しのつかない規模に蔓延《まんえん》していた。たった一つの恐怖が民の意思を統一して、狂わせていくというのなら、どんな対抗手段があると思う？」

「まともな方法なら、考え得る限りのことが試されてきただろう。お前は何を思いついた？」

「統制の上書き。勿論、ただ一人の血鬼《ヴァンパイア》にそれを担わせては、親個体の行動如何で従鬼《コープス》も全滅してしまう。意思を統一し、かつ支配されない手段が必要だ。それを可能とするのが人工的な血鬼《ヴァンパイア》の変種、血魔《クルースニク》ということになる」

「……。血鬼《ヴァンパイア》の変種？」

「どうだろう。心当たりはあるんじゃないかな」

竜《ドラゴン》や巨人《ギガント》など、この世界には物理の法則のみでは説明のつかぬ生命体が数多く生きている。そうした生命の中でも、血鬼《ヴァンパイア》はとりわけ異質な種族である。

本質的に病である血鬼《ヴァンパイア》は、感染者の子を発生段階で作り替えることで発生する。同種と比べて優れた容姿や高い身体能力――それ自体は、理論的にあり得る範囲の突然変異でしかない。血鬼《ヴァンパイア》と他の個体を決定的に隔てる点は、骨髄で血と同時にウイルスを作り出し、従鬼《コープス》の行動操作フェロモンを発する腺房を持つことだ。生物的に見ればただそれだけの差が、血鬼《ヴァンパイア》とそうでない種族の違いということになる。

「――血鬼《ヴァンパイア》は生命の設計図となる鎖を作り変えることに誰よりも長けているが、それは個体差や外部要因にも左右される、極めて繊細な作業だ。事実として、血鬼《ヴァンパイア》が意図せぬ変異をしてしまう例は少なからず確認されている」

「血人《ダンピール》か。血鬼《ヴァンパイア》の特性を持ちながら、生まれながらに感染を広める能力が欠落した個体だ。その骨髄には病原ではなく、抗血清を造る能力がある……」

「リナリス君もそうした変異例の一つだろうね。身体能力は極めて低い一方で、それに頼ることのない空気感染という感染経路を獲得してしまった……」

「……」

正常な血鬼《ヴァンパイア》として生まれられなかった事実に、リナリスがひどく苦しんでいたことは知っている。今のような絶大な支配の力が目覚めることなど、彼女自身も含めて誰も想像しておらず、黒曜《こくよう》レハートの後継を担うことはできないと思われていた。

「専門家でもないのに偉そうな講釈をしてしまったが、実際のところ、私は研究者の意見や過去の事実から可能性を推測しただけだ。人工的な操作を加えた血鬼《ヴァンパイア》の突然変異が実現可能なものだと分かったのは、ヴィガ君の協力あってのことだからね」

「おおよその理屈は納得できた。血魔《クルースニク》に起こす変異とはなんだ？」

「感染能力や身体能力ではなく、行動指令に変異を起こすよう設計します」

ヴィガが答えた。

「血魔《クルースニク》は感染能力を持ち従鬼《コープス》を増やすこともできますが、親個体が自由に命令を下すことができない血鬼《ヴァンパイア》です。理論的には、そんな個体が発生したっておかしくないですよね～？」

「話を聞く限り、そうかもしれないが……」

「病原そのものに強力な行動誘発フェロモン——特に、今リナリスさんから採取しているような警報フェロモンを導入できれば、血魔《クルースニク》の従鬼《コープス》はずっとその命令に従い続けます。ふふふ、面白いですよね～？　だって親個体が命令を上書きすることができないわけですから……」

　黒曜《こくよう》リナリスは自らが生み出した従鬼《コープス》を自在に操作可能だが、それは〝黒曜の瞳〟に伝わる卓越した神経操作の技と、彼女自身の極めて高い思考能力によるところが大きい。通常の血鬼《ヴァンパイア》は、従鬼《コープス》への単一の命令を切り替えるようなかたちでしか操作できない。

「これって、次の世代になっても同じことが起こるんです。血鬼《ヴァンパイア》の病原に異常がある場合、従鬼《コープス》の子供は正常な血鬼《ヴァンパイア》としては生まれませんから～。母子感染で生まれつきの従鬼《コープス》になって、たとえ親個体が死んだとしても、病原自体に組み込まれた命令にずっと従い続けるんですよ」

「……」

　一見してこれは、ただの非効率的な生物兵器だ。

　上書き不能な指令によって感染者を自殺させるにしても、他の誰かを殺傷させるにしても、同じように感染して人を死に至らしめる病原体は他にもあるだろう。

　だが、エヌが初めから口にしている通り、この兵器の目的は殺戮ではない。

「統一した命令……そうか、お前達がやろうとしていることは……」

「爆発的に広がる病原によって、強制的に感染者同士の殺傷を禁ずること。〝本物の魔王〟の恐怖に駆り立てられてきた民を……そして世界を滅ぼし得る怪物達を制御する最も直接的な手段は、破滅に向かう意志の有無に関わらず、それを引き起こす行動を封じることだ」

　クウロは頭《かぶり》を振った。

「馬鹿馬鹿しい夢想だ」

「ははははは。私自身もそう思っていたのだがね。だが今の世界にこそ、この方法が必要だとは思わないか？　六合上覧《りくごうじょうらん》は言うに及ばず……タレン君の引き起こしたリチア事変、そして今回のイリオルデの政変。魔王死後の世界を統一すべく今まで行われてきた、そしてこれからも行われ続けるであろう企てのどれよりも、犠牲は少なくて済む。血魔《クルースニク》の従鬼《コープス》になったとしても、彼らは生物的には人族《じんぞく》と全く変わるところはないのだからね」

黄都《こうと》第十三卿、千里鏡《せんりきょう》のエヌ。彼はいつからこの計画を進めていたのだろうか？

建設省の長として、拠点となり得る地理情報の死角を把握していた。二十九官の立場から、秘匿された魔王自称者ヴィガとの接触を果たしていた。血鬼《ヴァンパイア》掃討作戦の責任者として、試料となる生きた血鬼《ヴァンパイア》を探し続けていた。国防研究院に拠点を提供し、ヴィガを送り込んで研究を行わせた。

〝黒曜の瞳〟に命を握られながら、六合上覧《りくごうじょうらん》の状況を利用し延命した。そして〝灰髪の子供〟と繋がることで、黄都《こうと》からも〝黒曜の瞳〟からも、全ての軛《くびき》からついに脱した。

――誰にも真意を明かすことなく、ただ一人で行動を続けてきた。

「実行にあたっては、水道網を利用した感染爆発を計画していたが……リナリス君という空気感染個体を発見できたおかげで、その必要もなくなった。彼女と遭遇してしまったことは私にとって最大の危機だったが、同時に、絶大な幸運だったのだ」

「そんな計画に……魔王自称者ヴィガが協力すると信じたのか？　そいつはお前と同じように、国防研究院も黄都《こうと》も裏切ってここにいる。その上、生命科学の領域に精通しているのはこいつだけだ。

血魔《クルースニク》に少し手を加えるだけで、黄都《こうと》を滅ぼす兵器だって作れるだろう」

「ふふふふふ。そんなことしませんよ？　本能として維持される平和。不確かな法に人が従うことを期待するより、ずっと根本的で確実な発想だと思いますけど」

クウロは眉をひそめた。ヴィガの言葉は真実だ。

天眼の力で見てもなお、この二人は心からこの計画を信じている。

「平和が望みなら、どうして濫回凌轢《らんかいりょうれき》ニヒロのようなものを作った？」

「それは、だって」

ヴィガは首を傾げて、困ったように笑った。

「恐怖でおかしくなって、殺し合っちゃうような人達が生きていたら……子供にだって、その形質が遺伝しちゃうかもしれないじゃないですか？　あの時は一族のみんなも、王国側の人達もそうなっていましたから……これ以上増えちゃう前に、全部掃除した方がいいのかもなって」

（……化物め）

人族《じんぞく》の命を、正しく小動物や虫のようにしか考えていない。

望ましくない個体を取り除き、望ましい個体を繁殖させれば、より望ましい結果を得ることができるのだと信じている。さざめきのヴィガにとっては血魔《クルースニク》計画も、群れに望ましい個体群を導入するだけの実験に過ぎない。

「……君はどう思う？　クウロ君。君の天眼には全てが見えている。殺し合い、疑い合うような世の摂理を、誰よりも嫌悪しているはずだ。今はキュネー君の治療と引き換えの協力関係に過ぎないが……私は君にこれだけの情報を明かした。君は、決して妨害しないと信じている」

「……」

そうかもしれない。

おぞましい計画だが、エヌのような男すら、そのような強硬手段を必要とした。

この世界が、それだけ危うい状況に置かれているのは間違いないのだ。

「俺はキュネーさえ治ればいい。面倒事には関わらないと決めている」

「ならば、それまでここを守っていてくれればいい――血魔《クルースニク》が完成すれば、無敵だ」

感染者同士は傷つけあうことができず、その命令が更新され得ないということは、病の発生源たる血魔《クルースニク》を傷つけられる者も、誰一人いなくなるということだ。しかも空気を介してその感染は広がり続ける。僅かながらに抗体を持つ者や、血液を持たぬ魔族《まぞく》がその莫大な数に抗《あらが》うことができるのか……そんな実験を、彼らは試そうとしている。

人の全てが傷つけ殺し合う自由を奪われた後、社会がどのような変容を遂げるのかは、天眼の予知を以てしても想像もつかない。途轍《とてつ》もない混乱が起こるのだろう。

それを今止められる立場にいるのは、戒心《かいしん》のクウロしかいないのかもしれない。

「君の天眼には何が見える。成功か？　失敗か？」

「……さあな。だけど、そういう事が起こったって、悪くはないのかもしれない」

クウロは鳥打帽を深く被《かぶ》り直して、目線を隠した。

「どんなことだって、人が死ぬより遥かにマシだ」

今も昔も、確かなことは一つだ。
人の死を見るのは、うんざりする。

六◇黄都総務省東部事務局

「やれやれ、いつまで待てばいいんだか……」

通《とお》り禍《か》のクゼがこの待合所の長椅子に腰を下ろしてから、かなりの時間が経過している。

事務局の職員達はクゼが見たこともないほど忙しく動き回っていて、いつまで経っても応接室に通す気配がないどころか、声もかけてくれない。

「……もしかして俺、忘れられてる？　勇者候補がそんなことあるかな……」

確かに、軍部の反乱と第二将ロスクレイの死が立て続けに起こってしまえば、現場がこれほど混乱するのは無理もない。だがクゼも、それなりに重要な要件でここを訪れたつもりではある。

自分より忙しそうな人々を呼び止めるのも気が引けるので、クゼはただ、溜息をついた。

「帰ろうかな……」

「あ、通《とお》り禍《か》のクゼ様ですね」

若い女性の事務員が、小走りに駆け寄ってきた。

何かを運んでいる最中だったのか、傍らに小包のようなものを抱えている。

「応接室に向かってください。場所はお分かりですか？」

「えっ？　こういうのって案内してくれるんじゃないの？」

「すみません。私も他の案件を優先しないといけないので」

「いいけどさぁー……ええー……階段上がって左？　三つ目の部屋でいいの？」

そのまま小走りで去っていった事務員の背中を見送って、クゼはうんざりした気分で立ち上がった。黒く長い祭服はいつも着回しているものと同じだが、普段持ち歩いている巨大な盾はこのような場所には無論持ち込めないため、本当に勇者候補とは気付かれていないのかもしれない。

（ま、いいか……その方が俺にとっても好都合だ）

少なくとも第十試合でのロスクレイの援護では、覇気がなく、うだつが上がらない印象も役には立っている。クゼが市民の前に直接姿を晒したのは、即座に不戦勝に終わった第五試合の一瞬だけで、覚えていない者も多いだろう。

だが、このままでは不都合なこともある――

古く質素な応接室の扉を開くと、初老の男が長椅子に座って待ち受けていた。

やや非対称に歪んだ顔だが、壮健さと自信を感じさせる佇まいである。

「どうにも不手際で悪いね、通《とお》り禍《か》のクゼ」

「あー……すいません、お会いしたことってありますかね？」

「そっか、挨拶が先だったな。基図《きず》のグラス。黄都《こうと》第一卿だ」

「あ、ああ～……第一卿サマ……」

差し出された手を握りながら、苦い愛想笑いを浮かべる。

まさか黄都《こうと》二十九官が、それも第一卿が直接応対するなどとは想像していなかった。適当な中間管理職に意見を取り次いでもらう程度の心積もりでここに来たのだ。

「まあまあ、とりあえず座って。姿勢いいねえクゼ君！　部下見てても思うんだけどさ、やっぱ〝教団〟の人は育ちがいい奴が多いんだ」

「いやあ〜……そんなことないですよ。ありがとうございます」

「そんで？　試合についての申し立てがあるって話だよね」

「ええ。差し出がましいことだとは思うんですけどね……」

あまり相手の調子に呑まれるのも良くない。

対面の長椅子に腰を下ろし、本題に入る。

「第十一試合を後に回してもらえませんか」

「ふうん？」

グラスは興味深そうに身を乗り出した。

「クゼ君、第五試合じゃ不戦勝になってるよね。棄権じゃないってことは参戦の意思自体はあるってことなんだろうけど……どこか調子良くないとか？　怪我《けが》？」

「違いますね。むしろ逆に、対戦相手の方が万全じゃないってのは、六合上覧《りくごうじょうらん》の趣旨としてもよろしくないんじゃないですか」

無法にして奇怪な経緯でこそあれ、第十試合は本来予定されていた通りに執り行われ、柳の剣《やなぎのつるぎ》ソウジロウが勝ち上がった。――公式に認められた試合ではなかったとしても、あれだけの数の証人が存在する以上、黄都《こうと》もそのように扱わざるを得なくなるだろう。

このまま六合上覧《りくごうじょうらん》が進行すれば、次は通り禍《とおりか》のクゼが戦う第十一試合となる。対戦相手は第六試合の勝者、奈落《ならく》の巣網《すあみ》のゼルジルガ。

「ゼルジルガも、その擁立者も、行方をくらませてるらしいって話じゃないですか。俺みたいなのが二回連続で不戦勝っていうのは、どうもね……。ただでさえ〝教団〟への当たりがきつい情勢ですし、しかもロスクレイがあれだけ必死に戦った直後の試合でしょう」

「なるほどね。やる本人の立場としても、あんまり良い流れじゃねえか」

「ゼルジルガが試合放棄の申し立てを既にしているっていうなら仕方ないんですが……それがまだなら、本人を探し出して確認を取るくらいのことはしてもらいたいですね。第十二試合を先に持ってきて、その時間をゼルジルガ捜索にあてるなんてのは難しいですかね？」

「気持ちは分かる。ただまあ、何しろ真業《しんごう》の試合なわけだし、勝つにしても負けるにしても、とんでもない重圧だ。無断で逃げただけってのは十分あり得るからなあ……」

無論、クゼの要求は世間からの風評を意識してのものではない。

勇者候補の中でクゼだけは、第二回戦で試合が成立してもらわなければ困るのだ。

第二回戦からは、女王セフィトが試合を観戦する取り決めになっている。女王を確実に捉えられるその試合の場で、クゼは女王を殺さなければいけない。

〝教団〟の罪を雪《すす》ぐためだ。〝本物の魔王〟の時代の中で〝教団〟に被せられた謂《いわ》れなき罪の全てを、クゼをはじめとした教団幹部が背負う。教団幹部自らが密かに捏造《ねつぞう》してきた数々の証拠とともに、女王暗殺は、彼らの悪行を証明する決定的な事件になる。

——第三回戦以降では間に合わない可能性が高い。音斬《おとぎ》りシャルクが勝ち上がった場合は、クゼが思考するよりも早くナスティークの自動反撃による決着となり、試合場で女王を視界に捉える猶予は与えられないかもしれない。不言《ふごん》のウハクが勝ち上がった場合は、そもそもナスティークが機能せず、女王暗殺どころか決勝進出までも不可能になる。

試合の段取りは密かに手を結んだロスクレイの手引きで整えるつもりだったが、ロスクレイは第十試合で死に、他に彼らが手を結んでいた事実を知る者はいない。

(ロスクレイは、俺との約束を守っている。……誰も、女王暗殺なんて想像しちゃいない)

「そもそも試合についての話は、勇者候補本人からの要求は通さないようにって取り決めになってるんだけどなァ……擁立者を通して言ってくれなきゃ。そこのところは、分かってるんだよね?」

頭を掻くような仕草の中で、グラスの眼《め》がクゼをじろりと窺う。

黄都《こうと》の政争を生き抜いてきただけあって、油断のない老人だ。

「ふへへ……もちろんですよ。そちらだって分かっていらっしゃるんでしょう?」

クゼの擁立者であった第十一卿ノフトクは精神の平衡を崩し、再起不能となった。

彼の身柄は生かしも殺しもしない、半ば人質として、オカフ自由都市に勾留されている。擁立者不在という規則で黄都《こうと》側がクゼを敗退させることは不可能だ。

そして黄都《こうと》側は、強引にノフトクの身柄を取り返すことのできない事情を抱えている——暮鐘《ぼしょう》のノフトクは、第五試合の直後に起こった〝教団〟襲撃事件を指示した首謀者でもあるからだ。

クゼは政治的に最弱に近いが、不正の証拠という刃を黄都《こうと》に突きつけている状況にある。

「……とはいえ、だ。こっちとしても、試合が不成立になって困るのは同じなんだよ。観戦中止の第九試合に、野試合の第十試合――加えて第十一試合まで不成立ってのは、さすがに客から見ても不自然だろう。他の連中も、とっくに動いてるかもしれないなあ」

「そこ、グラス卿からも働きかけてくれますかね？」

「上手《うま》い流れさえあればね。乗っかってやるくらいはできる」

グラスの笑みは口の片方を歪めるような、非対称な笑みだ。

「もしかしたら都合よく、いい対戦相手が見つかるかもしれない」

◆

指名手配されていた円卓《えんたく》のケイテが、帰ってきた。

のみならず彼は、速《はや》き墨《すみ》ジェルキの病室に、自ら謝罪に訪れた。

床に両膝と両手を突いて、項垂《うなだ》れるように頭を下げている。

「み、見ての通り……とても……！　反省している」

「……」

ジェルキは冷たい視線で、珍獣でも見るかのようにケイテを見下ろした。

苛烈な暴君として知られたあのケイテが、一応の殊勝な態度を取り繕って謝罪をしている様は、滑稽を通り越して何らかの悪い夢のようだとすら思う。

「兵器を準備し……黄都《こうと》議会への反逆を企てたのは……事実だッ……！　だが、全ては女王への、ちゅ、忠誠のため……勇者候補どもに脅かされる黄都《こうと》を守るためでも……あった！　こ、これまで……出頭する勇気がなかったことは認める……が、ぐぎぎ……」

「無理をしているなら喋らなくても構わん」

「……いや、言わせてくれ……ッ！　王宮すら襲った反逆者どもの狼藉《ろうぜき》を知り……痛感したのだ！　俺達は、派閥や信条を越え、ち、ち、力を、合わせるべきだったのだと……！」

「そうか」

ジェルキはベッド横のテーブルで、貴族文字の翻訳業務を続けていた。

ケイテの主張は一つたりとて傾聴に値するものではなかったが、黄都《こうと》二十九官にあって突出して自尊心の高かったケイテがこうまでなりふり構わぬ態度に出た点だけは、ジェルキにとっては予想外のことでもあった。

（そうまでして黄都《こうと》に戻りたがる理由があるのか？　私に頭を下げるだけに留まらず、メステルエクシルという切り札を手放してまで……）

無様に見えたとて、侮るべきではない相手だということは承知している。

黄都《こうと》議会にあって、独立派閥としてあれほどの戦力を準備していた相手だ。ケイテ失脚後に流出した機魔《ゴーレム》や〝彼方《かなた》〟の兵器に限っても、大小数えきれないほどの戦局に影響している。

「ともかく貴様がそう主張する以上、動機を問いただしたところで無駄ということは分かった。本来ならば復職どころか犯罪者として捕らえるのが相応だが、メステルエクシルを制御下に取り戻したこと、そして旧王国主義者および〝黒曜の瞳〟の情報を掴んだことに関しては、ある程度酌量の余地を与えてもよい」

「……そうだ。連中こそが……黄都《こうと》共通の脅威だ。俺は旧王国主義者の幹部格も、〝黒曜の瞳〟の構成員も、顔や能力を直接見ている。有効な対策を立てられるはずだ」

「黄都《こうと》の脅威を語るのなら」

ジェルキは、ケイテの言葉を遮るように言った。

「――軸《じく》のキヤズナはどうした。貴様とメステルエクシルがいて、なぜ彼女が同行していない」

「婆……キヤズナ、は……」

ケイテは、これまでとは違う様子で、言葉に詰まった。

沈黙する。

「…………死んだよ。メステルエクシルを取り戻す戦闘で、致命傷を負って、助からなかった。俺にはもう、野望をともにする同志はいない……」

「……」

「本当は……二十九官への復職も、どうでもいい。ただ、婆ちゃんの野望だけは叶えてやりたいと思ったんだ……。メステルエクシルは最強だ。それを見届けたいんだ……！　俺が免罪となれば、メステルエクシルだって、もしかしたら勇者候補として復帰できるかもしれない……！」

現実味のない、都合のいい望みだ。

普段のジェルキならば、このような泣き言を通すことはあり得ないが――

（結果的には、〝灰髪の子供〟の言う通りになった。未だ脅威がひしめいているこの状況を戦うためには、我々の制御下に置かれた勇者候補は確実に必要だ。何より……〝彼方《かなた》〟の兵器を無尽蔵に生産するメステルエクシルを、今後、他勢力の手に渡すわけにはいかない）

窮知《きゅうち》の箱《はこ》のメステルエクシルは、六合上覧《りくごうじょうらん》の盤面に戻すための材料も揃っている。

ケイテを第四卿として復職させることになれば、少なくともケイテの罪状の一つである第六試合での不正に関しては、黄都《こうと》側で容疑を晴らす動きになるだろう。

不正容疑は、行方不明のゼルジルガへとかける。第六試合では〝黒曜の瞳〟側が行った不正も多数あった。メステルエクシルの従鬼《コープス》化および外部の親個体の操作能力によって対戦相手を脱落させた容疑で彼女の勝利を取り消し、第六試合で勝ち進んだのがメステルエクシルであることにする。

最も重大な国家反逆罪に関しても、イリオルデ陣営の降伏に対し黄都《こうと》が受け入れ態勢を取っている現状ならば、大多数の例の一つとして紛れさせ、なし崩しで進めることも不可能ではない。

（――流れは作れる状況だ。ケイテも承知の上だろう。凶暴だが優秀な男ではある）

この状況しかないという好機を見定めたからこそ、自ら出頭してみせたのだ。

鎹《かすがい》のヒドウとともに、ロスクレイ亡き後の黄都《こうと》議会には必要な人材であるかもしれない。

「貴様の主張は分かった。今動ける二十九官で議決を取り、処遇を決める。留置所で待て」

「留置所だと!?　バカな、この俺が!?」

「当たり前だろう。貴様はまだ犯罪者だぞ……」

◆

半円の断面を持つ、広い地下通路だった。

照明はない。遥か昔に放棄された地下水道跡だ。

凝灰岩が敷き詰められた壁面の一箇所にだけ、目を凝らさなければ判別できない切れ目がある。

壁を切り出した作り出された隠し部屋の存在は、元々この地下水道跡を拠点として用いていた旧王国主義者達も知らない。後から、想像を絶する高度な工術《こうじゅつ》によって加工されたものだ。

中には、地下水道には全く不釣り合いなベッドが設えられている。

元々存在している生活線を延長して捻《ね》じ曲《ま》げているのか、どこからか水道もガス管も引かれており、誰の目も届かないこの一室で、生活を完結できるようになっていた。

壁面に偽装された扉が開いて、何かが転がり込む。

球体に細い手足が三本生えた虫のような、小型の機魔《ゴーレム》だった。

「か、か、かあさん！」

藍色の機魔《ゴーレム》は、単眼を明滅させて叫んだ。

「ぶじだった!?　さびしくなかったかなあ!?　ケイテが、うまくやった！」

——厳密には、メステルエクシル本体ではない。遠隔操作される子機である。

彼自身の体は黄都《こうと》の厳重な管理下に置かれているものの、元より二つの命を有するメステルエクシルにとっては、どの体が本体であるかなどはさして大きな問題ではなかった。

「ヘッ……メステルエクシルかい……」

ベッドの上には、老婆が横たわっている。

「かあさん！　かあさん！」

メステルエクシル子機は、落ち着きのない子犬のように床をグルグルと走り回った。

ケイテはその後に続いて入室した。

「……ケイテもいるのか？」

「ああ。万事首尾よく行った。今はまだ仮釈放だが、いずれ釈放もされる。しかも黄都《こうと》の連中は今のところ、婆ちゃんが死んだと思いこんでいる……」

軸《じく》のキヤズナは、メステルエクシルの制御を取り戻すために致命傷を負った。それ自体は嘘ではない。少しでも放置すれば、死に至っていたはずの重傷であった。

だが、メステルエクシルが得意とするのは卓越した工術《こうじゅつ》だけではない。キヤズナがメステルエクシルの構造に詞術《しじゅつ》を行使できたように、誰よりも強く親しんでいたキヤズナに対してならば、生《せい》術《じゅつ》の治療を施すこともできた。

もっとも、正気を取り戻した直後のメステルエクシルはひどく混乱して取り乱しており、ケイテが強く叱り飛ばして指示しなければ、応急処置すら危うかったかもしれない。

軸《じく》のキヤズナの右腕は、失われたままだ。

メステルエクシルの生術《せいじゅつ》であれば再生も不可能ではないかもしれないが、既に老体のキヤズナが欠損した四肢を再生すれば、余命を著しく縮めることは間違いない。老いてなおその段階の生術《せいじゅつ》治療が可能な者など、彼岸《ひがん》のネフトのような例外だけだろう。

(婆ちゃんは……これから死ぬまで、片腕のままだ)

十代の若者以上に凶暴で生気に溢れていたあのキヤズナが、腕一本が千切れた程度で、ベッドから起き上がることすらままならない消耗を強いられている。

彼女も人間《ミニア》だったのだ。老いという摂理は、折れない軸すら折る。

「だ、だ、だいじょうぶ！」

小さな球体が跳ねた。

「か、かあさんは、しなせないからね！」

メステルエクシルは、キヤズナを必死で助けようとしている。

残虐な破壊兵器が、この一つだけは後悔と罪悪感で動いているようでもあった。

メステルエクシルがこの治療室を作り出した時、ケイテはむしろ、メステルエクシルの無秩序な治療行為を止める必要があった。

メステルエクシルは様々な投薬や機械の接続を試みようとしており、その中には明らかに人を死に至らしめるであろうものも多かった。メステルエクシルは命を奪う術は無数に知っているが、命を救う術についてはほとんど知らない。

(俺が黄都《こうと》の実権を取り戻せば、秘密を厳守できる医師の一人二人は容易く引き込める。……それまでの辛抱だぞ、婆ちゃん)

弱ったキヤズナを黄都《こうと》に始末させるわけにはいかない。まだもう少しだけ持ちこたえれば、勝利できる。自分達は、メステルエクシルすら取り戻すことができたのだ。

「メステルエクシルに探らせた感触では、俺が復職できる見込みは大きいはずだ。メステルエクシルを勇者候補として再び立て、勝ち進ませ、俺がロスクレイ亡き後の権力を握ってやる……！　フン……黄都《こうと》の愚か者どもは俺が野心を捨てたものと信じて疑っていないだろうが」

「それは絶対バレてるだろ……」

ケイテは自身の名演を確信していたが、仮に情に訴えかけることができずとも、自分達を再度受け入れる材料は黄都《こうと》側に用意していたつもりだ。

大規模政変でケイテ陣営から接収した〝彼方《かなた》〟の兵器が多数用いられたことで、黄都《こうと》はそれを前提として今後の戦術を組み立てなければならなくなった。ロスクレイが倒れ、運営の機能を大きく欠いた黄都《こうと》にとって、高い能力を持ち〝彼方《かなた》〟の兵器知識を持つケイテは喉から手が出るほど欲しい人材であるはずだ。

対勇者候補戦力としてのメステルエクシル。鎹《かすがい》のヒドウという前例がある状況での復職要求。相手に取って有益な言い訳が多数ある状況だったからこその、出頭である。

「拍子抜けだ。この手を使うまでもなかったな」

ケイテは袖の内側から、三本の細い小瓶を取り出す。

同量の金にも匹敵する価値の薬品だった――とりわけ、今の黄都《こうと》の情勢では。

「え!?　つ、つくるの、たいへんだったのに！」

「無駄ではない。この抗血清は、連中にとって必要になった時、最大の価格で売りつけてやる」

血人《ダンピール》の骨髄のみから生成可能な、血鬼《ヴァンパイア》の病原感染を防ぐ唯一の手段。生命すら作り出すメステルエクシルの生術《せいじゅつ》は、極めて希少なその薬剤を解析して量産することも可能だ。

黄都《こうと》に降伏し、みっともなく権力に縋る姿を晒したとしても、まだ優位はケイテ達にある。

全ての結論が出た後でも諦めなかったからこそ、今があるのだ。

「——誰が野心など捨てるか。俺が、この円卓《えんたく》のケイテが……！　諦めるものか！」

ケイテの表明に、寝たきりのキヤズナも、邪悪な笑いで答えた。

詞術《しじゅつ》を解する心と知性を有した生物として、鬼族《きぞく》には一定の権利が認められている。一定の――

というのはすなわち、人族《じんぞく》と同等ではない、という意味だ。

鬼族《きぞく》保護収容所は、鬼族《きぞく》保護を冠しているものの、その構造はほとんど監獄に近いものだ。

脱走防止のための分厚い鉄扉には食事の差し入れ口だけが設けられており、中に収容されている者が大鬼《オーガ》なのか狼鬼《リカント》なのかも、外から訪れたクゼには窺い知ることができない。

少なくとも、血鬼《ヴァンパイア》はいないだろう――発見次第処分されることになっているからだ。

（気が滅入《めい》る施設だ）

第十一試合の延期を成立させるためには、第十二試合を戦う不言《ふごん》のウハクを説得しなければならない。

他にも適任がいそうなものだと思うが、現時点で生きて黄都《こうと》にいる環座《かんざ》のクノーディの関係者は、クゼ一人しかいないのだと説明されていた。

黄都《こうと》の方便である可能性は、ある程度存在する。

何もかもの裏を勘ぐりたくはなかったが、黄都《こうと》側も何らかの手段でウハクの詞術《しじゅつ》否定の力について摑んでいて、いざという時はウハクにクゼを始末させる算段があるのかもしれない。

そのような扱いを受ける謂れも十分にある――計画の秘密を知るロスクレイが死んだ今、クゼの行動を縛れる勢力は事実上存在しない。始末できるうちに、可能ならば事故で死んでもらったほうが、黄都《こうと》にとっては都合のいい存在のはずだ。

「こちらの収容室です」

「案内どうも。ウハクは大人しいかい？」

「ええ。あんなに落ち着いた大鬼《オーガ》は初めてですよ」

兵士に案内され、ウハクの収容室へと入る。

清潔な部屋だった。衣類が壁際に畳まれ、食べ終わった小さな食器が綺麗に並べられて、ウハクは、窓の方向を見てじっと座っていた。欲を断った〝教団〟の神官のような生活をしている。

「や。久しぶりだね。ウハク」

挨拶をすると、ウハクはただ、白い瞳を向けて反応した。

灰色で、大きな大鬼《オーガ》である。

（ナスティークは――）

虚空に目を凝らしても、普段なら見える天使の姿は見えない。

やはりウハクの周りに、ナスティークが現れることはないのだ。

ウハクの側に立つ時にだけ、クゼには死がある。

もしかしたら、黄都《こうと》の思惑通りにここでウハクに殺してもらえる方が、ずっと救いがあるのかもしれないと思う。

「救貧院の事件以来だっけ？　ふへへ……あの時は助けられたね」

客観的にどう見えるかは分からないが、少なくともクゼにとっては、救われた話だ。

第五試合の後、暮鐘《ぼしょう》のノフトクに扇動された〝日《ひ》の大樹《たいじゅ》〟が救貧院を襲撃した時、クゼは彼らを殺さずに済んだ。ウハクが、ナスティークの殺戮を止めていてくれたからだ。

「まだ礼を言っていないなあって思ったんだ。……ありがとう」

ウハクは大樹が傾ぐように頷く。

同じクノーディの教え子でも、クゼとは正反対に、泰然としている。

「単刀直入に言う。勇者候補として、あんたにやってもらわないといけないことができた。カダン第三区が魔族《まぞく》の群れに飲み込まれて、黄都《こうと》が危険な状況になっている。俺と一緒に討伐に向かってほしい。できるなら、今すぐだ」

カダン第三区は、既に都市の面影を残していないらしい。

建造物を越える背丈の茸《きのこ》が林立して太陽光を遮り、濃厚な胞子で空気は汚染され、歩き這《は》い回《まわ》る未知の菌類生命までも繁茂している。刻食腐原《こくしょくふげん》ネクテジオと呼称される菌魔《ファンギ》による現象であった。

「俺の頼みを聞く筋合いは、あんたにはないかもしれないけどさ……それでも……俺達は勇者候補だ。みんなを、助けてくれないか」

黄都《こうと》側で捕らえていたウハクをカダン第三区へと投入し、ネクテジオを撃破させる。この判断に鑑みても、やはり黄都《こうと》がウハクの力に気付いてしまった可能性は高いように思う。

敵の拠点が明確で動かないのならば、地平咆《ちへいほう》メレの精密狙撃で区画ごと吹き飛ばせば、黄都《こうと》側はもっと容易に事態を片付けられるのではないか。

（普通の大鬼《オーガ》をあの中に飛び込ませたって、無駄死ににしかならない。確かめようとしているのか……詞術《しじゅつ》否定の力が本当にあるのか。勇者候補として戦う意志が、こいつにあるのか）

ウハクは詞術《しじゅつ》の力を持たない。クゼの頼みに対しても、やはり何も答えなかった。

ただ、成すべきことを決めたように、静かに立ち上がった。

◆

カダン第三区は、金属質の輝きを放つ、厚い層状の霧で覆われている。

外から区内の状況を窺い知ることはできない。ただ、夜になると霧を通して不気味な生物発光が脈動する様子だけは確認できた。

第三区を封鎖している金属質の霧は、刻食腐原《こくしょくふげん》ネクテジオの胞子に由来するものではない——黄都《こうと》が保有する魔具、液化塁壁《えきかるいへき》という。

どこか不自然な虹色の金属光沢を有した、油の如き魔具である。液体として考えられないほど大きな比重と、酸の如く生体を分解する作用を併せ持っており、使用者の意志に応じて自在にその形態を変化させる、無形の防壁だった。

黄都《こうと》は上下水道を通してこの液化塁壁をカダン第三区へと流し込み、土壌にも浸透させることで、汚染の拡大を辛うじて防いでいる。霧は、液化塁壁を気化させたものだ。

現状液化塁壁の霧は胞子を分解し、拡散を防ぐことはできているものの、区内全域の殲滅には至っていない。分解の速度以上に、胞子の生産速度と適応速度が速いためだ。

迷宮の拡大兆候は慎重に計測され、市民の行き来は厳重に封鎖されている。


道路を封鎖する仮設検問所には、黒衣の人間《ミニア》と、白衣の大鬼《オーガ》が訪れていた。

どこか不吉な雰囲気を漂わせる大盾の人間《ミニア》は、通り禍《とおりか》のクゼ。

巨体に反し、物静かな棍棒《こんぼう》の大鬼《オーガ》は、不言《ふごん》のウハクである。

「ふへへ……どうもお疲れさん。通り禍《とおりか》のクゼと不言《ふごん》のウハクだ。いやあ、すっごいねこりゃ」

クゼはくたりと片手を挙げて、検問の兵士達へと挨拶をする。

「クゼ殿こそ、ご協力ありがとうございます。実際のところ、恐ろしい状況です……」

兵士は、背後に聳《そび》える霧の層を振り返って言った。

遠目からは鏡のように光が反射して窺い知れなかったが、この距離まで近づけば分かる。

霧の向こうには、粘ついた、異形の森の影がある。

10mをゆうに超える柄《え》が曲がりくねって伸び、空に蓋をするかのように無数の傘が広がる。

本来市街を構成していた建造物の輪郭は朽ち崩れ、あるいは異常に成長して、何もかもが得体の知れぬ菌類に覆われてしまっていることは明らかだった。

「なるほどねえ……こんなザマじゃ、さすがにメレの矢も使えないわけか」

地平咆《ちへいほう》メレを投入すれば済む――というのは、甘い考えだった。

この状態の菌糸迷宮をメレの矢で破壊してしまえば、未知の菌類が区画外のどこまで飛散してしまうか、想像もつかない。

「これだけの生態系を、焼却なり分解なり、根本的に駆除するしかない……。確かにこりゃあ、無理難題だなあ」

「液化塁壁で食い止められているのも、この敵がまだ積極的な攻勢に出るつもりがないからです。つい二日前、迷宮内部で培養されたとみられる変種の菌魔《ファンギ》に第九検問所が襲撃を受けました。一体を相手に五名が犠牲になり、生還者のうち二名も未知の疫病でその日のうちに亡くなっています」

「まだ大人しくしているのは、そういうものの生産を優先しているからか。……皆よくやってるよ。怖かっただろうにな」

「王国のためにこの命を使えるなら、誉れというものです」

この封鎖を維持している兵士達は、試合に臨む勇者候補以上の危険に常に晒されていたはずだ。菌魔《ファンギ》の襲撃のような直接的脅威のみではない。液化塁壁を通過した胞子に侵される可能性にも怯え続けなければならず、そもそも生物細胞を分解する液化塁壁の霧そのものが危険である。

（こんな状況の迷宮攻略を後回しにせざるを得ないほど、黄都《こうと》も混乱していて、手が足りていないってことか……）

「装備庁が開発した防護服はご用意しています。大鬼《オーガ》用のものも特注で作らせていますので、まず仮設小屋の方に……どうしました？」

「いや……」

クゼは、沈黙したまま佇むウハクを見た。

菌糸迷宮を構成する生態系としての怪物――刻食腐原《こくしょくふげん》ネクテジオが魔族《まぞく》であることは明らかだ。

だが、不言《ふごん》のウハクはこの異常性を消去していない。

ウハクがその気であれば、クゼがこうして兵士と話している間にでも、視界を覆うように繁茂しているネクテジオを、殺し尽くすことができたはずだ。

（ネクテジオを殺すべきではない理由がある……？　いや、俺がウハクなら……ネクテジオの規模が大きすぎて、中にいるやつを巻き込まざるを得ないのを感じ取っているのか？　ただの気まぐれじゃないんだろうが）

「不便だなあ、こういう時に言葉で尋ねられないってのは」

クゼは頭を掻く。

ウハクが動かないからといって、自分が何もしないわけにはいかなかった。

「あー……いいさ。防護服？　それって中でどれくらい持つの？」

「衝撃が加わらない限り、少なくとも境界部から20m程度までは探索可能なことを確認しています。それ以上は、菌魔《ファンギ》なども徘徊しており……」

「ふへへ……キノコが強すぎるってことだなあ。分かったよ」

全身を包む着ぐるみのような防護服を借りて、クゼは第三区へと踏み込むことにする。

死の危険は承知の上だ。菌魔《ファンギ》の襲撃はクゼにとって脅威ではないが、生命を持たない毒素が最も危険である。胞子の濃度や性質次第で、防護服が溶け崩れてしまう可能性は高い。

それでも、ウハクが二の足を踏む何かがこの中にあるのだとすれば、誰よりも死ににくい自分が確認に向かうべきだろう。

自分より遥かに死にやすい黄都《こうと》兵達が、勇気を振り絞ってこの状況を維持しているのだ。

こんな時に戦えないなら、何のために死の天使が憑《つ》いているのか分からない。

（……俺みたいなのが体を張らないなんて、あっちゃならない）

◆

カダン第三区の南方寄りに、黄都《こうと》軍の駐屯地が存在した。

その正常な面影は残っていない。基地は異常成長した菌類子実体の重みで倒壊し、有機物のみならず金属までもが未知の黴《かび》に食い荒らされている。胞子の密度で空気はもはや粘性を帯びており、土色の煙となって立ち込めている。

その煙の只中、群生する子実体の間で、時折不穏な生物発光が灯《とも》る。桃色、水色、赤色。

不規則な発光はまるで、規格外に巨大な生命体の神経伝達を思わせるものだ。

「アハッ、アハッ、アハッ！　これは面白いッ！」

崩れかけた建物の頂上に、男が立っていた。

斑《まだら》のような虫食いの白衣と、薬品で変色した頭髪。菌魔《ファンギ》以外のありとあらゆる生態系が絶滅したこの空間にあって、唯一の人間《ミニア》である。魔王自称者、地群《ちぐん》のユーキス。

致死的な胞子に満ちたこの空間でユーキスが生存している理由は、ネクテジオによって彼の周囲の環境が調整され続けていることも一因だが、自らを実験台とした結果、多数の菌や毒素に耐性を獲得してきたためでもある。

「とっても！　素敵ですねェ〜〜ッ！　まさか、まさかまさか、ネクテジオの美しい異物排除反応をこれだけ受けながら、生態系に取り込まれない生命体がこの世界に存在したとは……！」

ユーキスが立つ建造物の眼下の演習場では、何重もの層で覆われた白い繭のような塊が蠢《うごめ》いていた。鋼線以上の強度を誇る菌糸がブチブチと引きちぎられる音が聞こえている。

「これはつまり私以外にもネクテジオの素晴らしさを共有できる相手が増えたということなのでは!?　どうですか!?　お友達になりませんか！」

「っ……りゃあああっ！」

少女の叫びが響いて、白い塊は内側から弾《はじ》けた。

長い足で地を蹴り、菌糸の海から逃れる。

緑色の瞳が残光を引く。歩兵銃《マスケット》の銃弾よりも速く、戦車よりも力強い。少女は離脱の勢いだけで崩れかけの防壁を貫通し、裸足《はだし》で大地を摑んで停止した。

栗色《くりいろ》の、長い三つ編みが遅れてなびく。

「話……ぜんぜん、聞いてなかった！　お友達が……えっと、なんだって!?」

魔法《まほう》のツーという。

先触《さきぶ》れのフリンスダの制御を離れ、黄都《こうと》に解き放たれた、かつての勇者候補である。

「ぼくは魔法《まほう》のツー！」

「魔法!?　愉快な名前です！　あなたが見ている至高存在の名前は、刻食腐原《こくしょくふげん》ネクテジオ！　先程あなたを拘束した種は〝紡糸種《ぼうししゅ》〟ネルメロリエ・リャダティスナの第六世代変種！　ついでに私は地群《ちぐん》のユーキスです！」

「ぼくはこれを止めに来たんだ！　止められないの!?」

立場が変わっても、ツーの行いは変わっていない。

大規模政変では戦闘を力ずくで仲裁し、巻き込まれた市民の救助に奔走した。

そうした介入を繰り返しても、全ての犠牲者を救えたわけではない。全滅したカダン第三区の噂が届いたのも、十試合が終わって大一ヶ月近くが経過した後だった。

救えない犠牲者や、手遅れになってしまう惨劇は必ずある。

それでも、目の前のものを助け続けることは間違っていない。

フリンスダの言葉を受け入れたことで、ツーはその行動に、精神の芯を手に入れたように思う。

「このキノコはどうすればいいの!?」

「どうするも何も……エッ!?　最高だと思いませんか？　私と一緒にネクテジオを眺め、生命の美しさと神秘で無限の快楽を味わえば良いのでは……？　特にツーさん、あなたは素晴らしい！　ネクテジオを鑑賞する才能……他の全人類にも分け与えるべき！」

「この……ネクテジオ？　のこと知ってるなら、協力して！　このままだともっと被害が広がるんだよ！　どうにかして本体を見つけないと……」

「りりりりりり。対しょうを、解せき、しています、よ。りりりりりり。魔法《まほう》のツー。ネクテジオはたい象の、自こ申告を、識べつ名に、します――」

空気を撫でるようなざわめきが、どこからともなく響く。

いくつもの茸の襞《ひだ》が振動している。

ツーを取り囲む空間全てが発している音なのかもしれない。

「拘そくの、繊維を、きょう化。神経どくではなく、腐しょく毒を、りりりりり。産生します」

「ヒィーッ！」

ユーキスは突如絶叫し、その場に卒倒した。

ツーは面食らった。

「何!?」

「………アッ!?　申し訳ない！　ネクテジオの声があまりにも美しすぎたために頻脈からの心原性失神を引き起こしたのだと考えられます！　ですがこれは肉体が正常にネクテジオの素晴らしさを知覚しているという証明……」

「何言ってるのか全然分からない……ぼくの頭が悪いからなの……!?」

ツーを包囲するような配置で、卵状の子実体が成長しつつあった。

即座に判断し、その場を駆け抜ける。目標は、20m近い高さで立ち並ぶ大型子実体。

背後で卵状子実体が破裂し、糸状の拘束粘液を撒《ま》き散《ち》らす。追いつかない。

ツーの軌道を予測していたかのように、紫色に発光する小さな茸が同時に大量開花する。

「〝腐食種〟コールカティサノ」

尋常の生命体を即死せしめる化学物質がツーに直撃するが、その速度は一切減じることない。

「やあぁーっ！」

ツーは、塔の如き大型子実体へと蹴りを繰り出す。直径の半ば以上までを裂く。止まらない。

爪のように構えた指先での薙ぎ払いを続け、完全に根本から切断する。

この付近で最も巨大に聳《そび》え立《た》った子実体は、それで倒壊した。

これだけ蔓延してしまったネクテジオのうち、どれを破壊すれば事態が収まるのか、ツーの頭では判断できない。突入してからこの地点まで、目についた大型子実体は全て伐採してきた。

生きた塔が倒れゆく中、死の胞子で満たされた市街を振り返る。

「……！」

大地や建造物をメリメリと崩しながら、新たな大型子実体が次々と林立していく。

単純な打撃や破壊では、この敵に対して何一つ有効打にはならない。

「えーと、ツーさん……本体を見つけないと、と言いましたっけ？　本体……？　それは建設的な試みとはいえませんね！　私達多細胞生物は例外なく細胞という超小型生物で構成された一つの群体ですが……自我を構成する細胞のどれが本体なのか、ヒヒヒヒ！　ご自分で認識できますか？」

ユーキスの声に反応する前に、ツーは柱の残骸から回転とともに飛び降りた。

直後、今までツーが立っていた地点を、太い粘性の腕が叩き潰している。

網目状に絡まりあった菌糸で構成された、七本の腕を持つ怪物がいる——接近してきた様子はなかった。地下で培養し、そこに発生させたのであろう。

振り下ろされた腕はそのまま破裂し、ツーを強靭《きょうじん》な組織で絡め取った。

「〝掃討種《そうとうしゅ》〟ネルトラル・テツニヤテス！　ヒヒーッ！　珍しいですよこれは！」

「こっち、来る……なッ！」

すぐさま数本の拘束を引きちぎる。先程よりも強度が増していることは分かった。

魔法《まほう》のツーは死なない。ネクテジオが外敵に適応し際限なく成長する存在なのだとしても、ツーを完全に止め得る繊維を合成することまではできないだろう。

だが、それと同じように、ネクテジオは果てしがない。見渡す限りの光景が刻食腐原《こくしょくふげん》ネクテジオなのだ。全てを同時に殲滅しない限りこの敵は滅びず、新たな種を増殖させることですぐさま欠けた機能を補う。

（だけど……この敵がクラフニルみたいな、魔族《まぞく》使いなら）

泥沼のような戦闘を続けながら、駐屯地の上に立つユーキスへと意識を向ける。

この状況下でおよそ考えられないことだが、ユーキスは無防備だった。イジックやクラフニルのような魔族《まぞく》使いは自らが生んだ魔族《まぞく》を護衛として従えているのが普通だが、ネクテジオに身を守らせることすらまともにしていない。

近接戦の応酬の中、足が菌糸に絡め取られる。

その足を巨大菌魔《ファンギ》に振り回され、街路に叩きつけられる。

菌糸に侵蝕《しんしょく》された建物が焼き菓子よりも脆《もろ》く崩れる。

中に詰まっていた粘液が流れる。溶解した人の頭蓋骨が堆積している。

「う……ぐ……！」

話し合いを試みているツーも、理性では分かっている。

ユーキスは、これだけの人族《じんぞく》を罪悪感なく殺せる魔王自称者だ。自らの創造物をどれだけ愛していても、その事実は変わらない。

体を独楽のように回転させて、拘束を捻《ひね》り切る。

巨大菌魔《ファンギ》の追撃と交差して、爪撃で脚部を切断した。駆け抜ける。

背後で、平衡を崩した巨大菌魔《ファンギ》が倒れていく。

再び街路に出たツーの視界の先には地群《ちぐん》のユーキスがいる。

(魔族《まぞく》の数が多すぎるなら……もしかしたら、魔族《まぞく》使いを倒せば……)

「おいおい……一人で何やってるんだい」

ツーの思考を遮った声は、本当に驚いているようだった。

街路の反対側。聞き覚えがあった。

低く、疲れ果てたような声。

「え……」

通《とお》り禍《か》のクゼはいつもの黒い祭服ではなく、灰色の、不格好な防護服に身を包んでいた。

クゼは手招きした。

「行くぞ、魔法《まほう》のツー。俺達が戦っても無駄だ」

「でも、クゼ……!? どうしてこんなところに」

クゼは答えず、ツーの手を引いて市街へと取って返した。

その手に釣られて走り出す中で、奇妙なことに気付く。

クゼが通ってきた道だけ、まるで太陽が差し込んだように胞子の煙が晴れている。街路に湯水のように氾濫していた粘菌や地衣類も、地表が露出するほど数を減じていた。

「ツーさん!? どこに行くんですか!? ぜ、是非とも一緒にネクテジオを鑑賞してもらわなければ……! 科学的宗教体験を味わっていただきたあい！」

背後で絶叫するユーキスの声が遠くなっていく一方で、クゼの指先の硬さを感じている。

節くれだっていて、ツーよりも遥かに弱いのに、強い手。

(……クゼ)

あまりにも突然の遭遇で、何を言えば良かったのか、正解が分からなかった。

ありがとう、だろうか。久しぶりだね、だろうか。

それとも、よくもリッケを、と言ったほうが、クゼの心は楽になるだろうか。

「あれ。塔みたいに生えてるキノコがあるだろ。ツーがさっきから倒してた……」

蠢く市街の風景に目をやって、クゼの方が先に話し始めた。

「多分、あれは胞子を遠くに撃ち出すための砲台だ。中で色んなものを発酵させて……圧力を高めて、一気に領土を広げるつもりでいたんだよ。黄都《こうと》の学者の推測なんだけどさ」

「……ねえ、クゼ。ぼくは、さっき――」

「大丈夫だ」

そうだ。クゼはツーを救ってくれたような気がする。

命の危機ではなかったとしても、ほんの一歩だけ、危機へと踏み込んでいたかもしれなかった。

あの瞬間に手を引かれなければ、ユーキスを殺してでも、と思っていたかもしれない。

「ツーは、優しいやつだからさ。……そうだろ？　だから、ふへへ……おじさんが言いたいのはさ。

ツーが大暴れしてくれたことで助かった人が、たくさんいるっていうか……」

「うん……ありがと」

「ふへへ……お礼を言われる資格なんて、ないんだけどなあ」

クゼは脱力したように笑った。

防護服に覆われて、本当はどんな表情をしているのか分からない。

クゼが進むと、繁茂する生物達はまるでクゼを避けるかのようにどこかへと消える。

街を満たす死の潮が引いていく。クゼを殺そうとする者は死ぬ。

微小で、無数に漂う菌類すら、例外ではない。

「ツー。俺の服の表面は見えるか？　毛羽立ってたり、層がめくれ上がってたりする部分があったら教えてくれ。視界が悪すぎて自分じゃ様子が見れないんだ」

「うん……ええっと、動く？　走りながら見なきゃだめ？」

「頼む！」

最高の身体性能を設計された魔法《まほう》のツーには、元々卓越した動体視力が備わっている。五歩走る間にくるくると回転しながら跳ね、発条《ばね》のように体をしならせて別角度へと跳ねる。

ツーは曲芸のようにクゼの周囲を飛び回って、様々な角度から体の様子を見た。

「あ！　背中のところの生地がガサガサしてるかも……！　これ大丈夫なの？」

「大丈夫じゃない！　細菌はどうにかできるが、命のない毒素は厳しい……特に今回は、俺が自分から飛び込んでるわけだしな。すぐ戻るつもりだったんだが……ツーを見かけちゃって、さすがに深入りしすぎた。この時点でガサガサじゃあ、ちょっとギリギリかもな」

「え……」

「いやあ、なんでお互い、こんな損なことやっちゃうんだろうね？　ツーがセフィト女王にもう一度会うのにも……俺の目的にも、ふへへ……全然関係ないことじゃないか？　どうしても、やっちゃうのかなあ……こういうことばかり……」

「ぼくは」

クゼは愚痴のつもりだったのかもしれないが、答えを返さなければいけないと思った。

「これで良かったって思う。これでいいんだ。目の前の誰かを助けたい気持ちって、他にやらなきゃいけないことがあっても……無駄になるって分かっていても、どうしても体が動いちゃうことなんだと思う。嬉しいよ！　クゼも、やっぱり同じ気持ちだったんだ。……黄都《こうと》に追われてたって、ぼくは一人ぼっちじゃないんだよ」

そんなことを口にしながら、喜んで、笑ってしまう。

そんな場合ではないことは分かっているのだが。

「……」

「あっ、あと……えっと、そうだ！　新しい友達だってできたんだよ。世界詞《せかいし》のキアって子で……だから、ぼくのことは何も心配しないで！　助ける方法だって思いついた……！　だから、ねえ！

こんなところで死んじゃだめだよ！」

「いやあ、だけど防護服の劣化は気合じゃどうしようも……」

「方向！」

ツーは前に進み出て、クゼの方を振り向く。

「どの方向に出たいのか、まっ、すぐ、に教えて！」

「ふへへ、そっか……君は相変わらず、とんでもないこと考えるな……！」

太陽に照らされた時のように、クゼも眩《まぶ》しげな笑いを受べた。

◆

土石流のような破壊の音が、ユーキスの立つ基地屋上にまで響き渡っていた。

「エッ!?」

ネクテジオの根付く大地へと五体投地して愛《め》でていたユーキスは、飛び起きることになった。うつ伏せの状態から、文字通り飛び上がったのだ。

「あああ〜〜ッ！　美しいネクテジオの生態系が！　破壊されているッ！」

他より一段高い基地屋上からは、繁茂した生物群の何もかもを薙《な》ぎ倒《たお》し、建造物を突破していく破壊の様子がはっきりと見えた。煙が道を成している。

魔法《まほう》のツーであろう。常軌を逸した耐久力と身体能力の少女が、障害を一直線に破壊しながら突き進んでいるのだ。

「ツーさん！　あなた自身のためにそんなことをしてはいけない！　完璧な生命体であるネクテジオの完璧な防衛機能でいよいよあなたが排除されてしまう〜〜ッ！　アーッ言っている側から〝掃討種〟ネルトラル・テツニヤテスが新たに八体同時生成……！　第九世代……もうこれは世代を重ねすぎて恐らく生物学的に別物！　〝寄生種〟クヤティエ・フォトスまで!?　ヒーッ、あの種が死因では非常に苦しい！」

「りりりりりりり。解せき、ふ能」

「ウッ、美しい!?　……エッ!?」

ユーキスは心臓部を押さえ蹲った直後、急激に正気に返った。

解析不能？

「ネクテジオが解析できない!?　つまり対応する種を産生できないということ……!?　敢えて再確認するまでもない事実を口走ってしまうほど私は動揺しているッ！」

「ま法のツーの処理、を、行っていますよ。溶解。枯死。休眠。処《しょ》り担当種の、じゅ命だけが、りりりりり、極端に短くなっています。一貫したげん因がなく、ネクテジオにはかい析不能です」

「エ～～ッ!?」

大袈裟《おおげさ》なほどに驚愕《きょうがく》し、地上の様相を見る。

先程まで、破壊の道を遮るように八体の巨大菌魔《ファンギ》が迎撃に向かっていたはずだ。

今は、その全てが撃破されている。引き千切られるように四散した二体は、ツーの直接攻撃による被害であろう。だが、六体は何ら戦闘行動をした形跡もなく、ただその場に崩れ落ちて、溶解している。

市街を直線的に突き進む破壊は止まっていない。

「原理不明の……即死！　そんなことができる者が……確かツツリ殿から聞いていたような気もするが……!?　アーッ思い出せない！　ネクテジオと菌魔《ファンギ》以外の物事に記憶容量を割くつもりがなかったから……！」

「りりりりり。魔法《まほう》のツーが、第三区をり脱します。つい撃は、不要ですよ」

「ホッ……よかった……」

ツーが狙っていたのは、最短距離での第三区の突破だった。物理的な障害は強靭な身体能力で、ネクテジオの防衛機能による生物的な障害は原理不明の即死能力で貫通した。

刻食腐原《こくしょくふげん》ネクテジオの全機能を以てしても殺しきれぬ生命体であった魔法《まほう》のツーは、ネクテジオの完全性を、あるいは揺るがし得る例外の存在だったのかもしれない。

そのツーでも、やはり最後には感動のあまり、ネクテジオを傷つけることを選ばなかったのだ。

まさしく生命と美の勝利だ。

「ネクテジオ！　ネクテジオ！　ネエェ――クテジオ！　これから全ての生命体がネクテジオを愛するようになりますよ！　ヒヒヒヒ！　この私と同じように！　ですからネクテ――」

狂乱とともに口走っていた言葉が、唐突に失《う》せた。

「……ネクテジオ？」

地群《ちぐん》のユーキスは、基地屋上に立っている。カダン第三区を見下ろしていた。

廃墟《はいきょ》が広がっている。ひび割れた街路。脆く崩れた建物。折れた街灯。

長い下り坂が先程まで見ていた視界の先にあったことを、ユーキスは初めて知った。

枯死して溶解した菌糸の、灰色の塵に覆われた、静かな死の風景――

刻食腐原《こくしょくふげん》ネクテジオが、消え去っていた。


「エ？」

常人が大鬼《オーガ》に遭遇した場合、一般的に、遭遇距離が30m以内では助からないと言われている。

長い下り坂の先、200mほどの距離に灰色の大鬼《オーガ》が立っていたことを、ユーキスの視覚は確かに捉えていた。だが、見えていたとしても、認識してはいなかっただろう。

この時ユーキスは、ネクテジオの死を否定し、そう見えることへの合理的説明を作り出すためだけに、優れた脳機能の全てを費やしていた。

「ネクテジオ……嘘ですよね？」

大きな影が差した。

200m遠方の下り坂から走り出し、加速し、跳躍し、二階建ての基地屋上に到達するまでは、人族《じんぞく》の二呼吸にも満たなかった。

不言《ふごん》のウハクは唸《うな》り声すら上げず、棍棒を振り下ろした。

地群《ちぐん》のユーキスは、灰色の中の極彩色と化して飛び散った。

◆

「ご無事ですか!? クゼ殿!」

「げほっ、げほっ……ああこれは大丈夫だから。急に新鮮な空気を吸って、むせちゃっただけだ」

検問所へと戻ったクゼは即座に大量の水と薬品を浴びせられ、防護服ごと洗浄を受けなければならなかった。ウハクに詞術《しじゅつ》生物の消去を願い出る必要もあった。ネクテジオを構成していた菌類には、単純な洗浄や殺菌の効果が望めない種も多いはずだ。

「迷宮内に踏み込んでかなりの時間が経過していましたので、本当に心配で……」

黄都《こうと》兵としての義務ではなく、心からそう思っているのだろう。人の良い兵士だ。

「ごめん！ ちょっと、無理をしすぎたな……ふへへ……」

「しかし……」

善良な兵士は、街路の反対側に立つツーへと目をやる。

ツーはただ立っていても落ち着きがないようで、そわそわとクゼの様子を気にしていた。

元着ていた衣服はほとんど溶け崩れていたので、黄都《こうと》兵の軍用外套を羽織っている。

「魔法《まほう》のツーは現在擁立者の制御を離れており、捕縛指示が出されています。クゼ殿がそこまでして助ける必要はなかったのではないでしょうか」

「ああ、まあね……」

道端に座り込む。今はそう答えて、押し黙るしかない。

（捕縛指示ね……アルスみたいな魔王自称者指定でも、キアみたいな指名手配でもない。第十試合には真理《しんり》の蓋《ふた》のクラフニルもいた。……あいつもあいつで、ロスクレイとそういう取り引きをしていたってことか）

だが、ツーが女王に会うことを目的としている以上、これ以上彼女を取り巻く状況が好転していくことはないだろう。いずれは彼女を討つための作戦が検討され、最終的には、勇者候補の誰かが――もしかすると通《とお》り禍《か》のクゼ自身が、魔法《まほう》のツーを討伐することになる。

（それだけは、駄目だ）

何かできることはないか、と考え始めている。

魔法《まほう》のツーの行く末は、クゼが命を賭して成し遂げようと願う目的とは何一つ関係ない。

けれど厄運《やくうん》のリッケを殺してしまったあの時、魔法《まほう》のツーはクゼを殺し返さないことを選んだ。

あの日目を焼かれてしまった光を守る手段は、どこかにないかと思ってしまっている。

（ナスティーク。俺にツーを助ける手段はないか？　俺はどこまで行ったって、人を見殺しにすることしか能がないのかな……）

ウハクが菌糸迷宮の奥へと向かった今、ナスティークはクゼの傍らにいる。

ネクテジオの探索で、ナスティークは翼のような異形の器官を無数に伸ばし、悪夢めいた物量の生命体を殺し尽くしたが、死という摂理に衰えがないのと同じく、ナスティークの白く朧《おぼろ》げな姿は何も変わっていない。

「ねえクゼ！　この服、裏側にもポケットがある！」

クゼの思考を遮るように、ツーの明るい声が届いた。

嬉しそうに、外套をバサバサと振る。

「ほら見て！　ここにものが仕舞えるの」

「うわっ、やめなよ……！　その格好で前開くの」

黄都《こうと》兵の外套は、ツーが元着ていた衣服の代わりに羽織っているだけだ。

「あっ、えへへ………でも、兵隊さんの服を実際着るの、なんか面白くて……」

「本当に危なっかしい子だな……」

情けない話だと思う。

ツーがどうでもいい話題を投げかけてくれたのは、それだけクゼが深刻で、沈んだ顔をしていたからに違いない。ツーは子供のように物事を知らないかもしれないが、こちらが思う以上に周りをよく見ているのも、子供と同じだ。

「兵隊さん。ツーの処遇に関してだが……」

「……！　クゼ殿。あちらを！」

兵士の視線を追うと、朽ちた市街の中から、不言《ふごん》のウハクが戻ってきていた。

ナスティークの存在が離れるのを感じる。今のクゼは、隣の兵士でも殺すことができる。

ウハクは棍棒を持っていない方の片腕に、ズタズタになった赤い革帯のようなものを引きずっていた。ねじれた肉の中からは髪が飛び出していて、白衣のような切れ端が纏わりついている。

地群《ちぐん》のユーキスだと分かった。

「ウハク……」

ウハクは、引きずっていた残骸から手を離した。どれだけの威力で殴れば人体がこう、こうなるのか。

防護服を装着した検問所の他の兵士が駆け寄り、身元の確認を始める。

「な、なんてことを……液化塁壁ごとネクテジオを消し去って、こんな戦闘能力まで……クゼ殿は知っていたのですか？　ウハクならばネクテジオを倒せると……」

「……まさか。俺は黄都《こうと》の言いつけに従っただけだよ」

この善良な兵士は、不言《ふごん》のウハクの恐ろしさを真の意味では理解していない。

ネクテジオを消し去った事実は、戦闘能力の次元では測れないほどに恐るべきものだ。

手のつけられない規模まで増殖し、それ自体が迷宮と化した魔族《まぞく》、刻食腐原《こくしょくふげん》ネクテジオ――ごく一部でも残れば再び増殖を始めるこの菌魔《ファンギ》の全体を、一度に殺してみせた。

（ナスティークは、俺が視界に収めたものなら何もかも殺してしまえる。だが、ウハクは……視界に全てを収められない、それも無数の生物の群体を一度に殺してみせた。――もしかしたらこいつには、射程距離の限界もないいんじゃないか？　そうしようと思えば何もかもを消してしまえるからこそ、第三区に魔族《まぞく》の生き残りがいる可能性を感じて踏みとどまった……）

ウハクは意志を語る術を持たず、文字で意思疎通を試みることもない。

その真意は、ただ外から観測して解釈するしかない。

（この一件で、黄都《こうと》はウハクの利用価値を確信するはずだ。六合上覧《りくごうじょうらん》を思い通りに進めるための兵器……余計なことを語らない、〝本物の勇者〟として）

この善良な兵士ですら、勇者候補である不言《ふごん》のウハクをウハク殿とは呼ばない。

大鬼《オーガ》はどこまで行っても人族《じんぞく》の下位で、深く根強い差別のままに、暴力だけが求められる。

——クゼに、何かできることはないか。

魔法《まほう》のツーだけではない。不言《ふごん》のウハクに対しても。

彼女達の末路を知っていて大きな流れに身を任せるだけでいるのは、詞神《ししん》にも自分自身にも、ひどく不誠実なことのように思う。

地獄に落ちると決まっているクゼにも、せめてその前に、善なることができないだろうか。

「…………まだ、捕まえないほうがいい。魔法《まほう》のツーには利用価値がある」

声を潜めて呟く。

隣の善良な兵士にだけ聞こえるような大きさだった。

「と、言いますと……」

「俺もさっき聞いたことなんだけど、ツーは世界詞《せかいし》のキアと繋がっている。あの子がどういう素性なのかは知らないけど……ここ最近になって捜査を強化してるあたり、政変で何かやらかしたんだよね？　そろそろ魔王自称者指定になるんじゃないのかな」

「黄都《こうと》の兵である以上、予断で物事に当たらぬつもりでおりますが、不可解なほど居所を摑めず、捜査が難航していることは確かです」

「……今なら、魔法《まほう》のツーを追えばキアを捉えられる」

「クゼ殿。これはまだ市民に周知されていないことですが、キアは極めて高度かつ多様な詞術《しじゅつ》を用いる、魔具等《など》の何らかの手段を有していると通達されています。私見ですが、キアは単純な追跡では所在を摑ませないような、特化した隠蔽の詞術《しじゅつ》を用いるのではないでしょうか」

「だからこそ、だ。第四試合で起こったことくらいは俺も知ってるよ。不言《ふごん》のウハクだけが、世界《せかい》詞《し》のキアの詞術《しじゅつ》を突破できる。ウハクが使えることが分かった以上、今……ツーを確保しているうちなら、一網打尽にできるかもしれない。ふへへ。たかがおじさんの思いつきだけどさ」

「……！」

この兵士は善良で、実直だ。

黄都《こうと》の治安を守るために有効な作戦を提示すれば、必ず上に打診する。

あとは、その上層部が判断することだ。

「ツーとウハクの処遇についてはこちらでも検討したく思います。つきましては、クゼ殿には引き続きウハクの制御を……」

「ふへへ……ごめん、突入作戦で、やっぱ胞子か何か吸い込んじゃったみたい。さっきから悪寒が止まらないし……正直、立ち上がるのもしんどいんだ。ついでで構わないからさ、病院搬送の手続きもしてくれないかな……」

「そっ、それは……！　一大事じゃないですか！　なぜすぐ言ってくれなかったんですか!?　お待ちください、すぐに指揮所に向かいますから……！」

「ごめんね」

駆け出していく兵士の後ろ姿を見て、心から思う。

（…………。本当にごめん。俺の私欲に、あんたの人の良さを利用した）

クゼが申告した不調は、全くの仮病だ。

ウハクの制御失敗という口実を黄都《こうと》側に与えないため。そして不成立に終わるであろう第十二試合の後も、第十一試合開催までの時間を稼ぐため。

「――ウハク」

最も近い監視の目を人払いしたクゼは、ウハクに歩み寄って、声を殺す。

「黄都《こうと》は、不都合な連中を殺すためにあんたを利用しようとしている。ツーの追跡指令が下されたら、ツーを追うふりをして黄都《こうと》から逃げろ。そして、できれば……あんた自身の良心が許すのなら、ツーとキアを、助けてやってほしい」

何も映していないウハクの瞳が、クゼをじっと見返した。

その中に、善意と良心があるのだと信じる。

「ふへへ……いくら兄弟子のお願いにしたって、我儘すぎるかもな。でもさ、ウハク。あんたが何をしたいのか、俺はなんとなく分かる気がするんだ。……あんたは、良いことがしたいんだと思う」

魔法《まほう》のツーや、日常を生きる人々が自然にそう願うように。

もしかしたら、通《とお》り禍《か》のクゼ自身の願望なのかもしれない。

詞術《しじゅつ》を否定するウハクの周りでだけは、ナスティークを見ることができない。白い天使の目の届かないところでだけそんな望みを口にする自分は、どこか滑稽に思える。

溜息をついて、今度はツーの方へと向かう。

「？　どうしたの？」

「ツー。君もぼんやりしてないで、早く逃げろ。忘れてるかもしれないけど、君は黄都《こうと》のお尋ね者なんだからさ」

「えへへ、そうだけど、クゼの体だって心配だし……………皆いい人だから、つい残っちゃった。魔《ま》族《ぞく》のぼくに服をくれたのって、たぶん優しいからだよね」

「――ああ。でも、怖い人が敵になるより、優しい人が敵になっちゃう方が、もっと辛《つら》いものなんだぜ。君は追われることになるけど……ウハクには、話を通してある。世界詞《せかいし》のキアと一緒に、ウハクも守ってくれないかな？」

「どうしてウハクのことを気にするの？」

「弟弟子だからさ。俺の先生の供養をしてもらった……俺とは違って、立派なやつなんだ」

魔法《まほう》のツーが菌糸迷宮に偶然紛れ込んでいたことは、恐らく黄都《こうと》にとっても想定外だったはずだ。完全な捕獲体勢を整える時間を与えるわけにはいかない。

よってツーがすぐさま脱走すれば、二十九官級の人材がこの事態に適切な対応を取ることは不可能だ。この場で唯一動かせる札である不言《ふごん》のウハクを動かし、動員できる限りの人員でツーおよびキアの拠点捜索に動く可能性は高い。

「……分かった。ウハクは、ぼくが守るよ」

「ふへへ、ありがとね。本当に、たくさん……苦労ばっかりかけるな……」

「ね。クゼ」

ツーの丸い緑の瞳が、じっとクゼを見た。

「また会えるかな？」

「ああ。会えるさ。詞神《ししん》サマの言葉が導く限り、だ」

眩しい少女だ。

次に会った時には、もっと色んな話をしたいと思う。

天使のこと。厄運《やくうん》のリッケのこと。〝教団〟の子供達のこと。

(だから――死ぬなよ。魔法《まほう》のツー)

不死身だと分かっていても、心配だ。

八　黄都北外郭六条

黄都《こうと》の辺境に位置する、商店と宿が立ち並ぶ外郭区画。

森深い山と運河の間に溶け込むような街並みだ。中央王国時代は湧出する豊富な温泉で観光客を集めていた区画だが、今では当時の賑《にぎ》わいもなく、建物のみが残っている宿も少なくない。

山麓には現地の住民にすら意識されることもなくなった、廃墟化した宿がいくつもある。

そうした廃墟の一つである。

「――というわけで、じゃーん！　不言《ふごん》のウハクだよ！」

「えっ、えぇー……」

世界詞《せかいし》のキアは、絶句した。

シナグ第三区の迷宮に巻き込まれた人を救助すると言って出ていった魔法《まほう》のツーが、得体の知れぬ巨大な大鬼《オーガ》を連れて戻ってきたのだ。

「おかしいでしょ……そんなの連れてきてどうするの……ツーは分かってないかもしれないけど、完全に大鬼《オーガ》よこれ」

「いや、ウハクは大鬼《オーガ》だけど！　ぼくのこと、約束を守って助けてくれたんだ！　それにク……

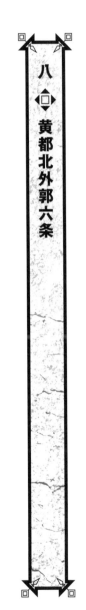

「えっと……知り合いのおじさん？　が、危なくない大鬼《オーガ》だって言ってたから、大丈夫！」

「ほとんど無関係の人じゃないそれ⁉」

ここ大二ヶ月ほど、世界詞《せかいし》のキアと魔法《まほう》のツーは、訳あって同行している。

遭遇はただの成り行きだったが、二人は同じく黄都《こうと》から追われる身であり、元勇者候補であり、そして女王セフィトへの接触を望んでいた。ツーはその偶然に感動してキアにすぐさま懐き、キアは迷惑だったが、どうにも邪険にできずにいる。

ツーが一人で菌糸迷宮に向かったと知った時は気が気ではなかったが、脱出するツーを捕獲しようとした黄都《こうと》軍とは、どうやら戦闘と呼ぶべきものすら起こらなかったらしい。

ツーの話は要領を得なかったものの、キアが理解しようと努力した限りでは、黄都《こうと》軍側が切り札として用いるつもりであったウハクは実はツーと協力しており、そのお陰で、後を追われる心配なく北外郭にまで辿り着けたのだという。

（黄都《こうと》もバカじゃないの……？　図体《ずうたい》が大きいだけの大鬼《オーガ》で何するつもりだったんだか……）

大鬼《オーガ》が殴ったところで、ツーにかすり傷すら与えられるとは思えない。

付き合い始めてすぐに分かったことだが、魔法《まほう》のツーの身体能力と耐久能力は異常だ。

キアと同じような勇者候補だったことも、ツー本人から聞いた話である。

確か王城試合の公平性を保つためのような理由で、勇者候補の写真や似顔絵は商業ギルドが勝手に取り扱っているものしか出回らず、黄都《こうと》政府側から公式に流通させることはないので、ロスクレイやメレ、ルクノカのような有名所を除き、全ての勇者候補に積極的な関心を持っていない市民やキアのような子供の場合、勇者候補全員の顔や名前を正確に把握していないことも多い。

「あとその服！　また脱いできたの⁉　黄都《こうと》兵みたいな格好しちゃって……」

「こ、これは仕方なかったんだよ！　迷宮の中にいるだけでボロボロになっちゃうわけで……いつもみたいにどっかに引っ掛けて破いちゃったとかじゃなくて……」

「だけじゃなくてってことは、またやったってことじゃない！」

キアは仕方なく、ツーに代わりの衣服を作ってやることにする。

とはいってもたった一言、空気に向かって呼びかけるだけだ。

「【織れて】」

無から繊維が編まれ、ツーの寸法に違わぬ衣服の上下がその場に生成される。

「ありがとうキア！」

「あのね、本当はこんなくだらないことにあたしの詞術《しじゅつ》使うなんて……ちょっとウハク！　向こう向いていなさいよ！　言われなきゃ分かんないの⁉」

「あはは、別にいいよ、大鬼《オーガ》なんだし……」

「脱いだ服散らかさない！　何度言っても分からないんだから！」

キアも大概子供だが、魔法《まほう》のツーはそれに輪をかけて手がかかる。

一人で生きていた時は生活の何もかもを詞術《しじゅつ》で解決できて、苦労することなど全くなかったのに、ツーと暮らすようになってからは、自分だけでなく彼女の面倒まで見なければならなくなってしまった。まるで体の大きな妹だ。

こんな状態で本当に、セフィトに話を通すことなどできるのだろうか？

「ね、キア！　セフィトに会うには、やっぱり王立高等学舎がいいって思うんだけど……」

「それは一度あたしがやって、無理だって分かってるの。六合上覧《りくごうじょうらん》が終わるまでセフィトはずっと休学してるし、もしかしたら復学もしないかもね。よく分かんないけど、勇者が決まったら女王の仕事だって忙しくなるし、お友達と遊んでる暇なんてないんじゃないの？　勉強だって王宮の家庭教師がいくらでもいるんだから……」

「へーっ、もうやってるんだ。どうやって入ったの？」

「え？　姿を消したんだけど」

姿や音を消して指名手配から逃れていたキアは、同じ手段でイズノック王立高等学舎にも潜入できる。女王の話題が口にされる場に都合よく居合わせられるとは限らないので、とても非効率的な調査だったし、かなりの時間がかかった。

小一ヶ月ほどは、学校の中で泊まり込んで生活しただろうか。

「すごいなー……そんなことまでできちゃうんだ。じゃあ、同じ方法で王宮に入ったらどう？」

「ん……まあ、考えてはいるけど……」

キアは、曖昧に頷く。

王宮に直接乗り込む。それは何度も決断しようとしているが、踏み切れなかった。

キアは黄都《こうと》に指名手配されている。もしも話をするとして、正しい手順でセフィトに会わなければ、話を受け入れてもらえないかもしれない。

――だが、今は別の恐れがある。

(こんなことを心配したって、手遅れかもしれない)

アルス襲撃の火災では終わらなかった。ついに、黄都《こうと》市街で戦争が起こった。

あの時、キアは後先のことを何も考えずに動いてしまった。いくつもの死や恐怖を目の前で見て、すぐにでもセフィトに戦争を止めてもらわなければいけないと思ってしまった。今起こっている戦争だけでなく、これから先も戦いを起こさないよう、約束させたかった。

世界詞《せかいし》のキアは、とっくに王宮区画を襲撃した黄都《こうと》の敵として認識されてしまっているのかもしれない。それなら、セフィトの目の前に突然現れて言うことを聞かせても同じなのではないか――いずれにせよ、王宮に向かった時はそれをしようとしていたのだから。

「キア？　やりたくないなら、無理にやらなくてもいいよ」

「別に、そんなこと言ってない……」

「焦らなくたって、一番いい方法はいつか見つかるよ。今すぐじゃなくたって、六合上覧《りくごうじょうらん》が終わってからだっていい」

「……うん」

「セフィトの話、バカなこと言っちゃってごめんね。えへへ、ぼく、頭悪くて変なこと言っちゃうだけだから……気にしないでね」

「……あんたの言うことなんか、気にするわけないでしょ。お風呂にでも入ってきたら？」

あまり認めたくはなかったが、ツーとこうして行動をともにして会話できることが、キアにとっては幾分かの救いになっている。一人で隠れ潜んで生活している時は、誰とも話すことができなくて、いつかおかしくなってしまいそうだった。

(セフィトに会わなきゃ)

——その他にも、焦燥に駆られている理由がある。

六合上覧《りくごうじょうらん》が開催されている間はまだ、黄都《こうと》はイータ樹海道《じゅかいどう》を攻め落としたりはしないのかもしれない。だが、キアがこうして迷っている間、赤《あか》い紙箋《しせん》のエレアは苦しんでいないだろうか。

(エレアを、自由にしなきゃ。それも、私みたいな思いをさせちゃ駄目だ……)

エレアは恐らく黄都《こうと》のどこかに囚われているだろう。キアはそう信じていた。

エレアとは、第四試合で生き別れになったままだ。

あの時、エレアは逃げたのではなくて、本当はキアのほうを逃がしてくれたのだ。キアは幼くて、混乱していて、エレアのそんな自己犠牲にも気付くことができなかった。

(今度は、あたしがエレアを助けないといけないのに)

エレアはキアとは違う。キアはいつか故郷のイータに帰ることができる。だがエレアにとっては、この黄都《こうと》こそが故郷なのだ。ただ強引に解き放っただけでは、ただ一つの故郷と、これまで必死に築き上げた地位を奪ってしまう。罪人として追われ、エレアは孤独を強いられることになる。

——エレアの罪を晴らす方法を見つけなければいけないのだ。

そのための一番の方法は、黄都《こうと》で一番偉いセフィトを説得することで、けれどその主張が正しいことを分かってもらうためには、間違った方法でセフィトに会わなければならなくて……

（頭の中がぐるぐるして……どうすればいいのか、全然思いつかない……！　あたしがエレアみたいに賢かったら、こんなに悩まなくて良かったのに。こんな怖い思いをして……何もしないように、頑張る必要なんてなかったのに……！）

いつまでも答えが見つからないことが恐ろしいのではない。

答えが見つからない問題を、いつか強引に解いてしまうことが恐ろしい。

そうしようと願えば、できる。

黄都《こうと》を動かしている偉い人達を片端から隷属させて、思考を作り替えて、キアの要求を何もかも聞かせてしまえばいい。イータのことは忘却させて、エレアとキアの罪は取り消させて、その後は何もかも最初からなかったかのように、元に戻してしまえばいい。

恐ろしいことだと思う。そして、今はまだ、これが恐ろしいと思えている。

孤独なままだったら、この恐怖にも耐えられなかったのだろうか。

「え!?　ウハク、料理作ってるの!?　すごい！　見せて！」

木造の廊下の奥から、ツーの声が響いた。

キアもようやく立ち上がって、ツーが脱ぎ捨てていた外套が綺麗に畳まれていることに気付く。

キアがツーと話していた間、ウハクはこんなことまでやってくれたのだろうか。

（変な大鬼《オーガ》……）

首を傾げながら部屋を出て、厨房《ちゅうぼう》へと向かう。

廊下を歩くにつれて、煮込まれた芋とバターの匂いが強くなった。

ウハクはいつの間にか、鍋を火にかけていた。

薪につける火を、手で熾《おこ》した形跡がある。よくそんな面倒なことをやるものだ。

「あっ、キアも来た！　見てほら！　ウハクは料理もできるんだよ！　やっぱり連れてきて正解だったたって思うでしょ!?」

「料理ごときでそんな感動しないわよ。だいたい食材勝手に使われてるじゃないの」

「だって前、いくらでも収穫できるって言ってたのに」

「それはツーが遠慮して食べないから……」

ツーはどうやら魔族《まぞく》らしく、キアと行動をともにするようになってから、食事を取ったことがない。キアの知らない何かの引け目があって、食べないことを心がけているようにも見える。

掃除をしたり風呂に入ったりは一緒にしても、食事だけは、キアはいつも自分の好きなものを詞《し》術《じゅつ》で作って、一人で食べている。

エレアに作ってもらった山菜の炒《いた》めものや、お母さんが得意だった芋のパイ。黄都《こうと》の露店で一番美味《おい》しかった焼き菓子まで、なんでも詞術《しじゅつ》で作ることができた。

だから、ちょっと料理ができる程度のことは、まったくなんでもないのだ。

「潰した芋とバターでスープを作ってるんだ。器用なんだな～ウハクって」

「学校の実習で習う感じの料理じゃない」

もっとも、当の実習でキアが作り上げた料理は悲惨な出来栄えだったが。

それと比べればウハクは幾分マシ――どころか、とても丁寧で滑らかに仕上がっている。

「できたみたいだね。一緒に食べようよ」

「……ツーも？」

「ぼくはいいかも」

「じゃああたしも食べない」

「……。一緒に食べようよ。ウハクも一緒に」

「それなら、いいけど」

食器と料理を運ぶ。隣り合った食堂に設えられた食卓は、新品のように綺麗だ。

この拠点で使っている調度は廃墟の宿に放置されて黴が生えていたものだが、必要なものはキアが生術《せいじゅつ》と工術《こうじゅつ》で修復し、快適に暮らせるように整えている。

パンをかじり、白いスープを口に含み、千切ったパンをスープに浸して食べる。

まろやかな乳の甘みと塩味が口に広がる。

「……おいしい」

「おいしいね」

「ツーも味が分かるの？」

「うん……そう作られてるし。ほんとに人間《ミニア》のフリをするためだけの機能らしいから、意味なんてないんだけどね。勿体ないから……」

「……。意味ないことなんてないわよ」

「そうかな」

「食べる時は一緒がいいもの。ツーだってそうなんでしょう？」

「……うん」

初めて三人で囲んだ食卓は、思いのほか騒がしくなくて、穏やかな気分になった。

ウハクは何も喋らず、ただ植物のように、その空気の中に佇んでいた。

(変な大鬼《オーガ》)

「ねえ。やっぱり、一緒にいてもいいかな。ウハクも」

そもそも、どうしてツーが執拗《しつよう》にキアに許可を求めるのか分からないが、改めて考えてみれば、住居や食材を管理しているキアこそが、この廃墟の家主のようなものかもしれない。

エレアと暮らした日々のことを思う。

恐怖に焦ることなく、こんな穏やかな日を享受できるようになれば、それが幸せなのかもしれない。エレアと過ごしていた頃のキアは、そうだったのだ。

「……いいんじゃないの」

「やったあ！　良かったね、ウハク！」

ツーに抱きつかれるウハクを見て、つい笑ってしまう。

あんなに危なそうな大鬼《オーガ》が、笑顔で女の子に抱きつかれているなんて。

「ねえウハク。あなたにも、言うこと聞いてもらうからね。あたし達は仲間なんだから」

正しい答えを目指すのなら、仲間はきっと多い方がいい。

◆

鎹《かすがい》のヒドウは、専用に割り当てられたラヂオ交換室で報告を聞いた。

「待ちわびたぞ。成果はどうだ？」

〈対象は北外郭六条にいる〉

ラヂオの向こうの声が答える。

〈港沿いの連なった山の麓に、宿が建っている……あー、〝雲《くも》の青花《せいか》〟跡だったか……？　曖昧で悪いが、住民もあまり昔の名前を覚えていないような廃墟なんだ。そこを拠点にしている〉

「十分だ。三名揃ってるのは確かなんだな？　世界詞《せかいし》のキア、魔法《まほう》のツー、不言《ふごん》のウハク……」

〈俺の目が節穴じゃなきゃな。しかし、次からはこういう使い走りのような仕事は勘弁してもらいたいところだ。何のために黄都《こうと》に来たのか、分からなくなる〉

「――そいつは悪いな。だが、何のために黄都《こうと》に来たのかを思ってるなら……その使い走りもやりがいはあるんじゃないか？　音斬《おとぎ》りシャルク」

〈どうだかな〉

菌糸迷宮で偶然に発見された魔法《まほう》のツーの一件は、厳密に言えばヒドウの管轄ではない。ヒドウのもとに報告が上がってきたのは、ツーが世界詞《せかいし》のキアと行動をともにしているとツー自身が証言したためだ。

世界詞《せかいし》のキアは王宮襲撃犯である。責任者の一人であるヒドウが対応すべき案件だ。

だが一連の報告をヒドウが聞いた頃には、ツーは既に現場を脱走していた。追跡には、ちょうどネクテジオ撃滅に当たっていた不言《ふごん》のウハクが、現場判断で差し向けられたらしい。

現場に居合わせていないヒドウにとっては初耳の事態だらけで、必要な情報の整理には大いに苦労した。

ネクテジオを殲滅せしめるほどの詞術《しじゅつ》否定を可能とするウハクに、何よりも詞術《しじゅつ》否定が有効な対象であろう魔法《まほう》のツーと世界詞《せかいし》のキアの追撃を担わせる――一見して理に適《かな》った作戦が悪手だと直感したのは、経験則から来る勘のようなものである。

通《とお》り禍《か》のクゼを介しても、制御が不確実な存在なのだ。不言《ふごん》のウハク単独にツーおよびキアの処理を担わせた場合、万一の暴走や、キアの全能との相互作用に対処できる者がいない。

時間的な猶予も人員的な猶予もないまま、打てる限りの手を即座に打たなければならない状況で、鎹《かすがい》のヒドウは最適な実行者を選定し、差し向けることに成功した。シャルクへの追跡依頼は、ヒドウの独断によるものだ。

ツーの捕獲任務に当たっていた黄都《こうと》兵は全て制圧され振り切られたが、音斬《おとぎ》りシャルクは絶速の機動力で現場に到達し、ツーの知覚範囲外から密かにウハクを監視し、追跡し、拠点を特定した。

（――音斬《おとぎ》りシャルクならやる。俺の考えは正しかった）

第七試合当時のヒドウは、音斬《おとぎ》りシャルクが試合場をマリ荒野とするよう擁立者に自ら申し出たのだと聞いて、意味の分からない考え方をする骸魔《スケルトン》だとしか感じなかった。

星馳《ほしは》せアルス襲来の際にシャルクがどのように戦ったのかも知っていた。最も危険な最前線での囮《おとり》役を、真っ先に担うために戦場に現れたのだという。

狂気じみた判断の裏には常に、他者を圧倒するような鮮烈な欲望が存在する。音斬《おとぎ》りシャルクは、自身が戦いから逃げることを許さないのではないか。

ヒドウのような男は正気のままに狂気を解析し、それを利用しなければならない。

ウハクが第十二試合から逃げる可能性は、十分にシャルクを動かす理由になる。

〈俺の働きは無駄骨だったな。あんたの命令通り監視している間に、ツーとウハクは世界詞《せかいし》のキアと合流したぞ。こうして見張らせるなら、合流前に止めるべきだっただろう。この後は諦めるか死ぬか以外に、やれることがありそうもない〉

「それでいいんだよ。一旦泳がせなきゃあ、キアがどこに隠れてるのかも分からなかった。場所さえ分かってるなら、こっち側でやりようはいくらでもある」

〈試合の方はどうなる？　ウハクを第十二試合に出すための確保作戦だったんだろう〉

「……意図的にツーと合流して隠れ家に逃げ込んだ以上、ウハクは暴走してそうなってるわけじゃねえよな？　俺達から、明確に逃げの手を打ったってことになる。ウハクにはもう六合上覧《りくごうじょうらん》をやる気はないだろうな」

〈……。そうか。だが、絶対に連れ戻してほしい。こいつが試合から逃げるつもりでいるなら、俺も次の一試合分くらいは余計な仕事ができる〉

「意外だな。タダ働きをするような傭兵だとは思っちゃいなかったが……」

〈個人的な理由で、こいつを逃がしたくないだけだ。勇者も魔王も関係ないところで呑気《のんき》に過ごそうってのは……随分虫のいい話だと思ってな〉

「なら安心しろ。不言《ふごん》のウハクは回収する。それは決定事項だ。お前にも協力してもらう」

〈頼むぞ〉

通話を切った後も、ヒドウの頭痛は収まらなかった。

そもそも不言《ふごん》のウハクは黄都《こうと》で確保できていたのだ。ネクテジオ攻略でその性能を試験した後は、元のように収容して、適切な状況で使えばよかった。

しかし、そのウハク抜きでキアとツーを攻略しなければならない。先走った現場判断の尻拭いだ。

キアの所在が判明したことは唯一の収穫だが、引き換えにした札が大きすぎる。

(どうにも、かき乱されてるな。ロスクレイがいなくなって、ジェルキも万全じゃない今は、黄都《こうと》の統制は最も脆い……)

「ヒドウさん」

背後で、乾いた声があった。

「世界詞《せかいし》のキアを引きはがす方法なら、考えがあります」

「……ヤニーギズ」

「お互いに、作戦を分担しましょう。ヒドウさんの方は、ウハクを確保する手配が本命でしょう。キアの方は……こちらに任せてもらえませんかね？」

「確かに、あんたに一任できるならありがたいが……」

王宮区画襲撃事件を担当している二十九官は、ヒドウ一人ではない。

第九将、鏨《たがね》のヤニーギズ。

敵の強大さとそれに相応しい作戦規模を考えれば、作戦の半分はこの男に動いてもらわなければならない。権限の上でも、ヤニーギズは出戻りのヒドウより上位だ。

だが、そうしてしまっていいのか。経験則から来る勘と、ハーディに植えつけられた狂気が、頭痛となって警鐘を鳴らし続けているような気がする。

「……やれんのかよ？」

「ハァ？　やれる？」

ヤニーギズは、鮫《さめ》のごとく乱杭歯を覗かせた。

この男は、憎悪している。第四試合と王宮区画襲撃事件の二つの局面でロスクレイを死地に追いやった世界詞《せかいし》のキアを、誰よりも。

「殺しますよ」

――世界詞《せかいし》のキア。魔法《まほう》のツー。不言《ふごん》のウハク。

今や黄都《こうと》と人族《じんぞく》の平和にとって最大の脅威と化した脱落者三名の連合は、勇者候補でも、魔王自称者でもない、非公式的な通称を名付けられることになる。

王を脅かす、新たにして魔なる軍勢――新魔王軍。

九　黄都北外郭第十五市衛兵詰所

潜伏生活を送っていた間、キアは、何もしていなかったわけではない。

イズノック王立高等学舎への潜入もそうだが、新たな区画に辿り着いた時には、そこを管轄する市衛兵詰所に出入りし、黄都《こうと》に出回っている情報をできる限り知るようにしていた。

黄都《こうと》兵の中でも、民間の治安を守る市衛兵は警察庁の管轄下にある。世界詞《せかいし》のキアをはじめとした指名手配犯の捜査情報なども、その多くは市衛兵詰所に共有される。

キアが黄都《こうと》の捜査の手を逃れ続けられたのは絶大な詞術《しじゅつ》の力あってのことだったが、そうした情報を摑むことで事前に難を逃れたことも数例ほどはある。

（あんまり良くないわね、この詰所……）

その点、北外郭六条を管轄するこの詰所は、情報収集にあまり適した体制とは言えなかった。

市街の過疎化のためか、治安維持の必要が少ないためか、この詰所に駐在している市衛兵は大抵腰の曲がった老人の兵士か、それよりは多少若いが、やはり初老の太った兵士のどちらか一人だけで、複数名が詰所にいることは滅多になかった。

それでは困る。

（指名手配犯の話とか……してもらわないと、困るんだけど……！）

黄都《こうと》の指名手配制度は、ある程度の文書化が進んではいる。写真等の技術も用いた人相書や、罪状を現す印の組み合わせ、潜伏予想地点を表す地図。

黄都《こうと》のような大都市で指名手配制度が機能するためには、口頭での注意喚起に留まらず、そうした手配書を広く交付する必要があるのだろう。

その制度普及に伴ってか、近年では簡易な教団文字で書かれた捜査情報も市衛兵詰所に置かれるようになってきているのだが……

（読まなきゃいけないの？　あたしが）

キアは、文字を読むのが苦手だ。この世界の大半の人族《じんぞく》は苦手だろう。

むしろキアは、文字の解読に関しては学んでいる方なのだ。文章の解釈は家庭教師のエレアから教えてもらっていたし、イズノック王立高等学舎でもより高度な、教団文字や一部の貴族文字の文章解読の授業があった。

だが、キアはそうした授業に真面目に取り組んできたわけではない——歴史や自然科学の授業はそれなりに興味を抱けたのだが、教団文字を用いた文章は文字の習得が簡便な代わり、同じ表記で全く異なる意味の解釈が生じることも少なくない。とにかく曖昧で、正解がなく、面倒だった。

よってこれまでの街では、キアは主に会話から情報を収集していた。

そもそも捜査文書がどこに保管されているのかすら、よく知らないのだ。

「はぁー……巡回かぁ。疲れる、疲れる……」

老人の市衛兵が、時刻を見て眠たげに呟く。

壁に掛けられていた剣を重たげに取って、よろよろと巡回に出かけていった。

「やる気あるのかしら……」

緩やかな坂道を行く後ろ姿を見送って、キアは思わず呟く。牧歌的な光景だ。

同じ詰所の椅子に座っていたキアは、言うまでもなく見咎《みとが》められることはない。

アクロムドに発見されてしまった時のことはキアなりに反省して、姿だけでなく、音も匂いも感知させせない詞術《しじゅつ》で姿を隠すようにしていた。

「とにかく、いない間にそれらしい文書は全部……あっ、【見張って】」

一見して何も起こらない詞術《しじゅつ》だ。虫や小動物を操っているわけではない。空気や光——言うなれば世界そのものに、接近者への監視を担わせる。

しかし、文書らしきものの保管場所は、時間を掛けて探すまでもなかった。

机の端に無造作に置かれている。

「あった。これ……かしら」

人相書が記載されているということは、これが手配書の元になる捜査情報だろうか。

——教団文字の解読を煩わしく感じてしまうのは、キアのような幼い少女だけではない。文書解読の教育を叩き込まれた現場の兵士にとっても文字で書かれた公文書の取り扱いは煩雑であり、特にこうした郊外においては、情報漏洩を警戒されぬまま放置されている例も少なくなかった。

特にあの市衛兵のような老人の世代は、文字の概念自体に触れず生きてきた者が多い。

（文字は読めないけど、これが本物ならアレがあるはず……）

束を忙《せわ》しなくめくって、目当ての顔を探り当てる。世界詞《せかいし》のキアの顔だ。

キアの顔が記載されているのなら、この束が警察庁の捜査情報であることは間違いない。

「やった。……【写して】」

キアが手にしている紙束と寸分違わぬ紙束が虚空で編まれ、出現した。

記されている情報も、一枚一枚が完全に同一のものである。

情報を会話に頼らないということは、裏を返せば、安全な拠点で、複写から情報を読み取れるということでもある。詰所を後にしながら、キアは抱えた束を何気なしに捲《めく》る。

そしてある一枚の人相書で、指を止めた。

「……エレア？」

◆

山麓の廃墟に戻ったキアは、まず、ツーとウハクに事情を打ち明けることにした。

「——赤《あか》い紙箋《しせん》のエレア？　この人？　美人だね！」

魔法《まほう》のツーは両手を床について、広げられた公文書の束を眺めている。

とはいえ彼女の場合、内容そのものよりは色々な指名手配犯の人相書そのものに興味を示しているようでもあるが。

「あたしの先生なの。第四試合で、あたしを逃がそうとして……その時、黄都《こうと》に捕まったんだと思ってた。でも、この束に一緒に綴《と》じられてたってことは……」

「もしかしたら、まだ指名手配犯かもしれないんだ」

「……そう。もちろん、街に出回ってる手配書にエレアが載ったことはないわ。でも、エレアはすごく偉い、黄都《こうと》の……ナントカって仕事をしてたから……もしかして、黄都《こうと》もエレアのことは皆に知られたくないのかなって」

「でも、これが指名手配犯の書類なのかは分からないんだよね？」

「ええ。だから解読を手伝ってほしいんだけど……」

視線を上げて、ツーの様子を窺う。文書を逆さにしたり、裏返しにしたりしている。

キアも相談はしてみたものの、そう大きく期待していたわけではない。

魔法《まほう》のツーはこの様子だし、不言《ふごん》のウハクは、仮に解読できても伝えられないだろう。

「えへへ、ごめん。ぼくが頭良ければよかったんだけどな……。教団文字は子供達と遊びながら覚えたくらいのやつしか分からないし、勉強は全然だし。イジックに習ったことも難しすぎて忘れちゃった。こんなことなら断ったりしないで、フリンスダに家庭教師つけてもらえばよかったな」

「あたしだって文字なんて読めないわよ。他に誰か呼ぶわけにもいかないし……」

「ね、キア！　キアは自分がどういう手配書を出されてるかは分かってるの？」

「？　まあ、それは前にいた街で見てきたから……罪状は王宮襲撃と六合上覧《りくごうじょうらん》の不正行為で、居場所を黄都《こうと》に教えると謝礼が出るんだったかしら？　でも、えっと、市民が攻撃したり捕まえたりしちゃ駄目になったはずよ。どうしてだか分からないけど……」

「じゃあ、この文章のどこかにも、そう書かれてるはずだよね？　教団文字がたくさん分かるなら、多分見つかるはずだよ！」

「そうだけど、でもあたしの手配書のことなんて元々……あ、そうか」

ツーが言っているのは、文章の型を見つけるという意味だ。

真面目に聞いていなかった授業で、似たようなことを教わっていたことを思い出す。

同じ書き手が記した文章は、使い回されることが多い。キアの『王宮襲撃』という罪状を一文字変えれば、『商店襲撃』という意味で用いることができる。教団文字は一つの文字に複数の意味が含まれている点で難解だが、『王宮』と『商店』の違いくらいはキアにも分かる。

ならば、別の文章で『王宮』や『商店』を意味する文脈も特定できる。

そうして一つずつ、エレアの捜査情報に含まれる文章を解き明かしていくのだ。

「どうかな？　分かりそうじゃない？」

（ツーって、もしかして本当は頭悪いわけじゃないのかしら）

ツーは自分の頭の悪さをよく冗談めかして言うが、実際には、頭の回転そのものはキアよりもずっと早いのかもしれない。少なくともこの解読方法は、キア一人では何日かかけなければ思いつかなかっただろう。

「こんな勉強、気が遠くなるけど……やらなきゃ」

「ぼくも手伝うよ。エレアって、キアの大事な人なんだよね？」

「……ありがとう」

エレアが今どんな暮らしをしているのかを思うと、居ても立ってもいられない気分になる。今も危険に晒されていて、間に合わないかもしれない。だけど何もかも振り切って助けに行きたいと思っても、ひどい結果を招いてしまった王宮区画での出来事を思い出してしまう。

動くことも動かないことも、最悪の結果を生むように思えてしまう。自分の行動を定めるための情報を知らなければならなかった。

いくつもの文章を前にして、試行錯誤を重ねていく。

元々、多少の教育を受けた市衛兵ならば読み解けるよう配慮された文書である。キアとツーだけであっても、決して不可能な試みではないはずだ。

正午を過ぎたあたりで、ツーが提案した。

「ねえ、ウハクも呼んでこようよ」

「ウハクって大鬼《オーガ》でしょ？　文字なんて読めるかしら……」

「でも、ぼくより頭良さそうな感じしない？」

「ううーん……」

キアは腕組みをして考え込んだ。

この拠点で生活するにあたって、不言《ふごん》のウハクは想像していた以上に協力的だったが、キアは完全にウハクに親しみきれているわけではない。

それでも自分は、十分に友好的に接している方だ、とキアは思う。

普通は子供が大鬼《オーガ》と一緒に暮らすなど、それどころの話ではないのだ。

キアはたまたま無敵の力があって、大鬼《オーガ》の暴力を恐れる理由が何一つないので、怖がらずにいてあげられるだけだ。むしろウハクが街に下りて迷惑をかけないように、キアが見張ってやっているという意識すらある。

ツーが語るところによれば、ウハクは——偶然にしてはできすぎだが——二人と同じような勇者候補で、ツーが攻略しようとした菌糸迷宮を何らかの方法で消し去ってしまったのだという。

どうにも疑わしい話ではある。キアと同じような力を使えるのかもしれないが、ウハクは詞術《しじゅつ》を一切使えないし、そんな力を持っている割には、毎日掃除をしたり、庭を綺麗に整えたりといった地味な労働ばかりしている。

「一応、読ませてみてもいいかな……大人しいから、紙を破ったりしないと思うし」

「やった！　じゃあ呼んでくるね！　おーいウハクー！」

ツーは、ドタドタと元気よく廊下を駆けていく。

呆《あき》れて笑う。

「うるさ……」

思えばキアはウハクについてだけではなく、魔法《まほう》のツーの経歴もよく分かっていない。

本人は擬魔《ミミック》という種族を自称しているが、キアの知らない種族だ。

その身体能力からして魔族《まぞく》であろうことは分かるが、常識外れの頑丈さと、兵器らしからぬ屈託のなさはどうにも不釣り合いで、不思議だ。

「ウハク連れてきたよ！」

「階段走らないでよ」

騒がしい足音が戻ってくる。ツーは、すぐさまウハクを引き連れてきた。

魔法《まほう》のツーも女性にしては長身だが、ウハクは大鬼《オーガ》としても相当の巨体である。

彼だけでも宿の廊下をほとんど埋め尽くしてしまうし、古い階段は、ウハクが上り下りしただけで壊れてしまうだろう。そうした箇所は、キアが前もって補強しておく必要があった。

ウハクは、立ったまま書類を見下ろしている。

石像のように物静かな大鬼《オーガ》だ。

ツーはウハクの善性や真面目さをやたらと高く買っているが、キアの目からは、なんだかぼんやりした大鬼《オーガ》という程度の印象である。

「ねえウハク、ぼく達、この紙に書いてある文字を読みたいんだけど」

ツーは、親に話しかける幼い子供のように矢継ぎ早に説明している。

「――でね、この文字が『待つ』で、この文字が『特別な』までは分かってるの。エレアの資料に何が書いてあるか、ウハクは分からない？」

「……ウハク、どう？」

ウハクは、散乱した文書をじっと見下ろしていた。

虹彩《こうさい》の色はほとんど白に近い灰色で、焦点が合っているかどうかも定かではない。

やがて太い指が、いくつかの文書の文字を順に指し示す。

「これって……」

「手がかりだよ！」

ツーが喜んだ。

「やっぱりウハクには分かるんだ！　ほら！　使われてる文字は違うけど、文章の区切りがほとんど同じだし……印がどの罪状と刑罰に対応してるかだって、キアがさっき見つけた法則があるから……！」

「待って。じゃあ、この文字は『閉じ込める』ってことで……」

作業は夕方まで続いた。

しかしウハクが指し示した手掛かりは、解読を劇的に進めるものだった。

キアもツーも、ウハクには十分な説明を与えられていた気はしないが、キアの心情を静かに汲《く》み取《と》って、道筋を示してくれたのか――

「……分かった」

絡まった糸を解きほぐすような作業の果てに、ついに、エレアの情報の解読に成功する。

解読作業の中で分かったことだが、この文書は、厳密には捜査情報でも手配書でもない。犯罪者の罪状と処分に関する資料だ。

「エレアは……あたしと同じような、不正行為と反逆で、もう処分を受けてる……でも、刑罰は……」

エレアが捕まっていたとすれば、彼女はどんな目に遭っているのか。

キアが最も恐れていたことはそれだった。

「刑罰は……『特別』『待つ』……！　地図は書かれてないけど、南東の外れに住宅……か、施設があって、『小四ヶ月』……『外に出る』を『禁じる』だから……そう、よかった……」

声が掠れる。

それまでそんな兆しは全然なかったのに、喉の奥が熱くなって、涙が一気に流れてしまう。

赤《あか》い紙箋《しせん》のエレアは、無事だ。

刑罰が免除されたわけでは決してないけれど、キアがいつも想像していた最悪のことよりも、ずっと、救いのある処分だった。

「よかった……よかった……」

「……キア」

ツーは、泣きじゃくるキアを抱きしめて、背中を撫でてくれた。

◆

次の日の朝が来た。

あれから泣き疲れて眠ってしまったキアは、朝からとてもお腹《なか》を空かせていて、二人分くらいの料理を詞術《しじゅつ》で作って食べてしまった。

「あたし、待つことにするわ」

そうして食事を済ませてから、キアはきっぱりと言った。

「エレアが悪いことしたみたいに扱われてるのは、そりゃ、腹立つけど。……でも、少なくとも小四ヶ月だけ待ってれば、正しい方法で出てこれるんだから」

「いいの？　セフィトに会って、キアの罪も取り消させたいんでしょ？」

「あたし？　あたしは平気よ。黄都《こうと》に追いかけられたって全然怖くないもの！　黄都《こうと》がイータを侵略しようとしてるかどうかは、セフィトに会って確かめたいけど……それも、今すぐじゃなくていいって分かったものね」

キアは、屈託のない笑顔で笑った。

キアの言う通り、彼女なら黄都《こうと》軍すらも敵ではないのかもしれない。

出会ってしばらくは、ツーはキアが行うありとあらゆることに感心し、驚愕し、質問攻めにした。

この世界で最高峰の詞術《しじゅつ》士は色彩《しきさい》のイジックに違いないと信じていたが、遥かに幼い世界詞《せかいし》のキアが、現実を作り変えるような領域の詞術《しじゅつ》を容易く行使する様は、世間を知らずにここまで来た魔《ま》法《ほう》のツーにとってすら、価値観を破壊されるような衝撃だった。

（キアの詞術《しじゅつ》ってすごいよな～。こんな小さな子に詞術《しじゅつ》で負けてるなら、イジックの良いところって何も残ってないんじゃないかな……）

ただ、そのあまりにも均衡を欠いた絶大な力に、心のどこかで危惧を抱いていたのも事実だった。

王宮への潜入こそ提案したが、そうではない、力ずくでの破壊を伴う考えをキアが持ってしまったら、あるいはツーが体を張ってその行いを止める必要があると感じている。

「キアも待つつもりなら、ぼくも安心できるかな。だってキア、たまに一人でいる時……すごく心配そうで、辛そうな顔してたから」

「あたしが？　してないわよ！　勘違いじゃないの？」

「えへへ、そうかも……ぼく、だいぶ思い込みが激しいってよく言われてたし……」

けれど、少なくない日数をともにしたツーの印象では、キアはただの少女だ。

ひねくれたり強がったりするが、心根は素朴な思いやりと優しさを持つ子供のように見える。

そんな子供に、取り返しのつかない力を使わせてしまってはならない。

（こんなこと思うのって、なんだか、お姉ちゃんになったみたいだな）

そう思うと、少しだけ愉快だ。

「なに笑ってんのよ……」

「良かったなーって思って」

「ねえ、ツーは……あたしが何をしたのか気にならないの？　国家反逆罪とか、不正をしたとか……そういうの、だいぶ話しちゃった気がするし……」

「あ、そういえばそうだったっけ。キアは何をしたの？」

「な……何もしてない、わけじゃないけど……」

「第四試合のことは、ずるをしたわけじゃないんだよね？」

「……うん」

そもそも、この六合上覧《りくごうじょうらん》でどのような行為が不正と扱われるのか、単純なツーにはあまり理解できていない。キアは万能の詞術《しじゅつ》で戦っただけで不正の疑惑をかけられてしまって、一方でツーを試合前に襲ったクゼは、失格にならず勝ち進んでしまっている。

規定を決められる者がその線引きを自由にできて、勝利してしまえるのだろうか。けれど、それができたはずの絶対《ぜったい》なるロスクレイだって、第十試合で負けてしまったのだという。

（勝つとか負けるとかって、本当に複雑だ。力で勝つだけじゃなくて、頭で勝ったり、心で勝ったり、運で勝ったり……世界がすごく色々と動いた結果なんだろうな……）

「王宮に入って、皆を眠らせたのは……本当。でも、それは戦ってる人を止めて、怪我をさせないためで……！　王宮に行くまでだって、怪我してた人達は全員治したし、セフィトとは、本当に話をするだけのつもりだったの……！」

「でも、王宮に侵入したのが悪いことだって分かってる。だから後ろめたいんだね」

「……うん」

キアは、しおれたように頷いた。キアは子供だけれど、恐らくツーよりもずっと分別はある。自分がしたことの意味や責任を、自覚できる子供だ。

「エレアも、そういうことをしたの？」

「……たぶん。エレアは……優しい先生だったけど。勇者候補のジヴラートを殺しちゃったから。エレアはあたしに秘密で色々なことをしてたし、他に何もしていないって言える自信は、あたしにはない。黄都《こうと》が言うみたいに悪いことをしてたかもしれないし、濡れ衣《ぬぎぬ》なのかもしれない。でも……悪いことをしていたとしても、それを償ってもらってから、また一緒に暮らしたい」

「エレアのこと、本当に大事なんだね」

「……」

キアが釈放を待つと言えたのは、手軽で、不公正な手段を、本当は使いたくないからだ。その考えを教えたのが赤《あか》い紙箋《しせん》のエレアだというのなら、やっぱり、いい先生だったんだろうと思う。

「ねえツー。あたし達って、悪人なのかな？　ツーは良かったって言ってくれたけど……あたしが悪人でも助けようって思えるものなの？」

「うん。目の前にいて、困っていて、仲良くできるなら……やっぱり、助けてあげたいって思っちゃうよ。キアが本当の悪人かどうかなんて、気にしたことなかったな」

リッケが死んでしまった日に聞いた、〝日の大樹〟の若者の叫びを思う。正しくても間違っていても、苦しみに寄り添ってくれる人が一人もいない世界ほど、悲しいものはない。

ツーはこの世界の多くをまだ知らないが、それでも、善悪の区別なく人を救いたいと思う。魔法《まほう》のツーは世界一の極悪人から生まれた、〝魔王の落とし子〟だからだ。

それはまだ、ツーの中で確かに言語化できている信念ではないが、心のままに人を救うことは、心のままに人を裁くことではないはずだ。

「もう見張りに行ってもいい？　街を見たいな」

「毎日、飽きないの？　屋根の上から街の様子を見るだけなんて……」

「飽きないよ」

ツーは笑って答えた。

「そうやって育ったんだ」

黄都《こうと》の中心から離れたこの区画は、六合上覧《りくごうじょうらん》のあの激動が、嘘のように平和だ。

世界に、こんな平和が続けばいいと思う。

十 第十二試合

——嘘のように、平和な日が続いた。

ウハクやツーを追跡する何者かが北外郭六条に現れることはなく、市街を見下ろす山麓の宿は、人里と自然の隙間に暮らしているようで、ひっそりとしていながら、寂しくはなかった。

イータでキアとエレアがそうしていたように、全員で当番を決めた。

料理や掃除はウハクが、洗濯はキアが、建物の点検や見張りはツーが担うことになった。

もっとも、キアはどれだけの洗濯物があってもたった一言で綺麗にしてしまえたので、逃げ回る必要がなくなった分、何かを考える時間の方が多くなった。

大抵は、エレアのことを考えていた。

今は、何不自由なく暮らしていることを伝えたかった。寂しくもないし、辛くもないと。

(六合上覧《りくごうじょうらん》が終わって、勇者が決まれば、恩赦が下りる)

考えて、ツーと話し合った結果、その時を待つべきだと考えるようになった。

恩赦についてはキアが授業で習ったきりうろ覚えだったので、もう一度王立高等学舎に忍び込んで、キアが通っていたよりも二つも上の学年の授業を聞いて覚えなければいけなかった。

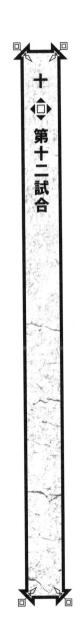

（恩赦は、王族が罪人の刑罰を特別に免除すること……〝本物の勇者〟が決まれば、もしかしたら、王宮区画に入ったあたしの罪は免除されるかもしれない。その時にはエレアも釈放されて、また一緒に暮らせる）

そんなささやかな希望を抱けるようになったのは、仲間のいる日々が心地よかったからなのだろう。ツーやウハクと話をしたり、故郷を思わせる山を散策するだけでも、楽しかった。

ツーはいつも変なことばかりをして、ウハクは笑ってしまうくらい生真面目で、激変する黄都《こうと》の政情とは、別の世界で暮らしているような日々だった。

「キア！　見てよカブトムシ！　新しいの捕まえちゃったーっ！」

「またそんなの持ち込んで！　ここが虫だらけになったらどうするの⁉　虫って放っておいたら勝手に増えちゃうんだからね！」

「でもさ、見てよ！　カブトムシっていってもこの山だけで四種類いるんだけどね、今日捕まえたのって、ツノ三本のやつでは初めてのメスで……」

「いいからもう！　帰してきなさい！　誰かに見せるわけでもないんでしょ！」

「ね！　ウハクは分かってくれるよね！」

天真爛漫《てんしんらんまん》で変わり者のツーは、イータでの妹分だったヤウィカに似ている。

隠れ潜んで街に出られないこの生活の中でも、色々な楽しみを見つけ出して教えてくれるツーは、キアの暮らしに活力を与えてくれた。

ウハクは、ひたすらに無口なまま真面目に日々を過ごし、手が空いた時にはキアやツーの世話をしてくれている。姿も性格も全く違うのに、母のようだと思うことがある。

キアがふと朝早くに起きてしまった時、ウハクが広いロビーでじっと跪《ひざまず》いて、何かに祈りを捧げている姿を見たことがある。〝教団〟の祈りだった。

学校に通っていた頃、そういう育ちの子供が少しだけいて、変わった習慣だなと感じていたことを思い出す。仕草は同じなのに、体の大きなウハクの祈りはまるで別の何かように荘厳で、物陰から見ていたキアも、思わず息をひそめてしまったものだった。

「……ねえ、ツーは」

夜、眠りにつく頃、隣のベッドのツーにふと話しかけたことがある。

「どうして……菌糸迷宮に行ったの？　誰かに頼まれたわけでもないのに……それに、黄都《こうと》に追われてるのに、危なかったじゃない……」

「えへへ、ごめんね」

「ツーが行かなきゃいけなかったの？」

「……うん。本当は、苦しんでる人はどこにだっている……大きいとか小さいとか関係なく、目の前にいない誰かのことまで考えられるのが、本当の人助けなんだと思う。ぼくは、そういう大きなことを考えられる人のことも……すごく、尊敬してるから」

魔族《まぞく》には睡眠という機能がないのだという。

夢うつつのキアの話にも、ツーははっきりと答えてくれる。

「でもね。その人に言われたんだ。目の前の人しか救えないぼくでも、それは立派なことだったんだって。やり方は違うけれど……きっと、認めてくれたんだと思ってる」

「……」

「菌糸迷宮の時は、ぼくが行かなきゃいけないと思った――星馳《ほしは》せアルスの時も、そう思ったんだ。どうしてなのか、自分でも答えがよく分かっていなかったけど……最近は、なんだか答えが分かってきた気がする。それが英雄としての、仁義だから」

「仁義」

「……ん。ぼくは強く生まれたから……理不尽な強い力で誰かが苦しんでる時には、行かなくちゃいけない。負けるかもしれないけど……もしかしたら、キアに迷惑かけちゃうかもしれないけど」

「その……ツーのおかげで、助かった人もいるのよね」

「いなかったよ。菌糸迷宮の人達は、みんな死んでた」

「……」

あの日、助けられた人の数をツーに尋ねたことは一度もなかった。

ツーはそんな悲しみを抱えて、日々を過ごしていたのだろうか。

菌糸迷宮の他にも、もっと色々な何かを。

「でも、後悔はしてないよ。ぼくは、やるべきだと思ったことをやったんだ。それに、無駄じゃなかった……」

「……立派だね。ツー」

「えっ!? キア、熱でもあるの？」

「うるさい。……立派だね、って言っただけ。もう寝るから」

ツーは、本当はキアよりもずっと真面目に考えている。

キアはツーよりも遥かに強い力があるのに、その力で誰かの命を救ったことはない。

リチアの炎も、アルスの炎も、キアが消し止めた時には多くのことが終わってしまっていた。

キアが願えば菌糸迷宮だって消してしまえたはずなのに、キアは目立つことに怯えてばかりで、
ツーの献身的な行為も、危ないことをしたとしか思っていなかった。

(そうじゃなかったんだ。ツーにとっては)

キアには英雄の力がある。ツーのような英雄の心を、いつか持てるのだろうか。

三人で暮らしていく中、キアは様々なことを知った。

ツーは、昔あった西連合王国の、色々な人々の話を知っていた。彼女はその時から人が好きで、
ずっとこうしているのだと言っていた。

エレアのことを考えて涙を流している時、ウハクが黙って寄り添ってくれていたこともあった。

それがもっと悲しくて、みっともなく泣きじゃくってしまった。

朝目覚めれば、孤独ではなかった。元気なツーと、無口なウハクがいた。


そんな穏やかな日々が、しばらく続いた。

そしてほとんど前触れもなく、その日、世界詞《せかいし》のキアは姿を消した。

◆

赤い大月と、青い小月がよく見える夜だ。

黄都《こうと》北外郭六条は温泉街であると同時に、連なった山から湧き出る泉が大きな運河へと流れ込んでいく港町でもある。

夜の波止場に揺れる船上で、音斬《おとぎ》りシャルクは静かな鍛錬を繰り返していた。

ごく単純な槍の練習だ。壁に向かって槍を突き出し、壁に一点で触れた瞬間で止める。

この一点は、最高の速度が乗った突きが、最大に伸びた地点でなければならない――穂先で距離感を捉え、かつ自分自身は最適な間合いに位置取る技術が必要になる。

特別な道具は必要なく、いつでも、どこでも繰り返せる。

骸魔《スケルトン》であるシャルクは睡眠を取る必要もないので、休むことなく毎日、この練習を続けてきた。

（不言《ふごん》のウハクが、〝本物の勇者〟）

黄昏潜《たそがれもぐ》りユキハルに告げられた情報が、どの程度まで事実に即しているかは分からない。

この情報だけをシャルクに伝えたユキハルの意図はどこにあったのか。

船上で、風のように槍を振りながら思う。

（それを知って、俺の行動がどう変わるか。ユキハルの依頼を受けない限り、真偽を確かめられるわけでもない。だが金目的の虚言だと断じられるような類の情報でもない）

槍は、船の帆柱に、ごく浅い点だけを穿つ。

シャルクは人智を絶する速度で、既に何百も槍を突き込んでいたが、その穂先が接する浅い点の数が増えることはない。

（実際……俺がこうしてウハクに執着しているのは、奴が〝本物の勇者〟だと知らされたからだ。そいつを確かめる前に、ウハクを死なせるわけにはいかない。それを狙って吹き込んだ話だというなら、あり得なくはないか）

黄昏潜《たそがれもぐ》りユキハル――ひいては彼を動かしていた〝灰髪の子供〟は、シャルクにウハクを殺させたくなかったのではないか。シャルクは事前工作で対戦相手を排除する戦い方をしなかったが、仮にそうだとしても、この情報があるだけで、ウハクへの仕掛けは躊躇《ためら》うだろう。

その逆も成り立つ。シャルクが今こうしているように、ウハクが〝本物の勇者〟だという容疑を知れば、ウハクが何も明かさず盤面から降りることを止めようとしてしまう。

（それとも、ウハクに俺を殺させたくないから、無用な手出しをさせないようにしたのか？　そうだとしたら、今回の戦いは……）

「……シャルク？」

埠頭《ふとう》から、シャルクの名を呼ぶ声があった。

栗色の長い三つ編みを持つ、すらりとした長身の少女だ。

泥のような塊と、緑色の上着を、胸に不安げに抱えていた。

「シャルク……ど、どうしてここにいるの？」

「いたら悪いか？　考える時間ならくれてやる」

「ねえ、シャルク……。キアが、どこかに行っちゃった。さ、探したんだけど、上着だけが、港に続く道に落ちてて……それで……」

「ああ。そうだろうな」

シャルクは、軽い音と共に船から埠頭へと降り立つ。

ツーがここを訪れることは、全く予定通りだ。だからシャルクは来た。

魔法《まほう》のツーは後ずさった。

「……分かりやすい兵士に取り囲まれでもしないと、自分達が包囲されてるってことにも気付けないか？　その上着は黄都《こうと》が用意した偽物だ。キアがいなくなった時……呑気に街中に出てくるお前みたいな奴を、引っ張り出すための」

「どうして……シャルクが……！」

「お前が魔王自称者だからだ。勇者候補は魔王自称者を討伐する義務がある。――そしてお前も、世界詞《せかいし》のキアも、ついさっき魔王自称者指定された」

魔法《まほう》のツーの処分は捕獲指示ではなくなった。

敵は新魔王軍。王宮襲撃を行った最大の危険人物、世界詞《せかいし》のキアと行動をともにしていたことで、ツーは黄都《こうと》の敵であることが確定した。

「黄都《こうと》のやり口をもっと知っておくべきだったな。街の漁師や商人みたいな格好をした爺《じい》さんや婆さんの誰かが工作員かもしれないなんて、どうせお前は想像もしていなかったんだろうが」

「嘘だよねシャルク!?　だって、シャルクは一緒に星馳《ほしは》」

言葉の途中で、ツーは転倒していた。

既に、音斬《おとぎ》りシャルクはツーの背後にいる。

「――ああ、なんだ？　話が遅いから聞きそびれた。星馳《ほしは》せアルスの時の話か……」

「ぼくはシャルクのこと、仲間だと思ってたのに！」

この修羅の巷《ちまた》で人助けを趣味にしているような者が、自分以外にもいると思っている。

考えが甘すぎる。

「そいつは悪いな。あれは人助けじゃなく、星馳《ほしは》せアルスとの勝負のつもりだったんだが」

シャルクは、骨を鳴らすようにせせら笑った。

「今はちょうど、お前と勝負したい気分だ」

第十二試合。音斬《おとぎ》りシャルク、対、魔法《まほう》のツー。

◆

（逃げないと）

頬に冷たい地面の感触がある。ツーが初めに思い浮かべた選択肢は、逃走だった。

音斬《おとぎ》りシャルクと戦いたくはない。倒されることも倒すこともしたくない。

シャルクの真意は分からないが、それでも、どちらかが無意味に傷つく結末は嫌だ――

（……いいや、違う！　ぼくが逃げたら、ウハクとキアが危ないんだ！）

キアはどこかに誘《おび》き出《だ》されて、ウハクを守れる者がいなくなってしまう。

ツーが耐久力に任せて強引に逃走することすら、恐らくシャルクの想定の内だ。ツーをこの黄都《こうと》北外郭六条から十分に引き離してしまえば、ウハクは孤立する。この街には既に何人もの黄都《こうと》の工作員が潜んでいると、教えられたばかりではないか。

黄都《こうと》はウハクを捕らえようとしている。クゼはこの事態を危惧してツーにウハクを託したのだ。

ツーがこの場を離れたなら、シャルクは次にウハクを攻撃する。

「シャルク……！」

「やる気になったら言ってくれ。退屈だ」

「そっちが、その気、なら！」

ツーは突進のために重心を沈めた。ネクテジオを突破した時と同様の構え。

魔法《まほう》のツーが本気でそれを繰り出せば、外郭部の住宅などは区画単位で貫通するだろう。

「やって、やッ!?」

爆発的な突進は発動しない。

先程動こうとした時と同じように、ツーは唐突に転倒した。

勢いのまま回転して頭から突っ込み、埠頭の舗装が砕けた。

「面白いじゃないか。珍しく虚をつこうとしたな。俺を轢《ひ》き殺《ころ》すと見せかけて、拠点の方に……ウハクを守りに戻ろうとしたわけだ」

「……ッ！　どうして!?　躓《つまず》いたわけでもないのに……！　転ぶなんて……!?」

最高峰の運動神経を持つ魔法《まほう》のツーが転ぶなど、あり得ない現象だった。

そもそも、足元に何か障害物を置かれようが足を引っ掛けられようが、その程度のことは、文字通り踏みにじって突破可能な身体能力がツーには備わっているのだ。

シャルクは槍を背中に担いだままだ。その場から動いていない、ように見える。

「時間はたっぷりある。考えてみろ。見ての通り、俺は一度もお前を攻撃していない。無駄だと分かっていることだからな……」

「ううっ」

もう一度立ち上がろうとするが、一歩を踏み出した瞬間に倒れてしまう。

その場で悶えるような無様な動きになった。

「目や口の中を突くだとか、一点に攻撃を集中させるだとか、その程度で殺せる相手なら……星馳《ほしは》せアルスの時にとっくに死んでる。そうだろう、魔法《まほう》のツー」

試みが成功するとは思っていなかった。その代わり、シャルクの挙動に集中した。

シャルクは動いていない――わけではない。常人では視認不能な速度で槍を繰り出して、すぐさまツーの射程外に戻っている。ツーの鋭敏な視覚で、辛うじて分かるような早業だ。

「そうか……シャルクは、ぼくを攻撃していない。ぼくが踏み込もうとした瞬間に、ぼくが立っている足場の方を削り取ってる。だから、その……踏む力が……どうにかなって、進めない！」

足元を見る。埠頭の舗装が薄く削れて、衝撃で散っている。

踏み出そうとした瞬間、体重をかけるべき足場が抉られていた。

摩擦のないぬかるみの中で馬車が進むことのないように、反作用を生む足掛かりを失ってしまえば、どれほどの出力も実際の動きを生むことはない。

ツーはそうした力学について全く理解していたわけではなかったが、一つだけは確信できた。

動き出した瞬間を見て狙えるほどの、絶望的な速度差が彼我にあるということ。

（戦いで考えられないのが、ぼくの弱点だ。でも考えないと、ずっと、これが続く！　ぼくが勝つためじゃない、キアとウハクを助けるために、考えないと……！）

「どうした。分かったところで、そうして暴れているだけか？」

「……ッ！」

「本気でやれ。これで終わるようなら、つまらんぞ」

（やれるかもしれない。でも、失敗するかも……）

この状態からシャルクを攻撃する手段はある。

ツーが抱えている泥の球体――腐土太陽《ふどたいよう》は、星馳《ほしは》せアルス襲来の日に制御を手に入れた、彼女自身の魔具だった。多量の泥を、弾丸のような威力と速度で射出できる。

シャルクの動作は弾丸より速い。それも承知の上だ。だが。

「腐土……太陽ッ！」

攻撃が目的ではない。脅威を兼ねた泥の波で視界を塞ぐことが狙いである。

（足を、踏み込む！）

渾身《こんしん》の蹴り出しは、しかし、空を切った。

「遅すぎる」

ツーの意識で同時に繰り出したはずの動作であっても、音斬《おとぎ》りシャルクにとっては、腐土太陽の乱射を悠々と回り込んで、到達できるほどの時間差があった。

転倒する。体が傾ぎ、地面に突っ込む。

突き出した手を使って、地面を押し出し——その寸前で、無数の白刃が霞《かす》んだ。押し出そうとした足場が抉られる。腕を使った踏み込みも見切られている。

だがツーは速度を全く減じることなく、体を押し出すためではなくむしろ大地の中に飛び込むように、そのまま叩きつけた。

炸裂音。亀裂。

「地面の上だと、動けないっていうなら」

強固に押し固められた石の埠頭は、ツーの全身の膂力《りょりょく》を用いた体当たりで破砕した。

運河の水が怒涛《どとう》のように押し寄せ、瓦礫《がれき》とともにツーを引きずり込む。

「これでどうだッ！」

「おいおい。自分から沈んだところで、結局陸地には……」

シャルクは呆れたように言葉を吐いたが、直後に異変に気付く。

水中に沈んだツーの動きに引きずられるように、シャルクも水中へと転落した。

埠頭が崩落する。

◆

音斬《おとぎ》りシャルクの思考は、その動作と同様に高速である。

思考が及ぶ範囲の仕掛けならば、常人にとっての一瞬で看破することができる。

(何をされた!?)

だが、その思考能力を以てしても、これは不可解だった。

崩落の際に足場を踏み外したわけではない。たとえ予想外の地形の破壊でも、シャルクの速度は破壊の後から十分に対応し、避難できる。

言うまでもなく、射程外にいたツーがシャルクの体を掴み引きずり込んだわけでもない。

だが、自分の骨を引っ張っているこれは。

「なるほど、そういうことか……!」

目視できていなかったのだ。

シャルクの体に、糸のようなものが絡みついている——

細くしなやかだが、たった一本でシャルクの体全体を引きずり込んで、千切れることがない。

(髪の毛を、俺の体に!)

泥の弾丸を用いた煙幕も、このためだ。

シャルクは、ツーの足での蹴り出しと手での着地を妨害するために二度、彼女に接近し、足場を切り崩す必要があった。

それに伴う激しい動きに絡むことを期待して、ツーは三つ編みを僅かに解いて、漂わせていたのだ。奇《く》しくも第七試合で、地平咆《ちへいほう》メレが最後に仕掛けた神速封じにも酷似した糸の罠だ。

上下感覚もなくなるような闇へと沈む。

泡。瓦礫。光。

夜の水底に、緑色の眼光が二つ灯っている。

「――つかまえた」

爆発のような水流がシャルクの傍らを通過した。

回避してなお、右腕が吹き飛ばされそうな衝撃が走る。

「！」

水中から、脚力だけで、魔法《まほう》のツーは水上へと飛び出した。

髪の毛一本で引きずられて、シャルクは水面に下から激突する。衝撃。痛打。水上。

月の夜空に舞うツーの影が頭上にあった。水飛沫《みずしぶき》が孤を描いている。

髪が引き寄せられる。

（――左足首！）

即座に判断して槍を薙《な》ぎ、髪の毛の絡んだ自らの左足首を切り離す。

残る体の落下と同時に、絶速の槍で水面を切るように打ち、反動で、漂っていた船の一隻に取りつくことに成功する。

空のツーが、切り離された白い足首を掴んだ。シャルクは片足の代わりに槍を甲板に突き刺す。

ツーは再び水中に沈む。そうなれば、もはや居場所を感知できない。

対戦相手としては地平咆《ちへいほう》メレに遠く及ばないものと認識していたが、改めなければならない。

「やればできるじゃあないか……魔法《まほう》のツー！」

シャルクの立つ船だけではない。港ごと係留を破壊され、無数の船が漂っている。

水上は、先程までの状況が嘘のように静かだ。大きな波が船を揺らす……

（波じゃない）

シャルクは無事な足で甲板を蹴り、身軽な体で別の船へと飛ぶ。

背後で間欠泉の如き水柱が上がって、足場だった船が粉々に破壊される。

破壊から逃れるために、また別の船へと飛び移る。

濡れた三つ編みが、まるで尾のように孤の軌道を描いている。

水中に沈めば、闇の底に緑の光が瞬《またた》く。

魔法《まほう》のツーの身体能力は、水中に沈んでもなお——水中だからこそ、何にも縛られることのない、真に自在な機動を実現している。

（立場が逆転したな。俺がツーを動かさない戦いではなく、ツーが俺を動かさない戦いになった。不言《ふごん》のウハクの方に俺が向かうことを防ぐために、俺を完全に行動不能にするつもりだ）

音斬《おとぎ》りシャルクは接近戦において無敵の速度を有している。その動きを封じられる捕獲や拘束こそが、最大の弱点といえよう。

水没し、自由な機動ができない状態で全身を破壊されれば、シャルクはどうなるだろうか？　少なくとも、魔法《まほう》のツーを釘付けにする役割は果たせそうにない。

「水に沈めてもこのザマなら、どうやって倒せばいいんだ？　まったく……」

また一つ、小屋のような大きさの船舶が、水中からのツーの突進で破壊される。

水中での一掻きが、巨大な爪の如き波と化して光景を揺らす。

跳躍。破壊。潜水。

跳躍。破壊。潜水。

跳躍。破壊。潜水。

その破壊の波から逃れるように、船を飛び移り続ける。

ツーは伝承の海の怪物の如き速度で猛追し、運河を漂う船をことごとく破壊していく。

岸から離れすぎている。猛攻で揺れ続ける水面を走って陸地に到達できるとは思えない。

まして今のシャルクは片足を奪われ、強みである速度すら十全ではない。

「――面白くなってきた」

そんな戦いの中でこそ、自分の本質と正体を知ることができる。

「これくらい本気になってくれないと、戦いがいがない」

◆

魔法《まほう》のツーは、人族《じんぞく》の水泳を学んでいたわけではない。

しかし、究極を目指して設計された肉体とそれに伴う優れた感覚は、水中での活動にもすぐさま適応した。

上半身で生んだ波を長い両脚に伝えるように、揃えた足の甲で水中を蹴る。両腕は体側に沿って揃え、水の抵抗を最小化する。

流線型の輪郭となって水中を突き進む様は、まるで優美な魚のようでもある。

優れた視力は、夜の川底からでも水上に漂う船の一つ一つを判別できる。

息継ぎも必要なく、船を破壊する勢いで体当たりをしても、無敵の肉体は一切損傷しない。

(シャルクを陸には上げない)

一度水を掻き両脚を蹴るだけで、ほとんど鋭角の方向転換をする。

船底を貫通し、水上へと飛び上がり、着水するまでの一瞬でシャルクの位置を把握する。

(どっちにしろやるしかないなら、シャルクを引きずり込んで、両脚を外してやる！　これならシャルクを殺さずに済むし、ウハクを助けにだって行ける！)

人族《じんぞく》とは異なり、魔族《まぞく》ならば五体を破壊されても再接合は不可能ではない。

シャルクもそれを承知の上で、自ら左足首を切り落としたのだ。

魔法《まほう》のツーは戦闘においてひどく甘いが、〝最後の地〟の頃の戦いがそうであったように、殺傷に至らぬ無力化手段さえ分かっていれば、そのために全力を尽くすことができる。

「シャルク！」

水上へと高く舞いながら、眼下のシャルクに叫ぶ。

「こんなことに手を貸さないでよ！　ウハクもキアも、何も悪いことはしてないじゃないか！」

踵を蹴り下ろす。シャルクの立つ船が、ツーの着地と同時に真っ二つに割れる。

シャルクを狙ったはずだが、当たってはいない。

「キアなんて、普通の女の子なんだ！　誰かを傷つけるつもりなんてない！　攻撃したら、却って黄都《こうと》が憎まれるだけだって分からないの⁉」

「――知らないね。実際、連中は分かってないのかもしれんぞ」

宙を舞う残骸に槍を突き刺したまま、シャルクは答えた。

腐土太陽の泥の弾丸で撃墜しようとするが、その瞬間、そこにシャルクの姿はない。

まったく別方向、ツーの背後に漂っている船から、声が届く。

「それに、誰かに存在を許してもらって生きるのは、うんざりなんだろう。〝本物の魔王〟だって……誰かを傷つけようと思ってやったわけじゃないことくらい、みんな薄々知ってる」

「あ、安心するためだけに……殺そうとするの⁉」

「おかしいか？　世界詞《せかいし》のキアが年寄りになって、訳が分からなくなってもお前が面倒を見るか？死ぬまでの間、絶対に気まぐれを起こさないと思うか？　強い力がある奴には優しくしてやれば、人族《じんぞく》を下に見たりしないか？」

「……ッ！」

「――弱い連中が何を考えるかくらい、想像できるようになっておけ。いつまでもそんなザマじゃ、自分一人の身も守れなくなる」

「それでも、ぼくは」

再び、暗闇の水中へと飛び込む。

軌跡の全てを呑《の》み込む水の蛇と化して、川に漂う船を、足場となり得る残骸を殲滅していく。

「目の前のことを、やるんだッ！」

戦闘の趨勢《すうせい》は既に傾いていた。

船は恐ろしい速度で破壊され尽くして、シャルクの足場は狭まっていった。

大きな残骸も砕く。シャルクは逃れ、また選択肢が消える。

そうして、辛うじて立てる程度の残骸の上にまで追い詰める。

足場は全て削り取り、飛び移るものもない。

だが、シャルクは跳んだ。

「ここまでか……」

音斬《おとぎ》りシャルクは、ついに水中へと逃げた。

この時を待っていた。水中では、人智《じんち》を超えた機動力は発揮できない。

そして思った通り、泳ぐ速度はツーの方が上だ。追いつく。

シャルクの両脚を、ついに掴む。

「これで――」

その瞬間に、シャルクの腕が残像めいて霞んだ。

何らかの反撃をしたのかもしれなかったが、無論、ツーの体には傷一つない。

「……！」

「気付いたか」

違和感を覚えて、ツーは体を動かそうとした。シャルクの両脚をそれぞれ掴んだ手も、泳法のために揃えた足も、その体勢のまま固定されている。

「ど、どうして……!?　何をしたの、シャルク！」

ツーもシャルクも、呼吸を必要としない魔族《まぞく》である。水中でも、十分に声は伝わる距離だ。

そうして敵に説明を求めるツーの態度は、やはり戦士としては甘すぎるのだろうか。

（縛られている！　ぼくの力でも振りほどけないくらいの何かで……）

「そうだな、ツー。お前には化物めいた力がある。鋼線でも、蜘獣《タランチュラ》の横糸でも、もしかしたら星深《せいしん》瀝鋼《れきこう》や竜鱗でも引き千切れるんだろう。だが、この世にはお前の体を縛れるものが一つだけあるよな」

「髪の毛を、ぼく自身に……！」

体を掴まれた瞬間のシャルクの動きは、目視できなかった。

恐ろしい速さでツーの髪を取って、ツー自身に絡めて結びつけたのだ。普段は三つ編みにしていたツーの髪は、最初にシャルクを引きずり込むために、数本だけ解かれた状態だった。

絶対的な強度を持つ自身の髪で、両腕と両脚を封じられて、水中へと沈んでゆく。

「埠頭を破壊されて……川に引きずり込まれた時には本当に焦ったよ。大したもんだ。あの一手で俺がやられていても、おかしくはなかった」

「シャル、ク……本当のことを、言って……！」

敗北が確定しても、シャルクの脚を離すわけにはいかなかった。

このまま諸共に沈めば、少なくとも、シャルクがウハクやキアを襲うことはない。

「シャルクが黄都《こうと》の言いなりになってるはずない！　だってシャルクには……アルスと戦う勇気があったじゃないか……！」

「……」

シャルクは、呆れたように首を傾けた。

「……悪いことは言わない。このまま沈んでおけ。この港も船も全て破壊されて、黄都《こうと》の連中も水中の捜索はすぐにはできない状況になった。何もかもが終わるまで身を潜めておけば……黄都《こうと》も、お前は永遠に無力化されたと信じるはずだ。大人しく、身を隠せ」

「シャルク……」

「何も考えずにお前を水辺に誘い込んだわけがないだろう」

水中での会話は誰にも聞かれることはない。

たとえシャルクに勝ってこの場を逃れても、黄都《こうと》の襲撃はどこまでも続く。

黄都《こうと》に確認できないかたちで魔法《まほう》のツーを『始末』することが、シャルクの目的だ。

「分かったら、俺の脚を離してくれないか？」

「えっ……!?　い、いやだ……！　どうしてもっていうなら、ぼくの拘束を外してから――」

「やれやれ。何度話しても我儘な奴だな……」

ツーの摑んでいた両脚が、腰から切り離された。

この水深で両脚を失ってしまえば、シャルクも同じく遊泳不可能になるはずだが……

「えっ」

脚を失ったはずの骨格は組み替わって、まるで騙し絵の如く、大腿骨《だいたいこつ》から先を取り戻していく。

それとも、今まで肋骨《ろっこつ》に見えていたものが、実際には脚だったのだろうか？

「自分で撒き散らした残骸と泡で見えなかったか？　お前に摑ませたのは、肋骨を分割して作った偽の脚だ。俺は、普通の骸魔《スケルトン》とは違って自由に骨格を組み替えられる体質らしくてな――お前が両脚を摑もうとすることも、実は分かっていた」

「な、な、シャルク……！　だ、騙したなっ！」

「――ちなみに、俺がこの位置と深さを狙って飛び込んだのは」

頭上から影が差す。破壊された船の残骸……それも巨大な金属部品が、ツーを押し潰すように沈んできている。

「お前を浮上させないためだ。その骨、いつか返してもらうぞ」

「シャルク――ッ！」

夜の水底に沈みながら、ツーは叫んだ。

◆

死闘を終え、破壊された埠頭に上がったシャルクは、ふと、その瓦礫の只中に目を留《と》めた。

そこには突き刺さった泥の鏃と、それに引っ掛けられた左足首から先の骨があった。

「……バカめ」

シャルクは苦笑して、自身の足を拾う。

奪い取った敵の足を、川に捨ててしまうこともできないのか。

そんな馬鹿なら、もしかしたら、くれてやった肋骨も大事に持ち続けるかもしれない。

「どこまでも甘いやつだな」

戦いの決着を見ていたものは、赤い大月と、青い小月しかいない。


第十二試合。勝者は、音斬《おとぎ》りシャルク。

十一　死と詩歌と歯車

音斬《おとぎ》りシャルクと魔法《まほう》のツーが互いを足止めするために戦闘を繰り広げていた一方、黄都《こうと》は別方面の作戦に、全ての処理能力を集中していた。

司令室には多数の参謀に加え、作戦責任者である黄都《こうと》二十九官三名——第九将ヤニーギズ、第二十卿ヒドウ、第四卿ケイテが集っている。緊張が漂っていた。

性質上、他二名の作戦はヤニーギズの作戦に合わせて実行される。

ケイテが機材調整を行う中、足を組んで座るヒドウが口を開いた。

「ヤニーギズ。釣りは上手くいくんだろうな？」

「キアは来ますよ」

世界詞《せかいし》のキアの討伐作戦を立案するにあたって、鏨《たがね》のヤニーギズはキアが未だ黄都《こうと》に留まっている動機を、入念に検討した。

キアは王宮襲撃という王国にとって最大の危機を招いたものの、イリオルデ陣営や旧王国主義者とは違い、初めから暴力で要求を通すことを目的としていたわけではなかったはずだ。

鏨《たがね》のヤニーギズは、襲撃時に彼女が話していた内容を記憶していた。

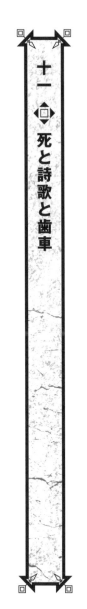

セフィトに会って通したい要求がある。そして、戦乱を忌避している。

これまでのキアの行いと照合すれば、それは混乱した支離滅裂な言動や、自らの暴力を正当化するための建前ではない――戦乱ではないかたちでセフィトに解決可能な、何らかの目的がある。

「極秘での作戦となってしまった点は、まあ、申し訳ありません。この場を借りてご説明しましょう。世界詞《せかいし》のキアは、万能に近い詞術《しじゅつ》を行使できる……あるいは、それに近い何らかの手段があることはご存知ですよねェ」

「そう考えるしかない、とは聞かされてる。俺は今のところ半信半疑だけどな」

「――にもかかわらず彼女は潜伏を続け、王宮襲撃で私達を無力化した際にも、強引に突破することはありませんでした。それはどうしてでしょうか？　……世界詞《せかいし》のキアは明らかに、強硬手段に伴う何らかの不利益を恐れています。まずは、それを探りました」

ヤニーギズは、紙資料の束を取り出した。

黄都《こうと》の警察機構である市衛兵は、警察庁の長である鏨《たがね》のヤニーギズの管轄だ。

「なんだそりゃ。調書か？」

「よォくご存知で。――北外郭第十五市衛兵詰所に置かせた罪状調書は、本来現場に共有される資料ではありません。見つかりやすいよう机の上に置き、キアに確認させるために配給しました。現地の兵は常に決まった時間に巡回に出て詰所を無人とし、巡回から戻った際、調書の位置や順番に乱れがないか……姿のない何者かが触れた形跡がないかを、調べさせたわけです」

「確実性がねえ。あの年のガキがわざわざ文字から情報を得るか？」

「それはヒドウさん、子供を舐めすぎですよォ。生きるためなら、子供は案外何だって勉強するものです。私もそうでしたからね。……ま、余談はともかくとして、キアが北外郭六条で捜査情報を得る手段は、この一つしかないようにしました。市衛兵詰所には常時一人だけを置き、交代の際にも必要最低限の会話しか行わせません」

犯罪者である限り、何も知ろうとせずに暮らすことはできない。戒心《かいしん》のクウロの天眼のような規格外の知覚能力の持ち主でもない限り、世界詞《せかいし》のキアは必ず情報を求める。

ましてや今は彼女自身のみでなく、ツーやウハクとも行動をともにしている。大鬼《オーガ》を匿えるほどの拠点は、容易には移動できない。安全を確保するためには、他のどの区画でもなく、北外郭六条の捜査情報を、確実に必要とする。

「そうして得られる唯一の情報源に、罠を仕掛けています。赤い紙箋《あかいしせん》のエレアの罪状調書です」

「……あァ？　エレアちゃんは死んだだろうが」

「ええ。ですから、まだ生きているかのような情報を与えて、反応を確かめたんです。キアは、毎日休むことなく調書を解読しているかどうか。赤い紙箋《あかいしせん》のエレアの調書が入っていない日の書類の乱れはどの程度異なるのか。調書内の人物が勾留されている施設を仄《ほの》めかすような記述を加えた時、当該施設に姿のない何者かの侵入痕跡が現れないか——」

赤い紙箋《あかいしせん》のエレアが世界詞《せかいし》のキアを兵器として利用していたことは確実視されているが、恐らくそれは、力や人質を背景とした脅迫で使役していたのではない。

警察庁で収集した当時の生活状況の証言を統合した限り、むしろキアはエレアを親のように慕っていた可能性のほうが高い、とヤニーギズは判断している。

「様々に内容を更新した調書を繰り返し読み込ませたのは、キアに徐々に文字を学習させ、解読能力を上げるための試験でもあります。――本日付で、赤《あか》い紙箋《しせん》のエレアを処刑する旨の通達を配布しました。エレアの勾留施設はドガエ盆地に隣接する放棄区画とし、現時点のキアの解読能力ならば、すぐさまその内容と地点に辿り着いたはず……」

「おいヤニーギズ！」

ヒドウは立ち上がった。

「何やってるのか分かってんのか⁉」

「ヒヒッ、人道的でしょう？　既に死んでいる者を、人質にするわけですから。これで確実に、世《せ》界詞《かいし》のキアを市街の外に誘き出すことができます。それとも、他の対案がありましたか？　全能の詞術《しじゅつ》の使い手を、たった一人で、確実に釣り出す方法が？」

「そういうことじゃねえ！　あんたらは……この期に及んでまだ化物の尾を踏むつもりか⁉　エレアが人質として有効だって分かっててそれをやってんだよな⁉　世界詞《せかいし》のキアが本当に全能の詞《し》術《じゅつ》士で……始末に失敗したら、そんな奴と今度こそ全面戦争になるんだぞ！」

「――それが何か？」

ヤニーギズはただ、濁った瞳でヒドウの顔を見返した。

なるほど。鎹《かすがい》のヒドウのような者には、この作戦を選んだ理由はきっと分からないのだろう。

「いいじゃないですか？　それともロスクレイにだけ命を賭けさせて、私達や黄都《こうと》は安全圏にいたいってことですかァ？　――世界を滅ぼす化物を、殺す話なんですよ。なんで、失敗した次のことなんか考えるんです？」

そんな未来はない。ロスクレイは死んだのだ。

将来の平和を見据えた戦いをする意味は、もはやなくなった。

ロスクレイの遺志を継ぐ。ただ、ただ、根絶するだけだ。

世界詞《せかいし》のキア。逆理《ぎゃくり》のヒロト。柳《やなぎ》の剣《つるぎ》のソウジロウ。

化物共だけが何も失わず、のうのうと生きているなど、許せるはずがない。

「殺す、と言ったでしょう。世界詞《せかいし》のキアには……エレアを死に追いやったことを後悔しながら、死んでもらいますよ」

「……最初からそのつもりでいやがったな、この野郎……！　何が作戦の分担だ！　相談もなしにそんな真似を……」

「煩《うるさ》いぞ、貴様ら」

機材調整を行っているケイテが口を挟んだ。

「また貴様らは無意味に紛糾しているようだが、勝てば問題はない。違うか？　メステルエクシルは確実に勝つ。何を心配する必要がある」

「確実だと!?　キアの能力がどの程度の代物なのかすらそもそも分かってねえんだ！　確実な勝算なんてあるわけないだろうが！」

「ならば、詞術《しじゅつ》を無効化できる不言《ふごん》のウハクとやらを確保してから奴を倒すのか？　フン。その段取りが破綻しているのは分かっているだろう。キアがウハクを匿っていた以上、奴が自分の意思でキアを封じてくれるはずもないのだからな」

不言《ふごん》のウハクを確保し、黄都《こうと》の切り札とする。その大方針は変わっていない。

しかし一連の不可解な離反によって、何よりもウハクを当てるべき脅威だったキアを、この方法で排除できる公算は限りなく低くなった。

「――力で上回る。それを為せる可能性があるのは、メステルエクシルだけだ。メステルエクシルは、ウハクのような愚鈍で使えん駒ではないぞ。ただ一体、メステルエクシルさえいれば……黄都《こうと》の脅威など、片端から排除できることを証明してやる」

ケイテが調整していた機材が光を灯す。

「全能殺しなど、ちょうどいい演習に過ぎん」

この作戦は、これまでの作戦のようなラヂオを前にした作戦指揮ではない。

機材には、緑色の陰影で浮かび上がった放棄区画の実際の映像が映し出されている。

内部の電子銃から照射された電子ビームによって、受信した光景を描画する装置――〝彼方《かなた》〟での名称を、ブラウン管という。

夜のドガエ盆地に防衛対象はない。メステルエクシルが全力を発揮する状況は整っている。

この作戦で排除できないのなら、どのみち、キアを倒す手段はない。

◆

周囲を囲むように、切り立った高い丘。前方にはうら寂しい廃墟が広がる。

元は商店の印を掲げていた看板が傾き、風化していた。赤茶色の土が夜風に舞う。

世界詞《せかいし》のキアは、ドガエ盆地の放棄区画に立っていた。

市衛兵詰所の資料を閲覧し、ここに向かうまでどんな思考を辿って、どんな詞術《しじゅつ》を用いたのかは、自分でもよく覚えていない。

ただこの場に向かうことを強く望んで、次の瞬間にはそうなってしまった。

(あたしのせいだ)

右手に、グシャグシャになった何かの感触があった。

詰所で手にした通達書を握りしめたまま、ここに来てしまったことに気付く。

(あたしのせいで、エレアが)

赤《あか》い紙箋《しせん》のエレアが、処刑されてしまう。

地方の詰所にはその情報も遅れて共有されたのだろう。当日になって、その通達書が届いた。

詳細な時刻は記されていない。ウハクやツーに知らせる暇もなく地図に示されていた地点へと移動したが、処刑はとっくに執行されているかもしれない。

今は、夜だ。

「エ……【エレアを守って】。【エレアを守って】。【エレアを守って】……」

ほとんど強迫的に呟きながら、放棄区画を歩いている。

エレアが勾留されている詳細な場所など分からないので、キアの詞術《しじゅつ》が届く限り、ありとあらゆる全ての対象に、そう命令し続けている。

「大丈夫。きっと大丈夫よ……だ、だって、処刑予定の時間より文書が遅れて届いてるはずないもの……。まだ間に合ってるはず……こ、黄都《こうと》なんて、他の街と違って、夜遅くまで仕事をしてるのが普通なんだから……昼間に処刑したりなんかしないわ、きっと……」

声に出して自分に言い聞かせていなければ、頭がおかしくなってしまいそうだった。

エレアは執行猶予を与えられていたはずだった。

(あたしのせいだ)

元擁立者として、キアの王宮襲撃の責任を取らせるための処分なのだという。

待っていても、エレアは正しく罪を償えるのだと信じていた。

本当は、都合よくそう信じたかっただけなのではないか?

戦いたくなくて、今の平穏を崩したくなくて、何もしなくてもエレアは無事に帰ってくると信じたがったキアの幼稚な願望が、こんなことを招いたのではないだろうか?

「エレア!」

キアは泣きながら、無人の街で叫んだ。

このボロボロの街のどこかにエレアがいる。こんな寂しいところに。

キアには、住民がいないことを怪しむ余裕などなかった。この場所が放棄区画であることを調べ、知ることとすらなくとも、望めばこうして来てしまえることが弱点だった。

「エレア！　ねえ、いるんでしょう!?　あたしが迎えに来たから！　だから……ねえ、お願い、一緒にイータに来て……！　もう会えないなんて嫌だよ、エレア……」

嗚咽《おえつ》交じりの泣き声を上げるしかない。

キアの詞術《しじゅつ》は全能なのに。何もかもができるはずなのに。

「あたしと一緒に、帰ってよう……」

――キアの言葉に、空が応えたようだった。

太陽のように、烈《はげ》しく暖かな光だった。

「エレ……」

空が融《と》ける。

死の熱線が全てを焼いた。

◆

「何が起こった!?」

まずは鎹《かすがい》のヒドウが叫んだ。

司令室のモニタはメステルエクシルの視界と同期していたが、莫大に放出された熱と電磁波のために、受信映像は酷く乱れている。

騒然とざわめく部屋の中で、円卓《えんたく》のケイテ一人だけが、傲岸に腕を組んで映像を眺めていた。

「貴様ら如きに理解できるとは思わんが、説明くらいはしてやる。〝彼方《かなた》〟の戦術弾道ミサイルだ。メステルエクシルの観測情報で照準を合わせ、既に生産していたミサイルを三基分、遠隔作動させて一斉に撃ち込んだ」

狂気じみた私情に突き動かされていても、ヤニーギズは有能だ。世界詞《せかいし》のキアを仲間から引き離し孤立させるという困難な仕事に関しては、完璧に果たしている。そうする必要があった。

窮知《きゅうち》の箱《はこ》のメステルエクシルが本来の性能で戦闘を行うためには、周辺に防衛対象や民間人が存在しない状況に、標的ただ一人を誘き出す必要がある。即ち――

「――核攻撃だ。世界詞《せかいし》のキアは一切、容赦なく殺す」


〝彼方《かなた》〟の科学技術史上最大の破壊力を有する、核分裂連鎖反応を利用した兵器である。

全てを融解させる熱、防御不能の衝撃波、そして地を汚染する毒。

その爆弾をミサイルに搭載し、世界詞《せかいし》のキアの直上、それも三基同時に炸裂させた。

世界詞《せかいし》のキアの能力はその出力限界すら未だ不明――トドウの意見はもっともだ。

よって、限界を叩き込む。

不安を払拭しようとして様子見の攻撃をするから、隙が生まれる。攻撃を決定した以上は、最初の一手から、考え得る最大限の攻撃を叩き込むべきなのだ。

「映像の乱れが戻りますよ！」

ヤニーギズが叫ぶ。核爆発が引き起こした電磁パルスはまだ残っているはずだが、メステルエクシルは、電波の送信手段すらすぐさま適応する――。

「……！」

モニタを見て、全員が沈黙した。

予想外の光景が映し出されていた。

三基同時の核攻撃は、キアを蒸発させるどころか……

「市街が無事だと……!?」

キアは、こちらの想像を絶する防御能力を有している。最悪の想定とはいえ、彼女を殺しきれない可能性をまったく想像していなかったわけではない。

故に、この敵を攻略するためには、不可解な思考を理解する必要がある――

「こいつは……市街まで守ったのか」

◆

「は？　え……」

地獄のような熱に晒される大地の只中で、キアはただ、狼狽《ろうばい》していた。

「何……？」

何の前触れもなく、太陽のような何かがキアの真上に出現したことまでは分かる。

眩しすぎる光を浴びて、目があまり見えない。頭が殴られたように痛い。

夜のはずなのに、まだ辺りが明るいままのように思う。

「……あ、【危ないものから】……【街を守って】……！」

未だ無事な街をよろめいて歩きながら、キアは後から詞術《しじゅつ》を唱えた。

致死的な熱線と衝撃波と放射線は、放棄区画の建物には一切影響を及ぼしていない。

全てを守る必要があった。どの建物にエレアがいるのか、分からなかったからだ。

だが、この意味不明な現象は、一体何なのか。

威力が大きすぎるために、キアはそれを攻撃だと認識できていなかった。

「黄都《こうと》に何か起こった……？　それとも、あたしの知らない……異常気象か何かで——」

とにかく、エレアを探さなければ。

先程の現象が続けて起こる可能性があるなら、尚更《なおさら》こんな場所にいさせるわけにはいかない。

「【エレアを守って】。【エレアを守って】。【エレアを守って】……」

その時、何か強い衝撃がキアの背中を打った。摑まれる。

視界が一瞬だけぶれて、回転する。地面が急激に遠ざかっていく。

恐ろしい速度で高度が上昇している。

たった今キアが通過した霧のようなものは、恐らく雲だ。

「え」

「――ははははははははははは！」

赤い単眼を備えた、球体めいた頭がギョロギョロと動く。

キアの体を巨大な手で掴んでいるのは、紺色の装甲を持つ、得体の知れない機魔《ゴーレム》だった。

飛んでいる。背中の機構からは眩《まばゆ》い光が噴射し続けていて、その推進力で、恐るべき高度へと連れ去られている……

「……ッ、何!?　あんた!?」

「ぼく、ぼくは、メステルエクシル！」

名前を聞いたんじゃない、と答えようとしたが、とにかく、悪夢のようなことが起こっている。

今、どれだけの速度が出ているのだろう。今の一瞬でどれだけ高く上昇してしまったのか。

常人ならば即死するような加速度と風圧に晒されているのだろうが、詞術《しじゅつ》で守られたキアの生命には一切の影響はない。むしろ、エレアを守れない距離にいることが恐ろしかった。

(大丈夫。エレアの周りには詞術《しじゅつ》をかけているんだから。こんなよくわかんないやつ、すぐに)

「キアって、いうんだよねえ!?　だれに、つくってもらったの!?」

「はあ!?」

「ぼくはメステルエクシル！　かあさんに、つくってもらった！　さいきょうの、こども！」

「メステルエクシル……あんた、まさか、勇者候補……ッ！」

――窮知《きゅうち》の箱《はこ》のメステルエクシル。彼のことも、名前だけは聞いたことがある。

それがなぜこんなところに現れて、その上キアを連れ去っているのか。

空の色までもが変わって、藍色に澄みはじめている。雲を見下ろしている。

先程の恐ろしい光に伴って生じたものだろうか。傘のような黒い雲が眼下にある――

「【エクシルよりメステルへ《exiliomestel》。窕より汲み上げる《maclast shar naptes》。矩形の楓《saltobasa》。彗星衝突の渦の底《sidqudlar ist mia tecnast》――】」

(エレア……エレアは、どこにいるの!? 何かおかしなことが起こってる。これって、あたしを助けてるとか、話をしに来てるとかじゃ、なくて――)

至近距離から、何かを突きつけられている。

「【――迫れ《deddy》】。〝XM1060 サーモバリック〟」

未だ太陽の熱を帯びる大地の遥か上空。夜天に、星の輝きがまた一つ灯った。

◆

司令室のモニタの映像は再び途切れた。

メステルエクシルの工術《こうじゅつ》によって生成された機材とはいえ、こちらの世界で製造できる装置規模では、成層圏に位置するメステルエクシルからの映像を受信することは困難だ。

「ケイテ。メステルエクシルは何をしやがった」

ヒドウが、何も映さないモニタの様子に苛立《いらだ》ったように尋ねる。

これでは司令室に〝彼方《かなた》〟の機材を導入した意味がない。

「核攻撃が無効だった以上は」

一連のメステルエクシルの戦術は、ケイテの指示によるものだ。

メステルエクシルが地上にいる限りは、〝彼方《かなた》〟の兵器とメステルエクシルの性能を熟知するケイテが、最大限に力を発揮する戦術を与えることができる。

「世界詞《せかいし》のキアには、自動的、かつ無敵の防御力があることが分かった。これを突破する方法としてまず一手。キアを摑んだメステルエクシルの手からは、ＶＸガスが湧出している」

「チッ、また〝彼方《かなた》〟の兵器かよ……」

「フン。貴様らなどには想像できん手段だからこそ意味があるのだ。ＶＸガスは無臭の液体で、衣服越しに暴露しただけでも意識喪失や麻痺《まひ》、呼吸困難を引き起こす──キアが意識した攻撃、あるいは熱や衝撃のみに対策して防御している場合、これで死に至らしめることができる」

「キアは意識外からの攻撃も防御している。第四試合で、アンテルが飛ばした剣を防いだって話は知ってるだろ。自分でも気付いている様子がなかったらしい」

「──仮に、そうだとしても有効だ。キアの完全防御が永久に持続しない、と仮定すれば、衣服に付着したＶＸガスは、数日間残留して毒性を発揮し続けるからだ。戦闘の中で防御を解く必要に駆られれば、即座にキアは意識を失い、死に至る。全能に近い詞術《しじゅつ》を仮定したとて、性質すら知らん未知の毒物には対応できまい」

「防御を解く必要がない、と考えることもできるぜ。不意打ちが効かねえってことは、展開したままでも日常生活に支障がない防御ってことだろ。魔法《まほう》のツーも似たようなもんだ。十分あり得る」

「日常生活に支障がない、ということは、酸素は行き来しているということだな？　メステルエクシルを使ってキアを高高度にまで引きずり上げたのは、その酸素を欠乏させるためだ。その上で、サーモバリック爆弾を至近距離からキアに撃ち込んだ。可燃性物質を雲の如く広域散布し、しかる後に大規模な着火爆発を引き起こす。威力は先の核に及ぶべくもないが――」

無論、その爆発規模と爆風の持続性は、それだけでも過剰なまでの殺傷力を誇る。

だがサーモバリック爆弾の真の恐ろしさはその点だけではない。

「空中の酸素を消費し尽くして、瞬時に窒息させる。完全な防御を破る手段は、欠乏だ。生命維持のために必要な供給を全て断ち、殺す」

◆

先程までとは一転して、キアは落下していた。

夜の果て。雲。星。

混乱する頭の中を、一つ一つ整理していく。

(攻撃だ)

比喩ではなく、空気そのものが燃えるような攻撃だった。

至近距離から撃ち込まれた何かが、キアを爆心地にして爆発した。

(攻撃。攻撃された……！　メステルエクシルが、あたしを殺そうとしてるってこと!?　どうしてこんなところに……それに、エレアは……!?)

エレアが生きているなら、詞術《しじゅつ》で守られているはずだ。自分の体がこうして無事なのだから、同じように他人を守ることだってできる。まずは、メステルエクシルへの対処だ。

「何の理由があって、あたしを……！　あたしが王宮を襲撃したから!?」

「はははははは！　そう！　ぼくは……ゆうしゃこうほだから！　まおうじしょうしゃを、たおす！　かっこいいでしょ!?」

空からは、銃撃と爆撃が絶え間なく降り注いでる。

高速飛行するメステルエクシルは、自由落下するキアを正確に狙い、キアがこれまで見たこともない銃火器や、目では捉えられないような速さの何かを無数に撃ち込み続けている。

何をされているのかすら分からない。キアが浴び続けているこの弾雨の物量だけで、小さな都市程度なら、とうに吹き飛んでいるのではないだろうか？

「いきなり、攻撃して、何が、かっこいいのよッ！」

――そして。

その殺戮の嵐の中でなお、世界詞《せかいし》のキアは生存し続けていた。

付着したＶＸガスを分解している。欠乏した酸素を自動的に生成している。

過酷な空気圧と加速度を相殺し、その上で、あらゆる攻撃に対応する熱術《ねつじゅつ》と力術《りきじゅつ》を常時展開する。

世界詞《せかいし》のキアは、意識することすらなくそれら全ての処理を同時に行っている。

詞術《しじゅつ》とは、言葉によって世界の様々な対象に頼む技術である。

キアが【危ないものから、私を守って】と命じている対象は、全てだ。

衣服が、空気が、全ての法則が、キアを生かすように働く。

それはキア自身の処理能力すら必要としない――天才を越えた魔才は、常人が想像し得る条理のさらに上位の階層から、智謀《ちぼう》の全てを踏みにじる。

「ははははははははははははは！」

「メステルエクシル……あんた、身の程を分かってないわね！」

金色の髪を墜落とともに靡《なび》かせながら、キアは、揺らめく影を指差した。

「【壊れて】！」

「は――」

メステルエクシルの手足が分解した。

頭と胴も捻れて壊れ、機魔《ゴーレム》としては完全に機能を停止する。

「魔族《まぞく》ごときが……調子に、乗るんじゃないわよ！」

魔族《まぞく》の核を殺したわけではない。その一線を越えずとも、メステルエクシルを無力化する程度なら、キアの詞術《しじゅつ》には造作もないことだ。

「――【下ろして】」

落下する体はほとんど光のような速さで、再び霧の渦へと突入する。ドガエ盆地の雲だ。

元の地点に戻れるように、慣性を制御している。メステルエクシルに構っている暇などないのだ。

市街を確認しなければ。

キアが、着地を意識した時。

「はは、ははははははははは……」

「え……!?」

雑音交じりの笑い声に、空を見上げる。

空には、完全な状態を取り戻したメステルエクシルがいる。

「どうして!?　壊したのに……ッ！」

攻撃が効いていないのではない。再生している。

思えば上空に連れ去ってからの攻撃でも、この機魔《ゴーレム》は自分の体ごと爆破してはいなかったか？

右腕から生えた銃身の束が回転する。

「〝GAU－19／B〟」

雷の中に放り込まれたような音と衝撃が降り注いだ。

火線が地上をなめるごとに、廃墟が紙細工のように崩れていく。

それは直撃せずとも銃声だけでも鼓膜を破り、内臓を軒並み破裂させる程の威力であるが、ただの森人《エルフ》の少女に過ぎないキアは、攻撃の只中にあってやはり完全に無傷だ。

「……ッ、【エレアを守って】！」

もはや何度目かも分からない詞術《しじゅつ》を唱える。

何もかもを実現する全能の詞術《しじゅつ》だと分かっていても、ひどく不安だった。

キア以外の誰かが、こんな破壊に耐えられるはずがない。少しでもキアの詞術《しじゅつ》が間違っていたら、エレアが巻き込まれて死んでしまうかもしれない。

キアに供給される酸素量には異常はないが、不安と恐怖で、心因性の過呼吸が起こっていた。

「もう、いい、から……！　【壊れて】！」

「あっ」

メステルエクシルは破裂した。

腕や脚のような単位ではない。装甲材や部品の一つ一つが完全に分解されて、バラバラの何かとなって散った。復活はできない。エレアを探さなければ――

「【階梯を終端なく彷徨い溶融する時の構造を奉じ片眼の獣が囲む底なき魚群陥穽《ilmeswer myutem rextasshard har akzə lionzialhart ectolia》――】」

「何……何よ……」

キアは、薄ら寒いものを感じて振り返った。

何度も立ち上がってきたロスクレイのような、気味の悪い感覚だった。

「はは、はははは」

再生不可能な単位にまで分解したメステルエクシルが、再び、構築されはじめている。

◆

復旧したモニタの映像は、未だ残る電磁パルスで大きく乱れている。

だが、その乱れた映像も、確かに世界詞《せかいし》のキアの健在を知らせていた。

「くそったれが……！　ケイテ！　俺はウハクをぶつける流れで動くが、いいな！」

「ケイテさん！　次の策はあるんでしょうね!?」

「騒ぐな愚物ども！」

おかしい。不可解だ。条理に合わない。

メステルエクシルは、ケイテの指示した攻撃を忠実に遂行している。

最大限に効率的な殺し方だ――切り札を出し惜しみする理由はなかった。

ケイテは間違いなく、全能殺しに最も有効な作戦を最初にぶつけた。

（まさか。本当に無敵なのか？）

次の手を考えなければならない。だが、全ては二番手以降の策だ。

苦し紛れ以上の意味があるのだろうか？

「全能を殺す方法など、まだいくらでもある……！」

世界詞《せかいし》のキアは本人が認識できない攻撃も含めて、全ての悪影響を遮断しているとしか思えない。酸素の欠乏のような裏口から、これを突破することもできない。

詞術《しじゅつ》が作用する世界そのものの想像力が及ぶ限り、上回ることのできない特異点。

ケイテの頭脳はその結論に思い至ってしまう。手立てなど思いつかない。

〈ケ……ケイテ！〉

通信機から、雑音交じりの声が届く。

窮知《きゅうち》の箱《はこ》のメステルエクシルだ。たかだか二度分解された程度で、滅びることはない。

「メステルエクシル！　常時展開している防御を貫通する攻撃が必ずあるはずだ。まずは奴の意識から外れろ。その場を一旦撤退して、順に検討を……」

〈ケイテのめいれいは、いや！　ぼ、ぼく、じぶんでやっていい!?〉

「なに……!?」

〈キアと、たたかいたい！〉

「自分勝手を言うなッ！」

ケイテは焦り、叫んだ。

メステルエクシルは心と自由意志を持つ魔族《まぞく》だ。キヤズナはともかく、ケイテの命令に対しては必ずしも服従するわけではない。だが、他の二十九官が立ち会っているこの場での暴走は、制御が外れたと見做される可能性がある――

「俺達の目的を思い出せ！　貴様が命令に逆らったら全てが水の泡になるんだぞ！」

〈さからってない！　キアをたおす！〉

「――本当に倒せるんですね？」

ケイテの通信機を横から奪った者がいた。鏨《たがね》のヤニーギズである。

目は爛々《らんらん》と輝いている。殺意の光だ。

〈うん！　ケイテより、ぼくのほうが、あたまがいいから！　はははははははは！〉

「許可します。世界詞《せかいし》のキアをこの場で殺してください」

「ヤニーギズ、貴様、勝手に……！」

「何か問題でも？　この本部の最高責任者は、私です。それに司令室の機械越しにしか戦況を窺《うかが》えない私達より、現場で戦闘するメステルエクシルが突破手段を考えるべきでしょう。目的を見失わないでくださいよ」

「この俺が、何のためにメステルエクシルの制御についていると思っている……！　貴様こそ、ロスクレイの復讐に目が眩《くら》んでいるだろうが……！」

「そう見えますか？　仮にそうだとしても、目的への意識はアナタ方より高いと思いますがねェ。勝ち目がないので別の手立てを試す。それ自体は良いでしょう。けれどそれに加えて、メステルエクシルにも徹底して戦闘させるべきだと思いませんか？」

「……」

「メステルエクシルがキアに撃破されるとしてもです。そうでしょう？」

窮知《きゅうち》の箱《はこ》のメステルエクシルを世界詞《せかいし》のキアとぶつける。

この構図は六合上覧《りくごうじょうらん》と同じだ。仮にメステルエクシルに勝ち目がなかったとしても、キアがメステルエクシルを殺すことさえできれば、黄都《こうと》の脅威は一つ減るのだ。

だが、そうして潰し合った先に何が残るのか。

ロスクレイが死んだ今、もはや誰も未来を見ていない。

（メステルエクシル……死ぬなよ！　こんなところで……！）

◆

「……わかった」

地上。廃墟の市街。

再生していくメステルエクシルを前にして、キアは、一度だけ深呼吸した。

あまりにも多くのことが起こって、頭を整理するのにひどく時間がかかってしまった。

あるいは、考えたくなかったことだからかもしれない。

「わかった。……メステルエクシル。あなた、黄都《こうと》の命令であたしを殺しにきてるんでしょう」

「こうと!? そうなのかなあ!」

「そうよ……今考えると、あの書類は、初めから罠だったんだわ。いくら罪人だって、こんな中央市街から離れた廃墟に閉じ込めておくわけない……ここは最初から、あたしを攻撃するための街だったんだ。あたしがエレアを助けに行こうとするって知られていて……」

「エレアをたすける!? ぼ、ぼくは、ケイテをたすけてやってる! キアをたおせば、ケイテがえらくなるし、ぼくも、ゆうしゃこうほに、なる!」

「バカね。あなたも、きっと騙されてるわよ。そのケイテって人はあたし知らないけど、他の誰かに人殺しさせて偉くなろうって思うような奴なんて……」

自分が話している内容に、どこか嫌な違和感を覚える。

キアは騙されていた――それはここに誘き出された時からだろうか？

「……っ、メステルエクシル！　あなたはエレアの居場所を知らないの!?　あたしを罠にかけた奴らは、エレアのこと知ってるのよね!?　正直に話せば殺さないでおいてあげる……！」

「え!?　ころす!?　キアが、ぼくをころすの!?」

メステルエクシルは、心底驚いたようだった。

まだ分かっていないのか。これだけ圧倒的な力の差を見せてやったばかりなのに。

「そうよ……いい？　あたしが死ねって言えば、みんな死んじゃうんだから。これだけ見せてあげて、まだ分からないの？」

「はははははは！　わかんない！　でも、キアをたおすほうほうは、わかった！」

そんな方法が、この世に存在するわけがない。

まして、今までのメステルエクシルの攻撃は何一つキアに通用していないのだ。

様々な攻撃を試した結果として、何もかも無意味だということしか分かっていないのだから、何らかの突破手段を学習することだって不可能だ。

「はははははははは」

メステルエクシルが新たな兵器を創造する。キアには想像もつかない何か。

それも、今となっては無関係なことだ――

「【止まって】」

「う」

「あたしの勝ち」

メステルエクシルが停止する。何度破壊しても再生する特性には多少驚かされたが、破壊せずに無力化してしまえば、初めから問題はない。

「何度もやって分かってるのに、無駄なことさせないでよね。本当に……」

キアは踵《きびす》を返《かえ》す。この街を立ち去ろうかと考える。

だが、飛行の詞術《しじゅつ》を唱えようとして、キアは迷った。

(もしかしたら。万一、本当にエレアがここに捕まっていたら？　そうよ……罠だったとしても、書類が偽物だったなんて証拠にはならないんだから……)

ミサイルの弾雨が殺到した。

連鎖的な爆発が地形を変えて、キアの視界に映る光景は物理的に攪拌《かくはん》された。

崩れる大地に振り回され、爆炎の中心から破壊を見ることになる。

「メステルエクシル……！」

「「「ははははははははははははははは！」」」

メステルエクシルの動作は完全に停止させた。そのはずだ。

だが、上下左右、全ての方向から聞こえる哄笑《こうしょう》は……

「何、これ……ッ！」

炎の向こうには藍色の機魔《ゴーレム》がいる。

キアを包囲するように、数十体。その全てがメステルエクシルだった。

「「「と、とめても、むだ！」」」

メステルエクシルは、未知の兵器を作り出す。キアの足元にも及ばないとしても、常識では考えられない工術《こうじゅつ》の使い手である。

ならば、自分と同じ機魔《ゴーレム》の体そのものすらも複製してしまえるのではないか。

先程倒した個体すら、あるいは本体に似せた子機の一つに過ぎなかったのか。

攻撃がいつまでも続く。その凄まじさも漠然としか意識できていないが、少なくとも、この大地ごとキアを消し飛ばすような火力が投入されている。

だが、どれだけの物量で攻め立てようが……

「【止まって】」

絶え間ない爆発と炎に晒されながら、視界に映る全ての機魔《ゴーレム》を停止させる。

確かに、視界に映る限りのメステルエクシルは停止した。だが、止まらない。

その向こうのどこかから、地平線を越えるような射程からも、絶え間なく爆撃が降り注ぎ続けている。キア自身に一切の傷はないが、視界が塞がれている。

「まぶ、しい……何なの、これって……!?」

白い光が、キアの感覚を埋め尽くしている。

爆撃の中に混入して散布されているアルミニウム粉末と過酸素酸カリウムが、閃光をキアに浴びせ続けているのだ。

世界詞《せかいし》のキアは、一切の危険から保護されている。常人では即座に意識を失う閃光の影響下でも、キアが感覚を失うことはない。

だが、眩しすぎる。平衡感覚がおぼつかない。

（――光。強すぎる光は……『危ないもの』だって分かる。だけど、いったいどの程度からが『危ない光』なの……!?　あたしは生きていられるし、行動だってできるけど……）

常時発動している防御では、生命や意識の維持に問題ない範囲での許容量上限を流し込まれてしまうということなのか。

光だけでなく、音もそうだ。先程からあまりにも激しすぎる攻撃音を聞きすぎて、何かが麻痺している。メステルエクシルの詞術《しじゅつ》詠唱の兆候を聞けていない。

「……ッ、【鎮めて】！」

詞術《しじゅつ》を行使して、周囲の破壊と光と音を一斉に沈黙させる。

空を覆い尽くしていた、放射性物質を含む煙すらも消えた。

急激すぎる静寂が訪れて、逆に頭を殴られたようにふらついてしまう。

光に目が慣れ切っている。夜が暗すぎる。

すっかり天高くに登っている、大月と小月だけが鮮明だった。

「――」

メステルエクシルの群れは、機能を停止した残骸と化していた。

陥没した地形の只中で、キアは数歩、よろよろと進んだ。

気分が悪い。目眩《めまい》がする。

体が、意に反してガタガタと震える。

「あれ……」

「キ、キア！」

足元に、三本の脚が生えた球体のような機魔《ゴーレム》が転がってくる。

メステルエクシルの子機だ。自分自身を複製できる者を、倒し切ることなどできない——

「もう、しんだ!?」

「死……？　う、ぐぶっ」

立っていることができず、嘔吐《おうと》してしまう。

体調が悪いという感覚すら、初めて体験するものだった。

声が出ない。

（何もされてない……あたしは、何も……）

生体に影響を及ぼす遍《あまね》く物質には、致死量が存在する。

酸素も例外ではない。生命維持に普遍的に必要な物質でありながら、一定以上の高濃度を吸引すれば、生体の解毒機能を超え、有害な作用をきたす。

目眩や視野狭窄《きょうさく》、痙攣《けいれん》、呼吸困難等の症状を呈する。

ごく短時間で死に至ることすらある。

世界詞《せかいし》のキアを襲っている症状は、酸素中毒である。

キアの自動防御は、物理的な破壊を遮断し、有毒物質を分解し、光や音すら生存に適した環境へと自動的に調整するものだ。それはキア自身の判断能力を必要とせず、彼女が知覚しているか否かによらず、世界そのものがキアを生かそうとする力である。

ならば光や音とは異なる、欠乏が攻撃となる要素の場合はどうだろうか？

メステルエクシルが全周囲から飽和的に撃ち込み続けたサーモバリック爆弾は、キアの周囲の空間から酸素を枯渇させた。だが、メステルエクシルが無限の子機群を生み出し、キアを包囲していた理由は、その飽和攻撃のためだけではない。

爆風の圏外で、高濃度の酸素を作り出し続けるためである。

一方で爆風の中でも、キアを生かそうとする世界は、酸素枯渇という脅威に応じて酸素を生成しはじめる。

その状況下で、キアは自らの意志によって感覚を塞ぎ続ける爆発を消滅させる。

継続的な爆発で高まっていた周辺の気圧が瞬時にして低下し——

結果として、メステルエクシルが生成し充満させていた高濃度酸素が一気に流れ込む。

脅威を自動的に感知する防御反応も、この瞬間、酸素にだけは無力だ。キアが爆風を消し去る直前まで、キアの生命維持のために、まさにその酸素を生成しよ、う、と、し、て、い、るのだから。

視界を制約する光は、酸素を生み出す子機群を、キアに知覚させないため。

そして子機群を用いた戦術は、ただ一言でメステルエクシルを無力化可能なキアに対して、無力化されていない個体群でこの攻撃を絶え間なく継続するため。

メステルエクシルは、ただ破壊されるたび再生を繰り返すだけの兵器ではない。

破壊され再生する中で、敵の攻撃能力に適応した生存能力を獲得し、敵の防御能力に適応した攻撃手段を演算する――人外の学習速度こそが、窮知《きゅうち》の箱《はこ》のメステルエクシルの怪物性の真髄である。

「キア！　はははははは！　たおれたよね!?　いま、たおれた！」

キアにつきまとう子機が、無邪気に笑い続ける。

（だめだ、息が……あれ、あたし、どうやって、息……）

地を這って、朦朧とする意識で、この状況を脱する手段を考えようとした。

何も浮かばない。思考する機能が働いていないと感じる。

一言でも詞術《しじゅつ》を唱えられれば良いが、呼吸が詰まって、それができない。

後から詞術《しじゅつ》を唱える。そうすればいい。だが、どうすればいいのだろう？

普段のキアは、因果を遡ることなど意識さえしていなかったのだ。息が詰まって、声が出せない。

ならばもはや、今からでは後追いの詠唱もできない。

（……？）

苦しいとか恐ろしいではなく、不思議な気分だった。

あらゆる事象を一言で実現してきたキアが、初めて感じた疑念だった。

（あれ……？　あたし、死ぬんだ……？）

それは、キア以外の心ある生物にとっては、まったく当たり前のことだった。

誰もが死ぬ。それはとっくに知っていた。

キアがあれほど慕っていたエレアだって、きっと死ぬ。

それを恐れていたから、キアはこんなにも必死だったのだ。

だけど自分も死ぬなんて、十四年生きてきて、一度も想像したことがなかった。

「キア！」

上から声が届く。今度は子機ではない。赤い単眼がキアを見下ろしている。

キアが伏せているこの地面が、先程までの攻撃で深く抉れていたことに気付く。

これだけの破壊の中でも生きられた自分が、死ぬ。

「も、もう、しぬ!?　ぼく、がんばったでしょ!?」

(すごいな)

ぼんやりとした精神の反射で思う。

言葉が終わらないうちに、メステルエクシルが銃撃の嵐を撃ち込んでいる。自動的な詞術《しじゅつ》の防御がそれらを全て防いだ。意識が朦朧としている今の状態で、自動防御が解けている可能性を試しているのだ。――徹底している。

殺すことから目を背け続けてきたキアとは正反対に、誰かを殺すことに、ここまで徹底した手段を取れるような者がこの世界にいる。

「はははははは！　ぼくは、メステルエクシル！　かあさんにつくられた、さいきょうの、こども！　だからいちばんつよい、ゆうしゃになって、かあさんを、たすける！」

(母さんを……助ける、ですって？　それなら……あたしのほうが、よっぽど)

助けたいと思っているのに。絶対に、自分などのせいで死なせるわけにはいかなかった。

自分の死を想像しなかったキアでも、死にたくなかった。

キアが死ねば、本当にエレアは一人ぼっちになってしまうのだから。

だから。

(エレアを――)

その思考を最後に、意識が途切れる。

暗闇。


「しんぞう！　しんぞう、とまったかな!?　ははははははは――」

メステルエクシルは、哄笑の最中も銃撃を浴びせかけていた。

そこに悪意はない。ただ、殺戮への無邪気な喜びがあるだけだ。

世界詞《せかいし》のキアは死んだ。センサで知覚しているキアの鼓動が止まり、体温が低下していく。

「はははははははははははは」

爆発と閃光の嵐が続く。キアはまだ原型を保っている。

全能の詞術《しじゅつ》の自動防御は、死体に対しても継続的に発揮されるのだろうか？

――そうではない。異変が起こっていた。

世界詞《せかいし》のキアが、平衡を欠いた人形のように、立ち上がりはじめている。

心臓の鼓動が不自然に再開する。体温は低いままだ。

体を動かす力はとうに失われているはずだが、例えば筋肉を持たぬ骸魔《スケルトン》や幽魔《ゴースト》が、複雑な力術《りきじゅつ》の相互作用だけで動くように――

「な…………」

呼吸不全に陥っていたはずの声帯が動き、声を発した。

「【治って】」

「あれ？　おか……」

メステルエクシルが異変を理解する。

対応する時間はない――キアの攻撃は一言で完了するのだ。

キアの体に、熱が戻った。

「【死んで】」

メステルエクシルはその場で倒れた。

世界を揺るがすような攻撃も停止する。

それこそが最強の攻撃手段だ。

最後の言葉すら与えず、直接的な死を押しつける。

世界詞《せかいし》のキアには初めから、その権能がある。

「……あ」

キアは、目の光を取り戻した。自分の体の不調が完治していることに気付く。

まともな言語を喋れるような意識もなく、声帯を動かせない状態から……彼女自身が、体を苛んでいる分の酸素を瞬時にして除去したということになる。

体の自由を取り戻し、メステルエクシルを抹殺する一連の動きは、キアの意志ではない。

赤《あか》い紙箋《しせん》のエレアを想ったことで、体が勝手に動いたと考えるしかない。

「そうか、あたし……あたしが、やらなきゃいけないから……」

キアを生かしたのは、攻撃と同時の詞術《しじゅつ》でも、攻撃の後からの詞術《しじゅつ》でもない。

攻撃前に、既に行使していた詞術《しじゅつ》である。

キアが、この盆地に到着してから繰り返していた詞術《しじゅつ》がある――【エレアを守って】。

ありとあらゆる全ての対象に、そう命令し続けていた。

その詞術《しじゅつ》が何よりも強く作用していた対象がある。

――世界詞《せかいし》のキア自身。

エレアがまだ生きているのなら、彼女を守れる者は世界詞《せかいし》のキアしかいない。

死に際、キアの心に灯った認識が、世界詞《せかいし》のキアを自動的に生存させた。

「さが、さなきゃ……」

陥没した大地から這《は》い出《だ》すように、また歩き出す。

完全な健康体を取り戻していることが、却って不気味だった。

他者を治すために詞術《しじゅつ》を使ったことは初めてではない。けれど過去のヤウィカの一件以来、自分の肉体を変質させる詞術《しじゅつ》を行使したのは、もしかしたら初めてかもしれない。

それは恐れていたからだ。

今のキアは、本当に先程までのキアと同じ存在なのだろうか？

そして、ついに、キアは。

（詞術《しじゅつ》で、殺した――）

意識がない間の、ほとんど自動的な防御反応だったとはいえ、メステルエクシルを殺した。

理解している。初めからそうしていれば、これほど追い詰められることもなかったのだ。

今も、第四試合のロスクレイの時も。

絶対《ぜったい》なるロスクレイが死んでしまったと、皆が噂している。いずれにせよそうなる運命なら、あの時キアが殺していれば、エレアが捕まることもなかった。

（大丈夫よ。大丈夫……魔族《まぞく》は、人じゃないもの。授業でも言ってたじゃない。魔族《まぞく》は魔王自称者が作る……人殺しの怪物だって……。それが、あたしを騙して、こんなに苦しめて、殺そうとした……だから当然よ。当然の報いだわ……殺すくらいのこと……！）

精神をじわじわと蝕む黒い実感を、自覚したくなかった。

魔族《まぞく》が相手だとしても、踏み留まっていた一線を、越えてしまったのだ。

キアは灰境《かいきょう》ジヴラートや簞《した》のキャリガのような、進んで殺し合いをするような人種とは違う。そんな手段に頼らなくてもいいくらい、隔絶した最強でいられたはずなのに。

「う、ぐっ」

何一つ異常なく治ったはずの体に、吐き気が襲ってくる。

キアは、放棄区画の市街に戻ってきていた。

あれだけの破壊の中でもなお、市街の建物だけは、不自然なほどに損傷なく残っている。

エレアを探すのだ。メステルエクシルを殺したのだから、時間はあるはずだ――

「――なんで？」

声があった。

球体に三本の脚が生えたような子機が、キアの足元に転がっていた。

「……」

「エレアを、さがしたいんだよねえ？」

――メステルエクシルは死んだ。

だがそれは、殺意ある攻撃ではなく、自動的な防御反応で行使された詞術《しじゅつ》に過ぎない。

世界詞《せかいし》のキアは、機魔《ゴーレム》の核である造人《ホムンクルス》の存在を認識していない。機魔《ゴーレム》が殺されてなお造人《ホムンクルス》が機魔《ゴーレム》を再生し、造人《ホムンクルス》が殺されてなお機魔《ゴーレム》が造人《ホムンクルス》を再生する。そしてその二つを同時に殺すことはできない。それが、窮知《きゅうち》の箱《はこ》のメステルエクシル。

「あんた、なんで生きて……」

「さがさないの？」

「……っ」

探している。ずっと探している。

だから今、こうして放棄区画の建物を見て回ろうとしているのではないか。

キアの行動は、何一つ矛盾していない。

メステルエクシルのような魔族《まぞく》に、キアの何が分かるというのか。

「黙って。いいから……」
「なんで、さがさないの？」
純粋に興味を抱いた子供のような、無邪気な問い。
メステルエクシルは、人外の学習速度を備えた兵器である。
――分かったのだ。
キアの詞術《しじゅつ》は、本人の認識を超えた、処理不可能な情報すらも処理することができる。
最初からそれができるのならば、この戦闘すら最初から成立していたはずがないと。
リチア火災の時、無我夢中で使った詞術《しじゅつ》を、キアは無意識的に忘却している。
本当に些細《ささい》な、ただ布片を動かすだけの詞術《しじゅつ》。
エレアとともに、居場所の分からない月嵐《げつらん》のラナを探したように――
(最初から)
メステルエクシルは、そう言いたいのだ。
(なんで、詞術で探さなかったの？)
心臓がどくどくと脈打っている。
何一つ異常なく治ったはずの体が、際限なく汗を噴き出していた。
分かる。たったそれだけの、簡単な詞術《しじゅつ》で分かる。
逃げ回ったり、情報を集めたり、メステルエクシルと戦う必要すら、本当はなかった。
「【エレアを】」

掌に乗せた布片が震えているのが分かる。

違う。震えているのはキア自身の手だ。

言ってはならないと分かっているのに、呟いてしまう。

もしかしたら、また会えるかもしれないから。

ここにいないことを確かめるまで、メステルエクシルといつまでも戦うしかないから。

「【エレアを探して】」

キアの詞術《しじゅつ》は、確かに布片に疎通した。

全能の詞術《しじゅつ》だった。

エレアがこの世界のどこにいても指し示すはずだった。

「……さ、【探して】って……言ってるのよ。ねえ」

布片は動かなかった。

もう一度会いたいと願っていた。

罪人として追われるのも、誰とも話せないまま暮らすのも、本当は辛かった。

そんな苦しみに耐えてでも、いつか一番いい方法を見つけて、セフィトと交渉をして、そしてエレアともう一度会いたいと願っていたのだ。

会わなければいけなかった。

「あ、ああ……」

なぜなら――もう二度と、エレアと会えないとしたら。

それはあの時、キアが彼女を死なせたということなのだから。

「やだ。やだ……【探して】！　【エレアを探して】！　エレア……エレア……！」

泣き叫んで、怒りをぶつけても、布片は動かなかった。

こんなにも簡単な詞術《しじゅつ》なのに。少しでも動けば、それだけで嬉しかったのに。

「あ――」

涙に濡れた目で、目の前の光景を見る。

キアが必死に守ったのは、ただの死滅した街だった。

この世界のどこにも、赤《あか》い紙箋《しせん》のエレアはいない。

もう、二度と取り戻せない。

「あああああああああああ！」

キアは叫んだ。

世界に願うのではなく、怒りのままに出鱈目に命じた。

「【壊れろ】！」

命じた通り、無人の家屋が粉砕されて消える。

この世界は何もかも、キアが思う通りになる。

バカにしている。

「【壊れろ】【壊れろ】【壊れろ】【壊れろ】【壊れろ】【壊れろ】【壊れろ】【壊れろ】【壊れろ】【壊れろ】【壊れろ】【壊れろ】【壊れろ】【壊れろ】【壊れろ】【壊れろ】【壊

れろ】【壊れろ】【壊れろ】【壊れろ】【壊れろ】！」

ドガエ盆地の放棄区画は、跡形もなく消滅した。

世界詞《せかいし》のキアがそう望んだ。

目に映る全てを破壊し尽くして、キアは姿を消した。

十二　魔王再生

音斬《おとぎ》りシャルクが運河で魔法《まほう》のツーを食い止め、窮知《きゅうち》の箱《はこ》のメステルエクシルがドガエ盆地で世《せ》界詞《かいし》のキアの抹殺を遂行する中、北外郭六条では黄都《こうと》の部隊が不言《ふごん》のウハクを包囲していた。

不言《ふごん》のウハクは、山麓の宿の廃墟の入口を守るように立っている。

灰色の巨体を覆う、白く清潔な衣。武器は無骨な木の棍棒だけだ。

「まるで石像だな」

部隊長は、率直な印象を呟く。

ウハクは全くの無防備だ。だが、状況を理解していないようにも思えなかった。

仲間を引き剝がされ、これだけの戦力に囲まれて、それでも勝てると、絶対の自信を持っているように思えてならない。

(強い。これだけの大鬼《オーガ》を、兵に犠牲を出すことなく捕獲できるか……?)

新大陸で工業的に製造された新旧の歩兵銃《マスケット》を装備した、精鋭八小隊の連携による捕獲作戦である。

不可解なことに、先の政変で大量に鹵獲《ろかく》された〝彼方《かなた》〟の兵器は支給されていない。

代わりに、〝灰髪の子供〟から提供されたという化学兵器ホスゲンが支給されていた。周辺区域

にも被害は及ぶが、万一の時は、大鬼《オーガ》だろうとこれで制圧できる。

「隊長。狙撃準備整いました」

「狙撃は、待て。ウハクはまだ、こちらに敵対的ではない」

両膝を撃ち抜き、行動不能に陥らせてから捕獲に持ち込むこともできる。

だが、狙撃では防がれるだろうという直感もある。あの体なら、それだけの反応速度がある。

何より、詞術《しじゅつ》が通じない相手でも、相手は勇者候補だ。誠意に欠ける行いはしたくない。

「私が交渉を試みる。万一の事態があれば、副長が指揮を引き継ぐ」

「隊長……！」

「大丈夫だ」

なぜだか、そういう確信がある。

不言《ふごん》のウハクは、自分を殺しはしない。


〈状況はどうなってる〉

ラヂオ越しに通話を交わす相手は、第二十卿、鎹《かすがい》のヒドウの声だ。

万全の装備と人員を整えてなお決死の覚悟で臨んだ作戦は、一人も犠牲を出すことなく、拍子抜けするほどに呆気《あっけ》ない成功に終わった。

「はい。ウハクは完全に無抵抗でした。ウハクに接触した結果、狙撃や毒物散布は不要と判断し、事前に用意した拘束具のみで、無傷で捕獲しています」

部隊長は、何ら特別なことをしたわけではない。

ウハクに拘束の必要性を説いただけだ。ウハクはその通りに両腕を差し出した。

〈分かった。今日起こった数少ない良い話だな。できるだけ早く護送してくれ――すぐにでも不言《ふごん》のウハクを使わなきゃまずい事態が起こっている〉

「ヒドウ様が擁立者になるのですか？　ウハク捕獲作戦は勇者候補として復帰させるためとのことでしたが、試合に向けた手続きなどは……」

〈バカ、そんな場合じゃない。第十二試合は不成立でシャルクの勝利だ。いいか、すぐに……すぐにそいつを使える状態にしろ。俺の命令は単純だよな？〉

「……！」

部隊長は息を呑む。何か、差し迫った事態が起こっている。

彼や彼の部隊は、不言《ふごん》のウハクの能力について何も知らされていない。

捕獲作戦にあたって新兵器の毒物を用意した理由や、黄都《こうと》が多数鹵獲した〝彼方《かなた》〟の銃火器ではなく新大陸の歩兵銃《マスケット》を用いた理由の説明も受けていない。

ウハクを拘束してるのは、この作戦のために星深瀝鋼《せいしんれきこう》を削り出して製造された専用の手枷《てかせ》だ。

部隊長の目から見るウハクは物静かで、何ら害意を持たぬ大鬼《オーガ》のように見える。

「了解しました。二十九官命令として、いくつかの確認手順を飛ばして鬼族《きぞく》保護収容所まで護送します。事務手続きの円滑化のため、受け渡しの際にはヒドウ様に立ち会っていただけるとありがたく思います」

〈ああ。こっちもすぐに動く。ったく……どいつもこいつもおかしくなってやがる〉

「これも手続きの円滑化のためお伺いしたいのですが……。機密に触れるのでしたら、お答えいただかなくて結構です。……一体何が起こっているのですか？」

〈……明日、この世界が滅びるって考えたことはあるか？〉

「はあ……」

〈これまでだって、俺達二十九官は大なり小なりそう戒めて動いていた。〝本物の魔王〟が筆頭だが、微塵嵐《みじんあらし》やら、星馳《ほしは》せアルスやら、冬《ふゆ》のルクノカやら……ほんの気まぐれで、何もかも滅ぼしちまうような奴が、この世界にはいるだろう〉

「そうした脅威に屈することのないよう、勇者を見出《みいだ》すための六合上覧《りくごうじょうらん》だと承知しています」

〈なら……勇者でもない奴がそんな脅威と向き合い続けていたら、どうなる？　どんな奴でも、どこかで破綻が来る。どんな達人だろうと――一歩踏み外せば世界が終わる綱渡《わた》りを、永遠に渡《わた》り続けていられる奴なんかいないない〉

ヒドウの言葉は煙《けむ》に巻《ま》くような言い回しだったが、明かせないなりに、本当に恐ろしいことが起こっているのだと伝えていた。

この上まだ、何かが起こるのか。イリオルデが反乱を起こし、絶対《ぜったい》なるロスクレイが死に、それ以上に、黄都《こうと》を脅かすような何かが。

〈俺が言いたいのはな。悪く思うなってことだ。俺達は俺達なりに、必死に手を尽くしてきた。だが、この一手の間違いを取り返せなかった時は――〉

冗談を言っている声色ではない。

本当に、世界が終わろうとしているのかもしれない。

〈皆で、一緒に死んでくれ〉

◆

誰であろうと、暇な時間には慣れる。

特に濫回凌轢《らんかいりょうれき》ニヒロは、自我が発生して以来、自由を奪われていた時間のほうが長い。

沈んだ塔。消灯した地下の大部屋で、ぼんやりと壁を見つめながら、小さな石を弾いて当てる遊びをしている。

黄都《こうと》に幽閉されていた時からしていた遊戯だ。とても高度で複雑な駆け引きや選択肢が含まれているが、ニヒロ自身を除いてそれを知る者は誰もいない。

（戦いのほとんどは、不自由で作られている。そう思えば、今はかなりいいほうだ）

遍く兵器は戦いに備えて作られるものだが、いざ戦いが始まった後でも、兵器を自由なままにしておく者はいない。たった一度の自由と殺戮のために、暗闇に潜み、その時を待つ。

ヴィガやエヌに従って実験に協力しているのも、いずれ来る自由の時のために必要な不自由だ。

幸いにして、ニヒロが生まれ持った残虐性を満たす玩具は与えられている。

（……体を壊しちゃいけないのは、あまり面白くないけど。やっぱり私は、もっと大きな破壊の方

がいい――ヘルネテンは今、どこにいるんだろう）

まだ、どこかに存在することは確信していた。

濫回凌轢《らんかいりょうれき》ニヒロと埋葬《まいそう》のヘルネテンは、共有の呪いで繋がっている。

核であるニヒロがこうして生きている以上、ヘルネテンが本当の意味で滅びているはずはない。

取り戻す手段も、ないわけではない。黄昏潜《たそがれもぐ》りユキハルが調査した情報がある。

黄都《こうと》の不正の数々。〝灰髪の子供〟の弱点。〝本物の勇者〟。〝本物の魔王〟。その中のいくつかについては、ニヒロも箱の中で聞き知っている。証拠がどこに隠されているのかも。

それらは社会的な後ろ盾を持たぬ魔族《まぞく》に過ぎないニヒロが振りかざしてもまったく無意味な武器だが、然るべき者が振るえば、既存の秩序を根底から破壊して余りある切り札になるだろう。ヘルネテンを取り戻す交渉材料にもなるだろうか。

ニヒロ達の陣営はこの動乱の中にあって取るに足らない小集団だが、ヴィガの準備さえ整えば、いつだって黄都《こうと》と戦うことができる。

（その時には、学校に入れてもらおう）

無人の大部屋で、くすくすと笑う。

――学校に通えば、どうなるのだろう。

自分のような化物でも、まるで人族《じんぞく》のように暮らせるとしたら、素晴らしいことだ。

ニヒロは人族《じんぞく》が好きだ。

それはきっと、人族《じんぞく》が人族《じんぞく》を好きな気持ちとは大きく違っていて、ニヒロただ一人の心で完結しているような価値観なのだろう。小石を使った遊びと同じように。

「……」

ふと、ニヒロは顔を上げた。

脅威の気配がある。戒心《かいしん》のクウロではない――

実験室の重い扉が開いていた。その隙間から、小さな指先だけが覗いている。

「……その実験室」

ニヒロは立ち上がって、背から神経線を展開した。

空気の流れを神経で直接読んで、対象の動きを把握する。

「まだヴィガが使っていたとかじゃないよね？」

「きゅふっ」

扉の向こうの何かは、おかしさを抑えきれないように笑った。

さざめきのヴィガではあり得ないことは、最初から分かっている。

幼い、澄んだ笑い声だった。

「ふふふふふふふふっ」

この塔に侵入者はいない。

仮にニヒロに感知できない何者かが現れていたとしても、戒心《かいしん》のクウロがとうに探知している。

ならばこの存在は、塔の内側から新たに発生した何かだ。

「……君が血魔《クルースニク》？」

「うん」

扉に指をかけたまま、体をゆらゆらと揺らしているのが分かる。

わざと体を隠すようにして遊んでいるのだ。

ニヒロは依然として脅威を感じている。

幼い子供の挙動にしか見えないが、これは――

「その部屋には……ヴィガの実験動物がいたはずだよね。どうしたの？」

膨れ上がった頭足類のような獣族《じゅうぞく》や、注意深く継ぎ合わされた山人《ドワーフ》。

あるいはさらにおぞましい、怪物のような大鬼《オーガ》。

実験と防衛のためにヴィガが作り出し、厳重な檻に封じられた屍魔《レヴナント》である。

「死んじゃった」

「……」

僅かに開いた扉の向こうには、力任せに破壊されて歪んだ檻と、水風船が破裂したように飛び散った血の海が見える。

（ヴィガ……こんなものを作ったのか……）

「きゅふふふっ……ねえ、名前」

扉の向こうの何かは、楽しそうに尋ねた。

「名前はなあに？」

「……濫回凌轢《らんかいりょうれき》ニヒロ」

「ニヒロ。きゅふふふふ――」

扉が開く。

幼い少女だった。

血と人工羊水でびっしょりと濡れた身体に、薄い、実験体用の貫頭衣だけを纏っている。

色彩を帯びた光沢を持つ黒髪は長く、身体に張りついている。

前髪で隠れていない片眼は、ほとんど黒く思えるほど深い紅色だ。

リナリスの顔立ちに近い印象を与えるのは、生成の際に彼女の因子を用いたからだろうか。

しかしその佇まいには、見た目の年齢に不相応な淫靡《いんび》さと邪悪さがあった。

「わたしは十字《じゆうじ》のロト」

これが、史上唯一の魔族《まぞく》――血魔《クルースニク》。

「きゅふふふっ……自分で、自分の名前をつけたんだよ」

(彼女の病原に感染した者は、攻撃行動ができなくなる。この世界を平和的に統制する魔族《まぞく》。――本当に、こんなものが?)

もしもヴィガの話が本当なら、ニヒロも人族《じんぞく》のような暮らしをして、人族《じんぞく》のように学園に通うことだってできるのだろう。

けれど、そんな未来が訪れるとは思えない。

これだけ会話をしているのに、戦闘態勢を解くことはできなかった。

「ね。ニヒロ」

十字《じゅうじ》のロトは、天使のように微笑む。

整った、小さな口を開いた。

「――あなたを食べてもいい？」

◆

黄都《こうと》第三卿、速《はや》き墨《すみ》ジェルキは、予定より早く通常業務へと復帰した。

本来ジェルキが担当すべき重大な、そして十全に対処できなかった案件はいくつもある。

だが、何よりも優先すべき仕事のため、ジェルキは王宮へと出頭した。

――世界詞《せかいし》のキアの存在は、今や国防上の緊急事態と化していた。

（早急に、世界詞《せかいし》のキアを無力化する必要がある）

窮知《きゅうち》の箱《はこ》のメステルエクシルの運用試験を兼ね、単独で誘き出した世界詞《せかいし》のキアを周辺被害のないドガエ盆地にて集中攻撃する。

作戦自体は合理的だ。ジェルキ自身も、この状況を作り出せる機会があればそうしただろう。

世界詞《せかいし》のキアの抹殺が失敗に終わったことも、仕方がないことだ。キアの詞術《しじゅつ》の出力限界が不明であった以上、最初の交戦で確実にキアを撃滅できる保証はどこにもなかった。人員や市街に被害を出すことなく、キアの戦力を測ることができたのも事実だ。

だが、世界詞《せかいし》のキアは暴走し、どこかへと行方をくらませている――それも、恐らく黄都《こうと》に。

最も可能性が高いのは、この王宮である。

現に彼女は一度この王宮区画を襲撃し、女王への要求を仄めかしていた。

ジェルキは一連の報告を受けて即座に王宮へと向かったが、それでも手遅れである可能性は高い。

この状況でジェルキが間に合うのだとすれば、それはまだキアがその気でないからだ。

「女王陛下……！」

奥歯を噛む。

セフィトを廃位しようと目論《もくろ》んでいたジェルキでさえ焦燥し、心が騒ぐ。

この世界における王国は、様々に形態を変えながらも、三千年近く続いてきたと言われている。

多くの危難の歴史にあって、王族という血統は途絶えずにこの時代まで続いた。

女王セフィトが、その最後の一人だ。

――それも、彼女以外の全ての王族が狂い、病み、死んでいった〝本物の魔王〟の時代を生き残った、最後の一人である。

セフィトはまだ十一だが、まだ幼い今の時点でさえ、他を圧倒する才覚と、人を率いる魅力がある。王族としての優れた血を、確かに受け継いでいた。

〝本物の勇者〟の名のもとに王位を退いたとしても、セフィトの血筋は必ず、この世界の人族《じんぞく》に大きな功績を残す。彼女を生かした上で退位させるための六合上覧《りくごうじょうらん》だ。

勇者候補の如き、後の世界の脅威だけではない。大改革が成った後、セフィトの名を担いで黄都《こうと》に刃を向けるであろう者達も一掃した。イリオルデ陣営を滅ぼし、〝灰髪の子供〟は体制側へと取り込んだ。

絶対《ぜったい》なるロスクレイが死んだ。ジェルキの理想は、〝灰髪の子供〟に食い荒らされるかもしれない。その上、さらにセフィトが死んでしまえば、この世界は。


広大な謁見の間へと通されたジェルキは、内心の動揺を抑える努力をした。

黄色の絨毯《じゅうたん》を挟むかたちで黄都《こうと》の印章が並び、その最奥に玉座がある。

幼いセフィトは、変わらぬ白い美貌で、ジェルキの目の前に立っていた。

「……女王陛下。速《はや》き墨《すみ》ジェルキでございます」

機械の如き正確さで傅《かしず》くジェルキに、セフィトは薄い微笑みで応えた。

「来てくれてありがとう。ジェルキ」

それは顔立ちと同じく整った微笑みだったが、本当の笑みではないと感じさせる何かがある。

〝本物の魔王〟の恐怖で死に絶えた西連合王国で、ただ一人生き残ったセフィトの瞳には、どこか昏《くら》い死の影がいつまでも残っていた。

「――顔を上げてちょうだい。何があったの？」

「先日の王宮区画襲撃の件、まずは私からも重ねて謝罪いたします。私は王宮防衛計画の立案を担っておりました。ダント、ヤニーギズ、ユカの働きに不備があったのだとすれば、その責任の一端は、私の能力の不足にもあると考えております」

「許すわ、ジェルキ。あなた達がいつも精一杯仕事をしていること、わたしはよく知っているのよ。

ロスクレイのことも……あなたからも、たくさん、労《ねぎら》ってあげて。王国のために命を使ったロスクレイの働きは、とても悲しいけれど、立派なことだわ」

まるで親が子に向けるような、慈悲に満ちた慰めの言葉だった。

口先だけで言っているのではない。セフィトは恐らく、二十九官があの日どれほどの働きをしたのかを、実際に人を使って伝え聞き、知っているはずだ。

戦時体制である二十九官が将来に渡って続く体制ではないことを理解し、僅か十一にして、自らが将来どのように黄都《こうと》を運営し、責任を取る立場となるのかを、網羅的に学ぼうとしている。

「女王陛下。防衛計画の立案責任者として進言いたします。先の襲撃事件で打撃を受けた王宮の守りは、未だ完全とは言えません。このジェルキ、快復した以上はこれまで以上に力を尽くす所存でいるものの、前例を踏まえ、女王陛下が王宮に留まれば、御身に万一のこともあり得ると判断しました。再度万全の防衛体制が整うまで――一時、この王宮を離れていただけないでしょうか」

「……」

大きな瞳が、ぱちぱちとまばたきをした。

セフィトは、手袋に包まれた指先を自分の唇に当てる。

「ジェルキ。それはあなたの意見かしら？　今日の訪問は、とても急だったから……もしかしたら、この話をまだ知らない人もいるんじゃないかしら」

「政務に携わる全ての者の合意とは、まだ言えません。しかし二十九官は、合意の上です」

これは嘘だ。キア討伐の状況を把握しているヤニーギズ、ヒドウ、ケイテ、その報告を真っ先に受けたジェルキの間で決定し、即座にジェルキがこの場へと向かったのだ。

だが、女王の王宮からの移動は、必ず二十九官全員の合意にする、。

その覚悟で来ている。

「ジェルキ」

跪くジェルキのすぐ目の前に、女王の赤い虹彩がある。

まばたきの多い目をじっと見開いて、ジェルキの心を覗き込んでいる。

「うそをついているわね？」

「……」

「本当は、王宮の防衛体制が理由じゃない……。あなたは今朝まで入院していたでしょう。それだけ急いで、あなた自身が来たのは――わたしに危険が迫っていて、それをわたしに知らせずに、王宮から逃がすため。違うかしら？」

「……、仰るとおりです」

自分より遥かに年下の少女に、圧倒される。心が乱れすぎていた。

平時のジェルキならば、もっと巧みな言い訳を用意できていたかもしれない。

だがセフィトの身に迫っている危険を報せるためには、病院からすぐさま直行する必要があった。

今、こうして話している最中でさえ、世界詞《せかいし》のキアが王宮に現れるかもしれないのだ。

「申し上げます。世界詞《せかいし》のキア……例の王宮襲撃犯が、暴走しました。襲撃犯の詞術《しじゅつ》は常軌を逸しており、王宮の防衛体制で止められる見込みは全くありません」

「――世界詞《せかいし》のキア」

名前を繰り返して、セフィトは少し首を傾けて天井の方向を見た。

セフィトはその僅かな一動作だけで、人生で見聞きした膨大な情報の中から、どれほど些細な記憶であっても引き出すことができる。

「わたし、その子のことを知っていたわね。イズノック王立高等学舎で……黄柳草《こうりゅうそう》の実をくれて、食べられるって教えてくれたの。いつも不機嫌だったけれど、怖い子ではなかったわ」

「お言葉ながら……そのキアこそが、今や最も恐ろしいものへと変じたのです。キアに命を握られぬためには、女王陛下が王宮から居場所を移す他ありません。どうか、このジェルキの忠誠と判断を信じ、ご決断くださいませ」

王宮からセフィトを逃がす策すら、あるいは無駄に終わる可能性がある。

メステルエクシルの断片的な報告によれば、世界詞《せかいし》のキアは最後に誰かを探す詞術《しじゅつ》を試みて、失敗したのだという。

もしもそれが、成功の可能性のあった詞術《しじゅつ》だとすれば――

(いいや。そこまで何もかもができるはずがない。世界詞《せかいし》のキアは全能のように見えるが、真の全能ではない。そんなものがあっていいはずがないからだ)

ジェルキは、自らが非論理的な思考に陥っていることを自覚していない。

最初は、誰もがキアの詞術《しじゅつ》を支援攻撃や詐術の類だと断じた。

指名手配を受けた幼い子供が、たった一人で黄都《こうと》軍から逃げおおせ続けていた事実も、重く見られることはなかった。

王宮区画が襲撃され、強大な詞術《しじゅつ》を二十九官が直接的に目撃してなお、何らかの攻略手段がどこかに存在するはずだと信じる者がいた。

そして窮知《きゅうち》の箱《はこ》のメステルエクシルすら、世界詞《せかいし》のキアを殺すことはできなかった。

絶大な不条理は、それが存在するという現実から目を背けさせる。

この世界に実在してはならない、怪物。

「……」

セフィトはじっと考え込んでいるように見えたが、その時間はほんの僅かだった。

自分自身の経験と事件にまつわる無数の情報を比較して、判断を下している。

「わかったわ。ジェルキ。あなたを信じて、王宮を離れましょう。今いる近衛《このえ》だけを連れて、必要な荷物は後から運び出させるわ。わたしが伝えられない分、あなたが皆に、必要なことを知らせるのよ。できるわね？　ジェルキ」

「命に替えても」

ジェルキはただ、深く頭を下げた。

女王の廃位を目論む奸臣《かんしん》たるジェルキでさえ、目の前に立てば心からそうしてしまう。

この世に王気というものが実在するのなら、セフィトは紛れもなくそれを備えている。

世が乱れていなければ、統一国家を束ねるに足る女王の器であった。

◆

王宮警護局の近衛と数名の使用人を伴って、セフィトは王宮内を移動している。

王宮には設計段階から外部に秘された連絡路がいくつか設けられており、有事の際には秘密裏に他の施設へと脱出できるようになっていた。

「――ジェルキ」

廊下を歩く中で、セフィトは囁き、ジェルキを呼び止めた。

「いかがいたしましたか、女王陛下」

「ジェルキは、恐ろしいの？」

「……はい。いつも、恐怖を忘れたことはありません。女王陛下が失われてしまうことを、王国の秩序が崩れてしまうことを。私は……恐怖を女王陛下の身から遠ざけるため、力を尽くして政務を果たしております」

「恐怖って、何なのかしら。どうして人は怖がるのかしらね……」

この世界の誰もが恐れている。何かを。

「セフィト様。いかがいたしましたか？」

使用人の声に、セフィトは答えた。

「いいえ。ちょっとだけ、ジェルキに聞いてみたいことがあったのを、思い出したの。他の皆は外してちょうだい？」

セフィトが目配せをすると、それだけで近衛達は会話の届かない距離に一斉に散った。

女王直々の命とはいえ、この緊急時において、護衛すらたった一言で人払いしてしまう彼女の影響力は、むしろ異様ですらある。

（……。この状況で襲撃される可能性は低いが……）

それでも、万一の事態が起こった時には、ジェルキが身を挺《てい》して守らなければならない。

ジェルキは手に何も持っていないことを示し、女王のすぐ近くで跪き、目線を合わせた。

「今は緊急事態であることをお忘れなく」

「ええ。……もちろん分かっているわ」

セフィトは囁くように答えた。

どこか影差すような、白く無垢な微笑み。

綺麗な顔だった。あと三年もすれば、きっと絶世の美女に育つのだろう。

水のように流れる長い髪は交じり気のない純白で、常人とは隔絶した神秘性を湛えている。

「私に、お尋ねになりたいこととは」

答える代わりに、セフィトは銀色の髪飾りを解いた。

たおやかな指先が、その髪飾りをジェルキに差し出す。

赤い瞳が、じっとジェルキを見つめている。

唇が開く。

「ねえ――これ、刺してみたい？」

暗闇から意識を取り戻す。

いや。視界はまだ暗闇に閉ざされたままだ。早く目覚めなければ。

頭がガンガンと、ひどく痛む。

「ジェルキ様！　ジェルキ様、おやめください！　お願いします……！」

頭が痛い。

懇願する声は、確か、セフィトの使用人の一人だったか。

先日入ったばかりの新人だっただろうか。思い出せるようで思い出せない。セフィトならばすぐに名前を呼べるのだろうが。

「ジェルキ様！　早く、捨ててください！」

頭が痛い。

そうだ。セフィトはどうしたのだろうか。

すぐにでも王宮から避難させなければ危ないのだ。ジェルキはそのために移動している最中だったはずだ。……なぜこんなことをしている？

「ぐっ」

呻き声を上げる。

速《はや》き墨《すみ》ジェルキは、自分の指に食い込むほど、銀の髪飾りを握りしめていた。

頭が痛かった。

そして理解する。暗闇に陥っていたのは、ジェルキが目を閉じていたからではなかった。

ジェルキ自身がその銀の髪飾りを右の眼球深くにねじり込んでいて、眼筋を、視神経を、自らの意志でグシャグシャにかき回していたからだ。

「あ、ああ、が、ごっ」

ジェルキの喉から、泡をゴボゴボと鳴らすような音が響いていた。

違う。ジェルキは今、絶叫している。

恐怖のあまりに喉が詰まって、そのような音になっているだけだ。

頭が痛い。

眼窩《がんか》から脳へと髪飾りを突き込もうとしているジェルキの腕を、使用人が摑んでいる。ジェルキの恐ろしい行為を、力の限り止めようとしている。

そうか。自分自身がこれをしているのだ。

恐ろしい。恐ろしい。恐ろしい。恐ろしい。恐ろしい。恐ろしい――

「ジェルキ様!」

「じょ、じょおう」

魂の全てが冷気になってしまったかのような寒さに震えながら、ジェルキは辛うじて言った。

「じょおうは、ぶじで」

使用人は泣き顔で頭を横に振る。

その様子が見えるということは、どうやら左目だけは無事らしい。

それでも、恐れ、戦慄《わなな》き、自分自身を殺そうとする衝動はまだ収まらなかった。

この世界の誰もが恐れている。何かを。

とっくに滅びてしまった、何かを。

「……ど、どこに、行った!?」

「分かりません……!」

あの瞬間。ジェルキを見つめていたあの赤い瞳が。

彼女が見ている。微笑んでいる。恐ろしい。

「こんな、ことが……! はやく、じょ、おうを、誰か……」

全能の詞術士《しじゅつ》——世界詞《せかいし》のキアが王宮を襲撃する。

そんな些末なことなど、真の恐怖には程遠いものだった。

西連合王国が滅びたその時、〝本物の魔王〟はなぜか、幼いセフィトだけを生かした。

セフィトは、魔王ではない。そうだったはずだ。

彼女は、何を植えつけられてしまったのだろうか?

「女王を、救ってくれ!」

自らの血の海の中で、ジェルキは絶叫した。

〝本物の魔王〟は、〝本物の勇者〟に討伐された。

誰もがそんな物語を信じようとして、しかし恐怖を振り払うことは、ついにできなかった。

恐怖が、世界が、心を持つ命の全てを討伐する。

魔王は蘇る。
逃げられない。

あとがき

お世話になっております。珪素《けいそ》です。まずは、このあとがきから読んでいるそこの貴方《あなた》へのメッセージをお伝えします。こんなカスみたいなあとがきを最初に読むな！　どうして八巻のページ構成で死ぬほどネタバレ食らってるのに、あとがきから読むのを諦めないんだ⁉　八巻はびっくりするくらい一発でネタバレ食らう見開きでしたけど、この九巻でもページ構成ばかりは本当に私はコントロールできないので、私はなんにも責任を取れないです。もちろん本を作ってくださっている編集部の責任でもないです。珪素作品に限っては、あとがきから読んでる人が悪いです。

さて、電撃の新文芸いちの怠け者で知られる私ですが、今回の九巻は一刻も早く皆様にお届けしたく、とても頑張って並の作家先生くらいのペースでの刊行となりました。この巻が発売されている頃にはTVアニメもちょうど放映されているはずなので、ぜひとも一緒にお楽しみいただければと思います。そしてこの刊行ペースの実現にあたって、担当の佐藤様には本当にたくさんご迷惑ばかりをおかけしてしまい……これまでで一番の感謝と謝罪を表明したいです。いつも本当にありがとうございます。そして毎回素晴らしいイラストを仕上げてくださり、その上アニメその他のお仕事もバリバリこなしている働き者のクレタ先生、出版や宣伝に関わる全ての方々、そしてもちろん作品を応援してくださる読者の皆様（あとがきから読む読者の貴方もです！）のおかげで、この異修羅は成り立っております。本当にありがとうございます。

さて、あとがきを読む順序と同じくらい面倒なのが、トマトソースパスタを作る際、トマトを煮詰める順序です。缶のホールトマトでトマトソースを作る場合、それなりにドロドロになるくらい水分を飛ばしてソースを作るほうが美味《おい》しいのですが、フライパンで具材を炒《いた》めてからトマト缶を入れて煮詰め始めるのでは具材に火が通り過ぎてしまい、トマトを煮詰め終わってから具材を炒め始めても時間の無駄が多くなってしまいます。トマト缶を煮詰めるのはそこそこ時間がかかってしまうので、できれば具材を炒めるのと同時にやりたいところです。なのでベーコンやにんにくなどの具材をオーブンで焼いている間、フライパンでホールトマトを煮詰めて、カリカリになったベーコンやにんにくを後から投入するという作り方を最近考えだしたのですが……よく考えたらこれは普通の二口コンロでフライパンを二つ使って調理すれば誰でもできることでしたね。私の調理環境では基本的にコンロを一つしか使えず、フライパンも一つしかないので、最近このようなかたちでトマトソースを作っています。まあトマトと具材を別々に炒めるよりも油を使うことなく仕上がるので、食べやすい仕上がりになるのはいいかもしれません。材料はホールのトマト缶一つ、ベーコン一パック、にんにく三欠け、あとは適当に買ったキノコとかセロリなど。味付けはトマト缶を煮詰める時に小さじ一程度の塩とローリエを入れるくらいで済む簡単なレシピです。世のレシピでは、にんにくはオリーブオイルに香りを移すようにじっくり揚げるほうがいい……と書かれているものが多いですが、オーブンで焼いたものを後から混ぜ合わせても、意外と問題ないどころか、個人的にはオイルで揚げるより風味豊かな感じがあります。香りづけの後の加熱で香りが飛ばないからでしょうか？　あくまで個人的な感覚ですので、検証をお待ちしています。パスタソース作りは、なかなかやりがいのある学術研究です。

異修羅徹底解剖！珪素先生に聞いてみた！

ＴＶアニメも絶賛放送中！
Ⅰ巻ではカーテが点字を使ってたり、Ⅸ巻ではウハクが教団文字を読んだり。
何かと文字が出てくるものの、まだ設定には底がありそう……ということで、
今回はこの質問です！

Q. 作中世界での文字の扱いについて教えてください

異修羅の作中世界では統一文字が普及していません。作中世界の心持つ種族は各々が自分自身だけの言語を作り出して話しているため、統一された文法を持たないためです。

作中世界での文字の習得は、日本人が全く文化圏の異なる第二、第三外国語の読み書きを習得することと難易度的には近いのかもしれません。

一定以上の知識層ならばともかく、一般市民に至るまでの普及、まして定着は非常に難しい試みであると言えるでしょう。

例えば日常的な文章表現は印章などのアイコンで慣例的に表されており（数字などもこれに含まれます）、商店や公文書などはこれを用いる事が多いです。

ただし、そうした印章はそれが示す意味との厳密な一対一対応が求められており、柔軟に文脈や意味を組み合わせられる文章の代わりに用いることは不可能なものです。

この教団文字は種族や身分の区別なく習得可能な文字を目指して作られたため、逆に極めて文法の自由度が高く曖昧な文字体系となっています。

書くことは比較的容易いのですが、他人の書いた文章を読み解くことは、本人に解説してもらわなければ（あるいは本人の文章の癖を熟知していなければ）かなり困難です。

我々の世界の文字の概念と最も近いものは、貴族文字と呼ばれる特定家系のみに伝わる文字体系でしょう。

子は親の影響を最も近くで受ける以上、自分自身で作り出す言語もある程度似通った構造になることが多く、自身の家系の文字は比較的習得が容易と考えられています。

我々の知る文字と同じく意味の厳密性と表現方法の柔軟性を兼ね備え、詳細なニュアンスを表現することもできますが、当然、他の家系にとってその習得は困難を極めます。

そもそも、ゼロからの文字体系の作成など並の労力で成し遂げられることではなく、時間や資金を相応に費やす大事業です。

それだけの労力をかけてでも自分の家系のためだけの文字を作り出しているのは、それらの家は多くの場合、文字で記すだけの価値を持つ知識や情報を持っているからです。貴族文字と呼ばれている所以もそこにあり、そうした価値ある知識や情報の力で栄えた家系が、この世界の貴族の始まりだと言われています。

作中世界の心持つ種族は、知識を暗記に頼っています。これは文字の読み書きができる人物であっても例外ではありません。

こちらの世界からしてみれば驚異的な能力と言えますが、必要に応じてそうした能力が特に発達したか、意味を解釈する詞術の力がその補助になっているのかもしれません。

無論、知識に紐づかないような記憶はやはり普通に忘れていくため、セフィトの能力が作中世界でも優れていることには違いありません。

電撃の新文芸

異《い》修《しゅ》羅《ら》Ⅸ
凶《きょう》夭《よう》増《ぞう》殖《しょく》巣《そう》

著者／珪《けい》素《そ》

イラスト／クレタ

2024年2月17日　初版発行

発行者／山下直久
発行／株式会社ＫＡＤＯＫＡＷＡ
〒102-8177　東京都千代田区富士見2-13-3
0570-002-301（ナビダイヤル）
印刷／図書印刷株式会社
製本／図書印刷株式会社

【初出】……………………………………………………………………………………………
本書は、カクヨムに掲載された『異修羅』の続きを、書き下ろしたものです。

ⓒKeiso 2024
ISBN978-4-04-915466-5　C0093　Printed in Japan

●お問い合わせ
https://www.kadokawa.co.jp/（「お問い合わせ」へお進みください）
※内容によっては、お答えできない場合があります。
※サポートは日本国内のみとさせていただきます。
※Japanese text only

※本書の無断複製（コピー、スキャン、デジタル化等）並びに無断複製物の譲渡及び配信は、著作権法上での例外を除き禁じられています。また、本書を代行業者等の第三者に依頼して複製する行為は、たとえ個人や家庭内での利用であっても一切認められておりません。

※定価はカバーに表示してあります。

読者アンケートにご協力ください!!

アンケートにご回答いただいた方の中から毎月抽選で10名様に「図書カードネットギフト1000円分」をプレゼント!!
■二次元コードまたはURLよりアクセスし、本書専用のパスワードを入力してご回答ください。

https://kdq.jp/dsb/
パスワード
ci2v6

●当選者の発表は賞品の発送をもって代えさせていただきます。●アンケートプレゼントにご応募いただける期間は、対象商品の初版発行日より12ヶ月間です。●アンケートプレゼントは、都合により予告なく中止または内容が変更されることがあります。●サイトにアクセスする際や、登録・メール送信時にかかる通信費はお客様のご負担になります。●一部対応していない機種があります。●中学生以下の方は、保護者の方の了承を得てから回答してください。

ファンレターあて先
〒102-8177
東京都千代田区富士見2-13-3
電撃の新文芸編集部

「珪素先生」係
「クレタ先生」係

この物語はフィクションです。実在の人物・団体等とは一切関係ありません。

おもしろいこと、あなたから。

電撃大賞

自由奔放で刺激的。そんな作品を募集しています。受賞作品は「電撃文庫」「メディアワークス文庫」「電撃の新文芸」などからデビュー!

上遠野浩平(ブギーポップは笑わない)、
成田良悟(デュラララ!!)、支倉凍砂(狼と香辛料)、
有川 浩(図書館戦争)、川原 礫(ソードアート・オンライン)、
和ヶ原聡司(はたらく魔王さま!)、安里アサト(86－エイティシックス－)、
瘤久保慎司(錆喰いビスコ)、
佐野徹夜(君は月夜に光り輝く)、一条 岬(今夜、世界からこの恋が消えても)など、
常に時代の一線を疾るクリエイターを生み出してきた「電撃大賞」。
新時代を切り開く才能を毎年募集中!!!

おもしろければなんでもありの小説賞です。

- **大賞** …… 正賞＋副賞300万円
- **金賞** …… 正賞＋副賞100万円
- **銀賞** …… 正賞＋副賞50万円
- **メディアワークス文庫賞** …… 正賞＋副賞100万円
- **電撃の新文芸賞** …… 正賞＋副賞100万円

応募作はWEBで受付中! カクヨムでも応募受付中!

編集部から選評をお送りします!

1次選考以上を通過した人全員に選評をお送りします!

最新情報や詳細は電撃大賞公式ホームページをご覧ください。

https://dengekitaisho.jp/

主催:株式会社KADOKAWA